古典文獻研究輯刊

二八編

第14冊

中國美學縱橫新論
（第一冊）

周錫山 著

國家圖書館出版品預行編目資料

中國美學縱橫新論（第一冊）／周錫山 著 -- 初版 -- 新北市：
花木蘭文化事業有限公司，2023〔民 112〕
序 4+ 目 4+180 面；19×26 公分
（古典文學研究輯刊 二八編；第 14 冊）
ISBN 978-626-344-458-4（精裝）
1.CST：中國美學史 2.CST：中國文學 3.CST：文學評論
820.8 112010498

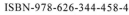

古典文學研究輯刊
二八編 第十四冊 ISBN：978-626-344-458-4

中國美學縱橫新論（第一冊）

作 者 周錫山
總 編 輯 杜潔祥
副總編輯 楊嘉樂
編輯主任 許郁翎
編 輯 張雅淋、潘玟靜 美術編輯 陳逸婷
出 版 花木蘭文化事業有限公司
發 行 人 高小娟
聯絡地址 235 新北市中和區中安街七二號十三樓
電話：02-2923-1455／傳真：02-2923-1452
網 址 http://www.huamulan.tw 信箱 service@huamulans.com
印 刷 普羅文化出版廣告事業
初 版 2023 年 9 月
定 價 二八編 18 冊（精裝）新台幣 47,000 元
版權所有・請勿翻印

中國美學縱橫新論
（第一冊）

周錫山　著

作者簡介

　　周錫山，上海藝術研究中心研究員、中國作家協會會員。兼任中國古代文學理論學會理事、中國《水滸》學會學術委員會副主任、上海比較文學研究會名譽理事；福建省老子研究會顧問、撫州湯顯祖國際研究中心學術委員會委員、鎮江賽珍珠研究會顧問等。

　　在文學、歷史、美學、藝術學領域出版著作約 50 種，論文約 200 篇。著作獲文化部首屆（1979 ～ 1999）文化藝術科學優秀著作獎（《王國維美學思想研究》）、山東省社科優秀著作特等獎（集體項目）、全國古籍整理優秀著作二等獎（3 次：1978 ～ 1987 年度《金聖歎全集》4 冊 220 萬字、2013 年度《西廂記注釋匯評》3 冊 147 萬字、2017 年度《牡丹亭注釋匯評》3 冊 198 萬字）、中國圖書獎（《西廂記評注》《水滸記評注》）等。另出版中國社會科學院創新工程資助項目兼國家級戰略出版項目（《王國維美學思想研究》增訂本）、國家十三五重點出版項目兼國家出版基金資助項目（復旦大學中文系的項目《中國戲曲縱橫新論》）和國家十四五重點出版項目（北京大學藝術學院的項目《俞振飛評傳》《華文漪評傳》）、上海高校高峰高原學科建設專項資金資助項目（上海戲劇學院藝術學理論專業的項目《金聖歎文藝美學研究》《湯顯祖和明代文學》《紅樓夢藝術和美學新論》和論文多篇）、北京大學建設世界一流大學專項資金資助項目（國際學術研討會美學論文 1 篇）和國家社科基金藝術學重大項目的著作（《中國戲曲劇種全集‧崑劇》《崑曲皇后華文漪評傳》）等。

提　　要

　　本書是作者在中國美學專業的第 15 種著作，共收入論文和評論 66 篇、90 餘萬字。

　　本書第一部分總論，評論中國美學的巨大成就、研究方向、話語建設的設想和方法；並論述中國美學的 6 個重大問題。本書堅實論證中國美學不僅在著作數量上大大超過西方，在學術成就上也高於西方。

　　第二部分是作者首創的意志悲劇和意志喜劇說、神秘現實主義和神秘浪漫主義的語彙和理論、首創的中國文藝理論研究和評論西方名著的研究方法。其首創的理論和研究方法，涵蓋古今中外的文學和藝術名著。

　　第三部分是道家文化和美學研究；第四部分名家名作，評述了明代王世貞、湯顯祖，清代金聖歎、石濤，現代宗白華和王元化的美學思想，另有《王國維美學思想研究》出版後發表的關於王國維的天才說、靈感論的一篇新論。

　　第五、六、七、八部分是清代詩壇領袖王士禎、現代哲學大家馮友蘭和當代文藝理論領域的文壇領袖徐中玉的研究專題。

　　第九部分當代理論思考和研究，論述歷史題材作品的價值觀、文藝人才培養和教育，皆是當代面臨的重大問題。

　　第十部分是名作的書評，第十一部分是針對當代狀況的短評。

　　全書以中國和世界美學與文學為背景的廣闊視野，研究和評論中國美學（兼及文學理論）及其多位名家的重大成就，觀點新穎而獨到，角度寬廣而獨特，評論全面而具體。

序

胡曉明

　　錫山先生在中國美學領域重點研究金聖歎和王國維。他在出版《金聖歎文藝美學研究》（55 萬字，上海人民出版社，2016 年）和《王國維美學研究》（50萬字，中國社會科學出版社，2017 年）兩書之後，將其他論文匯編成《中國美學縱橫新論》一書，在臺灣花木蘭文化事業有限公司出版，以饗讀者。

　　《中國美學縱橫新論》分為五冊與十一個部分，共有論文和評論 68 篇，煌煌 90 萬字，可謂成果斐然。書中收錄的論著積澱了錫山先生近 30 餘年的理論設想與嘗試，涵蓋廣泛，思考精深。

　　「縱」者古今之通變，「橫」者中西之異同。從書題可知，書中實際上反映了錫山先生在學術上的宏大追求與對話意識。書的第一部分從總體上論述了中國美學的研究方向、話語建設以及重要成就，通過對 20 世紀反傳統思潮的反思，揭示了中國古代文論中足以與西方媲美的理論成就。第二部分集中呈現了錫山先生在美學理論和研究方法上的個人心得。在對古今中外文學名著與藝術名著的觀照中，錫山先生別具一格的開創了意志悲劇說和意志喜劇說、神秘現實主義和神秘浪漫主義等語彙和理論，在打通中西理論上作出了相當有意義的嘗試。第三部分通過對道家文化與中國美學之關係展開辨說，論證了道家思想對中國文藝發展的指導作用與現實意義。在第四部分，錫山先生對古今名家的美學思想進行了學術巡禮。文中不僅有對王世貞、湯顯祖、金聖歎、石濤等文人的傳統美學思想之發掘，同時還對宗白華與王元化等現代學人的美學思想進行了闡述，在古今貫通的脈路中精準定位了其中對應的美學思想。第五部分到第八部分，錫山先生通過對王士禎、馮友蘭、徐中玉的專題研究，梳理出其各自的理論貢獻和美學思想，展現了作者對個案研究的通盤

把握能力。第九部分，錫山先生通過對當代理論發展的思考與研究，對歷史題材作品價值觀的發現，以及對文藝人才培育的見解，較好回應了當今時代的一些重要問題。第十和十一部分為書評、短評，其中既有對論文的精彩評議，也有重要的社論社評，顯示出了錫山先生的犀利思想與獨到見地。

以上著述，包孕了錫山先生對文學理論話語體系建設的設想與嘗試。在錫山先生看來，梳理和總結古今中外的已有成果，是中國文學理論話語體系構建的堅實基礎，而將古今中外文學理論話語進行比較研究，梳理出其共性與個性，則是中國文學理論話語體系構建的第二個堅實基礎。在此認知下，錫山先生從四個層次建構了自己對新的話語體系概念及理論語言的方法探討：一是繼承古代文學理論的固有概念，在現代學術的脈絡中，或加以轉化，或補以新意；二是對外國文學理論概念的學習與繼承，也是或轉化，或補充，不落成套；三是中西文學現象與文本相互比較與融合的創造性詮釋；四是自鑄新詞新語的創意發揮。其中，後二者更為突出的體現了錫山先生的學術敏感性與學術創造力。如其首創的「意志悲劇說」和「意志喜劇說」，「神秘現實主義」和「神秘浪漫主義」，正是中西結合下的一種話語轉化；而以「知音互賞」的話語來命名《西廂記》的愛情模式，以「背叛者的後悔和痛苦」而命名《長生殿》的愛情模式，則是通過漢語自身的表達力轉化出的文學理論話語。

我近年來大力提倡「後五四時代建設性的中國文論」研究，所謂「後五四時代」，即指中國文化價值為主體的新時代；所謂「建設性」，即不停留在文獻上，不停留在知識上，不停留在簡單的「失語症」或「人文精神」之類口號上。要回應的有關中國文化的時代問題，簡單的說，我越來越意識到當代的「中國文論」有九個不足，第一個是接觸經典、接通中國文化的核心價值，不足，因而宅化了文學，把文學僅僅當作文學；第二個是學術的知識取向，壓過了思想關懷，應該強化我們的思想力，文論應該反思現代性；第三個不足是現實關切的不足，以古說古，古今貫通的自覺意識不足，第四個不足是跨學科的不足，文論與中國歷史、中國哲學、中國宗教與政治、中國藝術史等，不相干。第六個不足，地方性知識如何融合普世性問題的導向不足，往往自我封閉於地方性知識。第七個不足是超越中西二元的新視界不足。要麼就認為中國文論是封閉系統，跟西學堅執地對立起來，要麼即最終認同西方，歸向西學，才是我們的目標，中國文論是沒有什麼價值的，第七個不足是國際性的話語權與能見度不足，往往變成還不如漢學家有思想性的創造，大量的古典文論研究，在國

際上沒有任何影響力。第八個不足是對與文學相關學科的影響力不足，對中國文學史、中國哲學、中國哲學、中國教育、中國藝術等等，可有可無；第九個不足是學者的個性和特色不足，千人一面、千系一面、千校一面。沒有辦法發揮自己的優勢。而今天看到周錫山先生的《縱橫論》，可以說，多多少少地彌補了我對中國文論的失望。就其犖犖大者而言，《縱橫論》主要表現於古今文論的貫通與中西理論的互鑒。而錫山先生能夠在於打通、轉化的同時又有所發明，這正是其可貴之處。應該說是在相當多的方面，走在了我們學科的前沿，錫山先生向來對學會的發展十分關心，認同並實踐學會的學術新宣導，我並不全是因為他是與我同校同系的師兄，徐中玉先生的學生，我就要對他多加讚揚，更主要是著眼於中國文論的發展，著眼於後五四時代建設性的中國文論，錫山先生已經做出了富於個人特色的重要努力，其前行路上搥幽擊險的勇者風姿與披荊斬棘的深淺跡印，典型已在，有裨益於後人學術之新開展。是為序。

胡曉明〔註1〕

2023 年 5 月 20 日

〔註 1〕 胡曉明，文學博士，華東師範大學終身教授，華東師範大學圖書館館長、中國古代文學理論學會會長。

序　胡曉明

前　言

本書是我在中國美學和古代文論專業出版的第 15 種書、第 3 種專著。〔註 1〕

我重點研究中國古代美學三大高峰中的金聖歎和王國維兩家,有關論文皆附入專著《金聖歎文藝美學研究》和《王國維美學思想研究》。其他論文和評論,全部彙編在本書中。

本書收錄中國古代美學(兼及古代文論)論文和評論 68 篇,約 90 萬字。

本書第一部分總論,諸文論述了中國古代美學和文論的極高成就。由於 20

〔註 1〕　筆者在文學、史學、美學、藝術學專業已經出版和即將出版的書籍約 40 種,
其中美學專業的書籍如下:

編校《金聖歎全集》2 種(4 冊 220 萬字,編著增訂釋評本,16 開法式精裝 7
冊 317 萬字)

編著《貫華堂第五才子書水滸傳》(釋評本 2 冊,100 萬字)

編著《貫華堂第六才子書西廂記》釋評本、《金批西廂記彙編釋評》(40 萬字)

專著《金聖歎文藝美學研究》(55 萬字)

編校《王國維集》(4 冊 180 萬字)

編著《王國維文學美學論著集》2 種(30 萬字,釋評本 40 萬字)

編著《人間詞話彙編匯校匯評》(精裝 40 萬字)

編著《宋元戲曲史彙編釋評》(《王國維戲曲論著全集》)(40 萬字)

專著《王國維美學思想研究》(50 萬字)

專著《王國維　求索鑄金聲》(《王國維評傳》,20 萬字)

編著《西廂記注釋匯評》(16 開精裝 3 冊,147 萬字)(另有《西廂記評注》)

編著《琵琶記注釋匯評》(16 開精裝 2 冊,110 萬字)

編著《牡丹亭注釋匯評》(16 開精裝 3 冊,198 萬字)

編著《水滸記評注》(15 萬字)

共 14 種約 1200 餘萬字,其中專著 2 種 100 餘萬字。

另有《中國文學與世界論集》《中國戲曲縱橫新論》《湯顯祖與明代文學》《摯
誠情緣　千古遺恨〈長生殿〉》《曹雪芹:從憶念到永恆》《王國維:求索鑄金
聲》等多種有關著作,皆收錄美學論文。

世紀反傳統思潮的影響，西方美學和文藝理論統治了中國文壇，中國古代美學和文論受到嚴重貶低。不少學者批評中國古代美學和文論沒有體系性的專著，只有零碎的片言隻語。這是嚴重的錯誤偏見。

對照西方，西方古近代體系性的美學著作也很少，總體上看，中國體系性的美學著作和同期西方的數量大致相仿。中國古近代的美學專著，在詩文理論方面有鍾嶸《詩品》、劉勰《文心雕龍》、司空圖《二十四詩品》、嚴羽《滄浪詩話》、葉燮《原詩》、劉熙載《藝概》、王國維《人間詞話》；戲曲理論方面有王驥德《曲律》、金聖歎《貫華堂第六才子書西廂記》、毛聲山《第七才子書琵琶記》、李漁《閒情偶寄》、《吳吳山三婦合評牡丹亭還魂記》等多部著作；小說理論有金聖歎《貫華堂第五才子書水滸傳》、毛宗崗《三國演義》評批本、張竹坡《金瓶梅》評批本、馮其庸編校《八家評批紅樓夢》等多部作品。

其中《吳吳山三婦合評牡丹亭還魂記》是中國乃至世界首部女性撰寫的美學和文藝評論專著，取得了傑出的理論成就，具有崇高地位和重大意義。

除了眾多的包括多部體大思精的專著，中國還有巨量的短小精悍甚至片言隻語的評論，數量極大。例如徐中玉主編《中國古代文藝理論專題資料叢刊》（全四冊）、吳文治主編的《宋詩話全編》10 卷 730 萬字、《遼金元詩話全編》4 卷 191 萬字、《明詩話全編》10 卷 765 萬字，總數已達 24 卷 1686 萬字，還有篇幅更大的《清詩話全編》；唐圭璋編《詞話叢編》5 冊、葛渭君編《詞話叢編補編》6 冊和朱崇才編《詞話叢編續編》、屈興國編《詞話叢編二編》；俞為民孫蓉蓉《歷代曲話全編》15 冊；王水照編《歷代文話》10 冊、余祖坤《歷代文話續編》3 冊。還有大量的資料彙編，例如《杜甫資料彙編》《柳宗元資料彙編》《紅樓夢資料彙編》等。數量極大。

這些海量的短小精悍甚至片言隻語的評論，文字艱深或玄妙，思維活躍而且常呈跳躍性的展現，表達上卻常常點到為之，簡要而生動。因當時讀者都能心領神會，故不必作明晰解釋。

徐中玉先生指出：「描述的簡要性，是說古人論文談藝，一是重感性描述，具體生動，本身即文學作品；二是力求簡要，因為通道必簡，無須煩辭，旨在闡明大體、根源之一端，似無系統，聯繫起來往往十分明白。古代文論著作內容多樣，如保存故實、辨識名物、校正句字，比較異同等等，宗旨本不在於議論，其旨在議論者，除大都仍具有形象、感情特色，哲理、思辨、規律即深寓其中，甚至寥寥幾句，即能令人拍案叫絕，一字可抵廢話或老生常談上

百、千、萬。」中國古代美學「是一個極為豐富的寶庫，它對全人類文化有著重要貢獻，這是海內外學者都越來越公認的事實。」但長期以來依舊「不能從多方面、多層次、多角度既微觀地來分析發展它們豐富的意義和價值，又不能綜合地系統地、宏觀地來揭示它們在整個學術領域、民族文化構成中的精義與地位，所以它的影響還是不夠深廣的，它對繁榮當前文學創作發展理論研究的積極作用還遠遠沒有得到發揮。」〔註2〕

　　錢鍾書先生也持同樣觀點，他在《讀〈拉奧孔〉》這篇名文的一開首就強調：「在考究中國古代美學的過程裏，我們的注意力常給名牌的理論著作壟斷去了。」「大量這類文獻的探討並無相應的大量收穫。」名人的「言論常常無實質」。「也許有人說，這些雞零狗碎的東西不成氣候，值不得搜採和表彰，充其量是孤立的、自發的偶見，夠不上系統的、自覺的理論。不過，正因為零星瑣屑的東西易被忽視和遺忘，就愈需要收拾和愛惜；自發的孤單見解是自覺的周密理論的根苗。」但在小說、戲曲及其評點文學此類不引人注目的地方，「倒是詩、詞、隨筆裏、小說、戲曲裏，乃至謠諺和訓詁裏，往往無意中三言兩語說出了精闢的見解，益人神智；把它們演繹出來，對文藝理論很有貢獻。」錢鍾書更著重強調中國古代沒有體系的零碎言論，有勝於體系性的優越之處，不能認為有體系就是意味著達到最高水平。

　　程千帆先生在晚年日記中說，「古典文學批評的特徵」是「體系自有，而不用體系的架構來體現，系統性的意見潛在於個別論述之中，有待讀者之發現與理解」。

　　尤需注意的是，以明末清初的金聖歎《貫華堂第五才子書水滸傳》和《貫華堂第六才子書西廂記》為代表，小說和戲曲的評點文學進入高峰。這些評點著作結構嚴謹、論述精詳，建立了完整的敘事文學的美學體系。

　　錢鍾書先生在《讀〈拉奧孔〉》的第四節，論述「富於包孕的時刻」時，先談西方的有關論述，接著談中國古代的有關論述，第一個就舉金聖歎的例子，又舉了《金批水滸》的例子：「我所見古代中國文評，似乎金聖歎的評點裏最著重這種敘事法。」又在論述萊辛《拉奧孔》的主要理論貢獻「富於包孕的片刻」時，提出金聖歎比他更早就有了這個理論貢獻。錢鍾書指出：《貫華

〔註2〕徐中玉《中國古代文論的思維特點及其當代趨向──在新加坡國立大學「漢學研究之回顧與前瞻國際會議」上的報告》，《激流中探索的──徐中玉論文自選集》，華東師範大學出版社，1994 年版，第 387～394 頁。

堂第六才子書》卷二《讀法》第一六則和卷八的批語，他的評點使我們瞭解「富於包孕的片刻」不僅適用於短篇小說的終結，而且適用於長篇小說的過接。又舉金批《水滸》第七回林沖充軍，一路受盡磨折，進了野豬林，薛霸把他捆在樹上，舉起水火棍劈將來，「畢竟林沖性命如何，且聽下回分解」。這符合「富於包孕的片刻」的道理。野豬林的場面構成了一幅絕好的故事畫《野叟曝言》第五、第一〇六、第一二五、第一二九、第一三九回《總評》都講「回末陡起奇波」，「以振全篇之勢，而隔下回之影」，乃是「累贅呆板家起死回生丹藥」。「富於包孕的片刻」正是「回末起波」、「鼓譟」的好時機。

　　詩話（包括詞話曲話文話）和評點，是中國特有的美學著作體裁，既善宏觀評論，又善微觀分析，長短不拘，方式靈活，是中國美學對世界美學史做出的巨大而傑出的貢獻。

　　中國美學的眾多傑出成果是世界上獨有的，例如詩教說、文氣說、神韻說、境界說、和靈感論、天人合一說等等，取得了獨家領先的成就。以情景交融說為例，西方多個美學家雖然經過一百多年的努力，卻依舊未能建立起這個理論，而中國則於此獨步天下。近代王國維在晚清發表的《人間詞話》，更建立了 20 世紀中國領先於世界的「以中為主、三美（中國、印度和西方美學）皆具和交融」的意境美學理論體系。

　　文藝美學是在中國誕生並發達的，尤其是儒（孔孟）、道（老莊）、《文心雕龍》、金聖歎、王國維是中國文學批評史、美學史最重要的五大家，從揭示宇宙和人生的本質與規律、塑造和改造人的靈魂、宏觀與具體結合地總結和指導創作與鑒賞實踐這三個角度看，這五大家的成就遠超過西方柏拉圖、亞里士多德、康德、黑格爾、叔本華五大家。

　　總之中國古代美學的理論寶庫，數量巨大，名家名作林立；成就高超，精彩觀點層出不窮，多個時期取得了至少可與同期整個西方媲美的偉大成就，在數量和成就方面，總體上超過了西方。筆者認為中國作家和學者，必須認真學習中國古代美學，作為自己的根基，然後學習西方美學，作為輔助。

　　第二部分是筆者首創的美學理論和研究方法。筆者新創的美學理論的名稱——意志悲劇和意志喜劇、神秘現實主義和神秘浪漫主義，都是筆者新創的語彙。筆者新創的多個理論話語，如拙著《西廂記評注》〔註3〕一書中指出，

〔註 3〕 此書（1996 年完稿）與拙著《水滸記評注》，皆收入蔣星煜為顧問的《六十種曲評注》（獲中國圖書獎），吉林人民出版社，2001 年。

《西廂記》在世界文化史上首創了一個新的愛情模式，即「知音互賞式」愛情，等等〔註4〕，因非美學論文，故而未收入本書。

　　筆者在首創意志悲劇說和意志喜劇說之前，已發表《論王國維的「意志」悲劇說》，做了鋪墊，此文獲得中國藝術研究院戲曲研究所和海寧市聯合主辦的「王國維杯」首屆戲曲論文獎，並收入《戲曲研究》獲獎論文專輯，後又收入上海作家協會《上海作家年度論文選》（此文已收入拙著《王國維美學思想研究》的附論中，故未收入本書）。《意志悲劇說和意志喜劇說》一文，先後向《中國比較文學》和《中國社會科學》投稿，沒有答覆。後收入胡曉明教授主編的中國古代文學理論學會會刊《古代文學理論研究叢刊》，並得到該刊和《上海文化年鑒》的高度評價。

　　筆者首創神秘現實主義和神秘浪漫主義理論也有一個漫長的過程。筆者於 1999 年在拙著《神秘與浪漫》〔註5〕一書首次提出了神秘現實主義這個理論概念。2004 年在上海比較文學研究會第 10 次年會作「神秘現實主義和神秘浪漫主義主義」理論介紹的大會發言，受到與會者的廣泛認同，上海社聯網、《中國比較文學》，2005 年第 1 期、中國比較文學文貝網都做了報導。

　　2008 年 1 月在香港中文大學主辦「重讀經典：中國傳統小說與戲曲國際學術研討會」上，筆者提交《戲曲中的神祕現實主義和神祕浪漫主義描寫略論——中國戲曲的首創性貢獻研究之一》〔註6〕，該研討會學術委員會接受作者在論文中說明的，本文是筆者根據自己首創的「神秘現實主義和神秘浪漫主義」理論所做的研究成果，邀請作者出席會議並將拙文收入大會論文集。

　　2010 年中國水滸學會會刊《水滸爭鳴》發表拙文《水滸傳中的神秘主義描寫述評》。此文開首即說明：「本文是周錫山首創的『神秘現實主義和神秘浪

〔註 4〕拙文《文學理論話語體系建設的設想和嘗試》已做介紹和敘說。按此文提交「全國哲學社會科學話語體系建設協調辦公室」與上海市委宣傳部指導，中國浦東幹部學院、中國社會科學院——上海市人民政府上海研究院、上海市社會科學界聯合會共同主辦，中國社會科學院大學人文學院、上海大學文學院協辦的「中國哲學社會科學話語體系建設・浦東論壇」——「文學理論話語體系建設・2019」（2019 年 7 月 20 日舉辦）。

〔註 5〕周錫山著《神秘與浪漫》，百花洲文藝出版社，1999 年版。

〔註 6〕周錫山《戲曲中的神祕現實主義和神祕浪漫主義描寫略論——中國戲曲的首創性貢獻研究之一》，香港中文大學中文系主編《重讀經典：中國傳統小說與戲曲國際學術研討會」論文集》，香港：牛津大學出版社，2009 年版。又收入周錫山著《中國戲曲縱橫新論》，復旦大學出版社，2019 年版。

漫主義的創作方法』的系列論文之一」，中國社會科學院文學研究所「中國文學網」和中國古典小說網都轉載全文。

感謝以上提及的研究機構認同筆者首創的理論，並發表有關的拙文。

2011 年中國比較文學學會與復旦大學、上海師範大學等上海各高校聯合舉辦的中國比較文學年會暨國際研討會上，筆者提交《神秘現實主義和神秘浪漫主義導論》〔註7〕，但可能主編者不承認這個理論，未收入大會論文集，後發表於中國比較文學旅法分會的刊物《對流》。

第三部分道家哲學和美學理論研究、第四部分美學名家研究，多是提交國內最高級別的研討會的論文，有的論文如《〈老子〉與中國傳統文化對世界文明的貢獻》已經收入《中國文學與世界論集》，本書不再收入。本書的美學名家研究都是古今頂尖名家的美學思想研究。其中金聖歎研究論文一篇，為《金聖歎文藝美學研究》錢鍾書評論金聖歎一文的增補稿。筆者還有多篇論文，如《湯顯祖與莎士比亞偉大藝術成就的總體比較和評論》以中國美學對經典文藝作品的四條最高標準比較和研究湯顯祖和莎士比亞的偉大思想、藝術成就，既是美學論文，又是比較文學的論文，已經收入《中國文學與世界論集》，本書不再收入。

第五部分清代詩壇領袖王漁洋研究，《論王士禎的詩論和神韻說》是筆者的碩士學位論文。當初徐中玉師讓其他同學自選論題，對筆者則建議撰寫王漁洋的神韻說研究。當時此乃難度很高的論題，因神韻說縹緲虛無，極難掌握，此前僅有一二論文發表。我在規定的四個月的時間內撰寫了四萬餘字的此文，經中玉師的意見修改後，得到答辯導師南京師大吳調公教授和上海師大陳伯海教授的好評。全文在略作壓縮後，作為重點文章發表於人民文學出版社的《中國古典文學論叢》第 6 輯（中青年專號）。今將全文收入本書。其餘數篇皆收入山東大學等主辦的王漁洋國際研討會論文集和筆者應山東社會科學院文學研究所邀請而參與其所承擔的國家社科基金項目的最終成果《齊魯文學的文化內質與文學形態演變研究》並獲山東省社科優秀著作特等獎。

第六部分王國維美學研究，是拙著《王國維美學思想研究》2016 增訂版出版後撰寫的論文 4 篇中的 3 篇。另有《王國維對中西文化的精當認識及其重大意義》，屬於比較文學研究的論文，已收入拙著《中國文學與世界論集》，不

〔註 7〕周錫山《神秘現實主義和神秘浪漫主義導論》，法國中法文學藝術研究學會和中國比較文學旅法分會會刊《對流》，2014 年總第 9 期。

再收入本書。

　　第七部分和第八部分是馮友蘭美學和徐中玉美學研究，筆者是國內外學術界最早研究這兩位宗師、成果最多的學者。

　　馮友蘭美學的研究論文都是提交北京大學、中國社會科學院等主辦的研討會論文。北京大學只有馮友蘭，連續舉辦了國際研討會並出版論文集。

　　徐中玉教授創辦和領導三個國家一級學會（中國古代文學理論學會、中國文藝理論學會和中國大學語文研究會）、創辦和主編三個核心期刊（《文藝理論研究》《古代文學理論研究叢刊》《現代中文學刊》），其主編的《大學語文》教材發行 11 版，超過 3000 萬冊。徐中玉教授著作宏富，取得國內外領先的重大成就。因其低調和嚴於律己，生前除筆者等極少數學者在其九十華誕紀念論文集發表文章外，無人從事研究。筆者在其逝世後，發表論文和回憶文章 6 篇，全面而深入地評論其重大貢獻和深遠影響。徐中玉逝世時，總書記、國家主席深夜電話慰問，由上海市委領導向其家屬傳達；現任和前任的三屆總理李克強和朱鎔基、溫家寶，現任和前任政治局常委韓正、李嵐清，政治局委員孫春蘭等多位黨和國家領導人敬獻花圈，備極哀榮，在國內學者中獨一無二，可見其罕與倫比的崇高學術地位。他逝世後，已有湖北民族大學張金梅教授指導的駱元杏的 2022 年碩士學位論文《徐中玉的古代文論研究》予以詳實研究，相信將有更多的青年學子投入徐中玉美學的研究。

　　第九部分是當代理論思考和研究，對當代最熱門的歷史題材創作和最重要的文藝青年人才培養等問題從美學角度做了探索和研究。

　　《論歷史題材的文藝作品的價值趨向》和《論文化自覺與文藝人才的培養》是中國文聯徵稿的應徵論文，收入中國文聯的論文集。筆者因上海市文化局領導的安排，參與了多項上海市的重大項目。這些論文都是站在全國和上海文藝發展形勢的高度、20 和 21 世紀跨世紀的關鍵時期，縱觀全局而提出的綱領性的意見。

　　筆者另有上海市的重大項目如《振興上海戲曲對策研究》《振興上海話劇對策研究》的《戲曲教育》《話劇院團管理研究》等子課題報告，得到上海市府、文化局領導和有關學者的高度評價，因未涉及美學的內容，故未收入本書。

　　第十部分書評，評論陳允吉、沈善增、祁志祥等一流學者的名著。

　　沈善增的道家經典研究，以注釋和串講結合的形式精細還原《老子》《莊

子》的原意。尤其是《還吾莊子》以堅實的論證和精細的闡發，整體性地、具體而詳盡地有力糾正了郭象舊注和陳鼓應《莊子今注今譯》（中華書局版）觸目驚心的全部錯誤，揭示《莊子》的精深和偉大，將這部道家經典解釋得令人神往、熠熠生輝。

陳允吉教授是國內最早從事佛教與中國文學研究的學者之一，取得了領先性的成就。其《佛教與中國文學論稿》立論精新，敘述詳實，文筆雅俊，是青年學子學習論文寫作的精彩教材。

祁志祥和毛時安同為徐中玉教授最傑出的弟子。祁志祥的美學研究，著作宏富，成就卓著。本書評論的祁志祥三部重要著作，尤其是《中國美學全史》，都取得了領先性的成就。

本書收入的書評也有會議論文和學位論文的評論。筆者每年參加多個學科的研討會，常有評議和評審任務。筆者曾在上海師大、華東師大、上海大學、復旦大學等高校擔任碩博論文的答辯導師；尤其是每年在上海戲劇學院出席多個學科博士生的開題、中期檢查、預答辯和答辯會。今選會議論文的評論一篇、今年的博士論文的評審意見兩篇，以見一斑。

論文的論題精彩，內容豐富或角度獨特，能引起筆者的思考和探索，這是教學相長的美妙結果。有的論文，如《莎士比亞戲劇中的藝術正義現象研究》，以中國著名學者王雲教授首創的藝術正義論理論，分析和評論莎士比亞戲劇，難度大，創新性強，更需答辯導師提出修改和完善論文的指導性意見。筆者從世界歷史和世界文學藝術史的高度和宏闊視野，分析和評論莎士比亞創作的深意，幫助該生提高博士學位論文的學術層次。

此文運用的中國美學分析和評論莎士比亞戲劇的方法，為國內外學者所罕見。拙文《湯顯祖與莎士比亞偉大藝術成就的總體比較和評論》〔註8〕為首創性的用中國美學的評價標準評論莎士比亞戲劇的論文。

第十一部分是針對當今文壇某種現象的短評。其中上海市文廣局負責撰寫的《加快（上海）國際文化交流中心建設》是《新世紀　新步伐　2002～2007》中的一篇。此書原是中共上海市委為迎接中共十七大而撰寫的上海　2002～

〔註8〕 2016・中英高級別人文交流機制第四次會議・湯顯祖莎士比亞研討會論文，《藝術百家》，2017 年第 1 期，又收入上海高校高峰高原學科建設資助項目《湯顯祖與明代文學》，上海人民出版社，2017 年、《東方之韻：跨越時空的對話》（紀念湯顯祖莎士比亞逝世 400 週年活動文集），東方出版中心，2018 年。已收入拙著《中國文學與世界論集》，花木蘭文化事業有限公司，2023 年。

2007 的工作總結報告，原擬市委書記陳良宇撰寫序言。2006 年 9 月陳良宇被撤去職務，此書就改為由中共上海市委黨史研究室組織編寫的向中共上海市第九次黨代會獻禮的報告集了。筆者不是中共黨員，也未參加任何民主黨派，政治身份是「群眾」（普通百姓），因文廣局有關領導的邀請而參與此稿。感謝當年有關領導部門和領導的信任，在他們的指導和幫助下，筆者得以為上海文化建設的總結略效綿薄之力。

　　筆者的美學研究成果都是在徐中玉師治學精神的影響下、運用徐中玉師指導的研究和寫作方法而完成的。徐中玉師生前為拙編《王國維集》、拙著《王國維美學思想研究》作序。中玉師已經仙逝，本書無法請他作序，是莫大的遺憾。

　　現請中國古代文學理論學會會長胡曉明教授撰序，特致謝忱！

　　本書是筆者專著以外的論文結集，承蒙花木蘭文化事業有限公司給以出版，非常感謝！

　　筆者十分懷念和感謝導師徐中玉先生和副導師陳謙豫先生當年的指導和多年的關心、幫助！本文後記敘述了筆者坎坷的治學歷程，並感謝諸多幫助我的師友。

　　本書不足之處，敬請讀者指正！

周錫山
2023 年 3 月於上海

壹、總論

論中國美學在世界美學史上的
地位和意義

　　中國美學自商周的《易經》《老子》《論語》《樂論》和《孟子》等，直至清末民初的王國維，有三千多年的歷史。中國美學史不僅在世界上歷史最為悠久漫長，而且在世界上三大文化體系的諸國中，是唯一沒有中斷、一以貫之的美學體系。其豐富獨特和偉大的成果，不僅對中國現、當代美學有罕與倫比的指導意義並成為其深厚、堅實、雄偉的基礎，而且在世界美學史上也具有罕與倫比的重要地位，並將對世界當代美學產生極其重大和深遠的影響。本文擬從這些角度作一闡述，以期拋磚引玉，如果中外學者於此給予更大的關注，並作出更為豐富精闢的論述，則為予之願焉。

一

　　美學是文學藝術創作實踐的抽象總結或哲學表現，美學的產生與發展必須以文學藝術創作實踐為堅實基礎。再大而言之，世界上共有三大文化體系，即中國及其所影響的東亞文化的中國體系（主要包括日本、朝鮮、越南等），印度體系和以古希臘、羅馬為源頭的西方體系（蘇聯、東歐、拉美在文化上也屬此體系）。美學和文學藝術皆是大文化體系中的分支，因此也理所當然地劃分為以上三大體系。三大美學體系的發展，從比較角度看，可分為四個階段。第一階段，自公元前約十五世紀至公元五世紀的兩千年，是中、印、西三大體系美學的三足鼎立階段；第二階段，自公元五世紀至十五世紀的一千年，在這個階段，西方進入文化毀滅的中世紀，印度梵文文化也逐漸衰落而至十世紀時趨於消亡，

中國美學在世界上獨領風騷；第三階段，公元十六至十八世紀初期的二百餘年，中、西美學相互對峙，雙方各有成就，但在總體成就上，還是中國超過西方，領先於世界；第四階段，公元十八世紀中期至二十世紀二十年代以前，（大致以我國「五四」運動為界）的約二百年，西方美學飛躍發展並取得驚人的成就，更且產生了馬克思主義的美學思想，我國由於封建專制猖獗，統治集團腐敗無能，造成政治、經濟、文化全面落後，無法與西方抗衡，但是個別美學家如王國維和個別領域依舊取得巨大成就，處於世界美學發展的前列。

根據以上四個階段的劃分並結合文藝創作的實踐，我略述世界美學的發展概貌，從中顯示我國美學的巨大成就、崇高地位和深遠意義。

世界上最早的美學發祥地在中國和古希臘。中國的《易經》《詩經》中闡發的樸素美學思想是世界上最早的有關論著。我國先秦時期產生的《論語》《老子》《孟子》《莊子》《樂記》等，和古希臘的柏拉圖《文藝對話錄》、亞里士多德的《詩學》等，大致同時產生，共同組成世界美學史上的第一個高潮。中國的美學著作數量龐大，探討和總結的理論成果的總體成就要高於古希臘。

接著，我國進入西漢時期，西方則羅馬帝國代興。我國西漢的《詩經》《楚辭》學研究家，司馬遷、班固等史學家，揚雄、王充等經學研究家，在其論著中闡發美學觀點；魏晉南北朝時期，中國產生了鍾嶸《詩品》、陸機《文賦》和劉勰《文心雕龍》，美學作品的數量和取得的成就，皆遠超羅馬。世界美學史上的第二個高潮，重大的成果都是中國創造的。

中國唐宋時期（公元七—十四世紀），進入第三次高潮，明末清初時期（公元十六—十七世紀）形成第四次高潮。歐洲處於「黑暗的」中世紀，文化創作幾近空白。

我國美學自公元三世紀至十七世紀的一千五百年中，領先於全世界；中國美學的第二、三、四次三次高潮，也是整個世界美學中的第二、三、四次三個大高潮。

中國美學的領先於世界還必表現在詩文、戲劇、小說、繪畫（包括書法）、音樂美學的全面領先。同時更表現在作者林立、著作如繁星般的巨大數量。在此期中，印度較重要的美學著作有婆羅訶《詩莊嚴論》、檀丁《詩鏡》（七世紀）、勝財《十色》（十世紀）和毗首那他的《文鏡》（十四世紀）等，隨著梵文的衰落，印度文學和美學從此一蹶不振，直至本世紀的泰戈爾，才有個別名家重新進

入世界前列。西方在一蹶千年之後，終於自十三、四世紀的文藝復興時期起重振聲威，但直到十七世紀末，於文學領域中雖然進入新的高峰，有意大利的但丁、英國的莎士比亞、一直到法國的古典主義諸家，其於美學領域則未見大家。此期印、西美學著作多論詩學，有時涉及小說、戲劇等門類，也未深入。至於繪畫、音樂等則付厥如。其他諸國僅日本等少數國家有零星美學篇章，沒有重要建樹。

再反觀我國，在西方和印度美學相當冷寂的一千五百年中，正是我國美學與文學一起進入自覺的時代，取得巨大發展的輝煌時期。

在中國美學的第二次高潮時期即魏晉南北朝時期，有三部代表性的美學著作問世，它們是：陸機《文賦》、劉勰《文心雕龍》和鍾嶸《詩品》。《文賦》是世界上第一篇深入探討藝術想像和創作靈感的美學論文。《文心雕龍》體系宏大嚴密，是中國先秦以來近二千年文學和美學的偉大成就的光輝總結。因此此書的觀照和研究範圍和歷史跨度大大超過亞里士多德《詩學》和婆羅多牟尼《舞論》，也因此此書在學術地位和成就上可與亞婆兩著鼎足而三。如果說《莊子》中的美學部分的偉大成就已足與亞氏《詩學》相侔，那麼《文心雕龍》的出現，標誌著中國美學已開始超出西方和印度並進入獨步世界的歷史地位。

唐宋時期作為中國和世界美學第三次高潮，此期美學的最突出的業績是唐宋古文運動領袖韓愈、柳宗元的文章美學和以司空圖、嚴羽為代表的詩歌美學。

我國古代的文章，包括韻文（主要是駢文）、散文特別發達。其名家名作數量之多燦若繁星，為世界上獨有的藝術現象。駢文的美學理論已由《文心雕龍》所包含並大致完成。古文理論則隨著古文創作實踐的發展，大倡於唐代之韓柳，而完成於北宋之歐、蘇，其餘韻則流蕩於明清，至桐城派才寫下句號。

唐代白居易等人一方面發展了現實主義詩論，而皎然（《詩式》）、司空圖（《二十四詩品》）包括日本來華留學的遍照金剛（《文鏡秘府論》）和宋代的嚴羽（《滄浪詩話》）則從另一方面發展了神韻派、意境說詩學，取得了輝煌的成就與意義。

明末清初的中國美學在詩學、戲劇美學、小說美學諸方面都達到極高成就，其中如王夫之、葉燮，王士禛（王漁洋）等的詩學名著，金聖歎和李漁的劇學名著，金聖歎、毛宗崗等人的小說美學名著，都領先於西方，形成中國和世

界美學史的第四個高潮。

我國音樂美學的成就遠超過西方，尤其是明末清初的戲曲音樂美學已臻時代極境，此時西洋歌劇的理論尚處萌芽草創階段。我國的書法美學，除日本在近代得到繼承外，別國無法望其項背。中國文字的形意美，是中國人民的無與倫比的偉大創造。書法美學是此美的理論概括。

我國早在先秦的《莊子》中即觸及到繪畫美學，南北朝時隨著人物畫的高度發達，繪畫美學也應運而生。此後經唐宋至明清，人物、山水、動物諸畫大批產生，在十九世紀西方風景畫湧現之前，中國繪畫和理論的極其豐富性也是世界上獨一無二的。其成就更是一個不可逾越的古典高峰。在唐代，自王維始，做到「詩中有畫」、「畫中有詩」，在世界上首先將詩畫美學原理互相溝通。到宋代，自蘇軾起，又在理論上舉起『詩畫本一律』的旗幟。清初王士禎（王漁洋）在進一步深入探討「詩畫一致」的同時，又注意區分兩者的區別並給以理論闡述，皆在世界美學史上有首倡之功。萊辛《拉奧孔》這部不朽名著所取得的有關成就，在時間上已遠在中國之後了。

二

與中國文學的偉大成就相適應，中國美學研究也有極大的成績。這不僅表現在研究的極其全面和深入，並帶有鮮明的民族個性，而且在研究方法上也不斷創新，不斷產生新的論述體裁。這些體裁，不僅是西方有的我國皆有，其中有些還是我國所特有，而這些獨特體裁的本身，即是我國美學家對世界美學史的傑出貢獻。

我國最早的美學觀點出現於哲學宏著如《易經》《老子》中的片言隻語，但又受其哲學觀念和體系之籠罩，形成自己的美學體系的根本觀念和民族特色，影響至為巨大。從字面看，如《老子》中的「大音希聲」、「至樂無樂」等，似乎僅有片言隻語表達美學觀點，但是《易經》和《老子》中以氣為主，以道為本和陰陽、辯證的哲學觀念和體系，籠罩和冠領我國整個文化史包括美學史，對我國美學的產生和發展起著決定性的影響。曹丕「文以氣為主」，韓愈「文以貫道」的主張是中國美學整體的體現，而陰陽剛柔理論和藝術辯證法則，貫串著整個中國美學。

後來，按時間次序先後產生的還有：

孔子《論語》和後人記載他的言論的別的著作所採用的語錄體。

《孟子》首創的散文體。

《莊子》創造的寓言體。

莊子和其師承的老子兩人共創的老莊即道家美學思想，與孔子《論語》及其繼承者和其整理研究過的《易經》所共同形成的孔孟即儒家美學思想，成為中國美學的兩大源頭。其影響遠比亞里斯多德和柏拉圖對西方美學的影響大得多，西方和印度還沒有一位美學家像老、莊、孔、孟這樣對本國或本體系的美學產生這樣偉大的影響。因此他們的哲學論著和語錄、散文、寓言體，是影響至為巨大的美學名著。尤其是莊子的美學論文，在至今為止的世界美學史上是空前絕後的用寓言體寫作的美學經典著作。

以上皆產生於先秦時代，西漢時又產生：

《詩大小序》的序（跋）體，其中短的小序又類似今日的「編者按」一類的文體。

西漢揚雄的對話體。

司馬遷《史記》首倡的評傳體，如《屈原列傳》《司馬相如列傳》等。繼《史記》之後的二十四史其他著作也都有此體。

班固《漢書》中《藝文志》首倡的敘錄體。

王充《論衡》、桓譚《新論》等的論文體。

南北朝時我國的文學藝術進入自覺時代，美學發展進入我國美學史的第二個高潮，並取得新的突破性成就。美學論著體裁又產生新的形式：

辭賦體，著名的陸機《文賦》用新的文學創作的形式來表達自己的美學思想。

專著體，有體大思精的劉勰《文心雕龍》和論文與文學品第相結合的鍾嶸《詩品》。

畫論體，用畫論形式闡述美學觀點。其最早的名著為南朝謝赫的《古畫品錄》，它也是世界上最早的繪畫理論和美學著作。

小說體，《世說新語》用小說形式在評論、描寫人物時闡述了人物美學的思想。

書信體，南北朝時的文學家首倡用書信形式闡述作者的山水美學觀點。後來不少理論家用書信闡發自己的詩文，戲曲美學觀。

唐宋是中國美學舉史上的第三個高峰，此時又出現：

杜甫《戲為六絕句》首創的論詩詩，後繼者極眾，最著名的有金代元好問

《論詩絕句三十首》、清代王漁洋的《論詩絕句》等。後又發展有論畫詩，杜甫又是此題第一位名家，論（戲）曲詩等等。不少山水詩也成為論山水美的出色的風景美學作品。

司空圖《二十四詩品》創造的詩歌體美學著作，其中的美學思想對唐以後直至明清的詩歌美學的影響極大。

北宋歐陽修創立詩話體，後來詩話又發展到詞話、曲話，乃至文話和小說話。宋元明清大量詩話、詞話的產生，使這個體裁成為中國美學最主要的表達形式之一。

筆記體，唐朝即有萌芽，宋代大盛，元明清三朝歷久不衰。著名的如蘇軾《東坡志林》、陸游《老學庵筆記》直至清代王漁洋《香祖筆記》等五種和俞樾《春在堂隨筆》等等，皆有豐富、精彩的美學觀點。

評點體，南宋劉辰翁首先大力撰寫，其對《世說新語》和古文之類的評批，給後人以很大啟示。

明末清初是我國美學史的第四個高峰，明清兩代主要是發揚廣大前已產生的美學論著諸體。

我國美學研究的方法和體裁還有許多，如大量的文史哲著作、劄記，乃至地方志、祭祀文，都是傳達美學見解進行文學藝術評論的工具。

另有一種體裁和一種形式值得注意：

中國批評家喜用「選體」來表達自己的美學傾向或美學觀念。他們用編選詩文、戲曲選集的形式，並在書前冠以序言（近現代西方則將長序稱為「導論」），來提倡、推廣某種文藝宗旨，宣傳某種美學觀念或理論，或者將選與評相結合（如明代孟稱舜選評的雜劇《柳枝集》和《酹江集》）等。於是我國文學史，美學史上形成了一種被稱為「選家」的獨特研究隊伍。西方文學和美學家採取這樣的手段已是現代之事了。

我國文學、美學研究界很早就有使用辯論、爭論形式來推動文學藝術、文藝理論、美學思想發展的習慣。如繪畫領域中的南北宗之爭，戲曲領域的本色派與文采派之爭和沈湯之爭，文學領域的唐宋詩之爭，等等。還有以地域劃分的文學美學流派的爭論，如明詩中的竟陵派和公安派，清詞中提倡清空與質實不同美學思想的浙派與常州派之爭等。有時是同時代文藝家用書信和論文進行爭論，如沈（璟）湯（顯祖）之爭；也有幾代學者進行大規模的論爭，如明代後期曲論家關於《琵琶》《拜月》《西廂》三戲孰為高低，文采、本色孰為優

劣的長達五、六十年的大辯論,更有遠隔數代的學者之間的反覆筆戰,如圍繞《楚辭》尤其《離騷》這部偉作,司馬遷《史記》、班固《漢書》直至劉勰《文心雕龍》等一系列著作,作出針鋒相對的論述,時間長達五個世紀,更屬世所罕見。

我國美學著作的體裁和表達方法如此繁多豐富,層出不窮,真乃舉世未有,其中除少數幾種外,多為我國美學家所首創,不少體裁為我國所獨有,其中尤值得稱道的是詩話和評點兩體。

我國詩詞曲話體中有多部專著在世界上領先具有劃時代的意義,如嚴羽《滄浪詩話》的詩禪合一理論、王漁洋《帶經堂詩話》的神韻說美學、王國維《人間詞話》的境界說美學,等等。又如《李笠翁曲話》在戲曲美學方面也是劃時代的著作。

評點體也廣泛適合於眾多的文藝體裁。評點體繼宋末劉辰翁之後,至晚明得到充分發展,評批之作猶如雨後春筍,大批湧現,湯顯祖、徐渭、李贄等大家亦皆染指於此。到明末清初的金聖歎達到評點美學的最高峰。他以評點作為闡發和建立自己美學思想及其體系的主要方法,舉凡小說、戲曲、詩歌、古文,他都有評點,都有卓異的成就,尤其是金批《水滸》和金批《西廂》,是世界上第一流的文學批評和美學名著,奠定他作為世界文學史和美學史上最早的成熟的小說理論家和最傑出的戲劇理論家之一的不朽地位。繼金聖歎之後,我國又產生了毛聲山、毛宗崗父子評批的《琵琶記》和《三國演義》,李漁、張竹坡評點的《金瓶梅》,脂硯齋等人批點的《紅樓夢》等名著,造成清代讀者非批點的小說、戲曲几乎不讀的罕見局面。

詩(詞、曲)話和評點體著作不僅數量眾多,成就極高,而且是值得西方和別國借鑒、引進的先進方法。靈活機動的樣式,輕鬆活潑的文筆,精闢獨到的言論,廣闊且又細膩的視野和眼光,凡此種種,皆長期深受學者的喜愛和讀者的青睞,是中國美學家對世界美學史獨特而巨大的貢獻。

中國美學論著有大量的直覺、靈感式的評論,片言隻語要言不繁的表達,常常一語中的,發人深省。如宋代吳文英詞優美深邃,善用時空交錯、跳躍的筆調,舊時讀者有時很難讀懂或理解其好處,歷代評論家的分析,如《宋七家詞選》說他:「以綿麗為尚,運意深遠,用筆幽邃,鍊字鍊句,迥不猶人,貌觀之,雕繢滿眼,而實有靈氣行乎其間。」況周頤說:「夢窗密處,能令無數麗字,一一生動飛舞,如萬花為春。」周濟認為其佳作「如水光雲影,搖宕綠

波，撫玩無極，追歎已遠。」不僅一言中鵠，見解深刻，而且其評論的文字本身很美，也有賞心悅目的欣鑒價值。有的美學評論本身即是優秀的文學作品，如梁啟超評陸放翁詩二首，其中一首說「詩界千年靡靡風，國魂銷盡兵魂空。集中十九從軍樂，亙古男兒一放翁。」讀了不僅極有美感，而且令人熱血沸騰，壯心難已。此類美學論著極多，不勝枚舉。

有人指責中國美學論著罕見專著，多為零碎片段，成就不如西方。此實似是而非之論。第一，體大思精、系統井然的專著，是近現代資本主義社會經濟條件下的產物，西方此類專著的大量湧現也是這個時期的產物，在維柯《新科學》、康德《判斷力批判》等專著的出現之前，西方也很少有這類宏著。我國《文心雕龍》、李漁《閒情偶寄》、金聖歎《金批西廂》和《金批水滸》、王國維《宋元戲曲考》和《人間詞話》等書也是嚴格意義上的專著。第二，成就大小主要看內容，而不是看形式。有許多專著，大而空，言之無物，就沒有價值。即使片言隻語，如果言之警新有物，也有重大的價值和影響。第三，各民族的著作有自己的特色，不能強分高低。第四，我國許多美學家的一系列言論看似零碎，實際上裏面隱藏著偉大的體系，只是淺陋者視而不見而已！另外，我國十八、十九世紀的文化衰落，難掩此前二千年的光輝，對此我們要給予清醒、公允的估價。至於急起直追，建立現代美學體系，寫出無愧於時代的美學宏著，是我們的責任和義務。

三

中國文化歷來自覺認真學習外來文化並善於吸收和融化使之內化為一體，是世界上融會三大文化體系的最傑出的典範。作為中國文化一個重要分支的中國美學又是中國文化中融會中、印、西三大體系的少數典範之一。

中國美學的吸收和融化的過程大致可分為三個階段。第一階段為中國內部南北派美學，即南方的楚地、吳越與北方的華夏互相吸收長處，形成剛柔結合的一體，此為先秦至西漢時期，時間長達一千多年。第二階段自東漢至唐宋，時間也長達一千多年，吸收與融會南亞的印度文化和美學、中亞文化和美學。第三階段，學習和融會西方文化和美學。這個學習階段，發端於兩漢，唐宋元明並未中止，但至晚明清初始有規模，在清末民初至本世紀三十年代形成第一個高潮（學習對象包括俄蘇在內的整個西方），五十年代形成第二個高潮（此時的學習對象以蘇聯為主），八十年代形成第三個高潮（學習對象以西歐、美國為主），終於

在 20 世紀形成中國美學由中，印，西三大體系融會綜合的整體格局。

我國的春秋戰國時期，由於國家不統一，出於政治和社會發展的需要，諸子百家應運而生，學術昌盛，美學也發展迅速。西漢建立後，政治開始鉗制文化和學術，漢武帝獨尊儒家的結果，造成文化、學術日趨凝固僵化，美學也停滯不前。正在此時，印度佛教於西漢末年始入中土，經過東漢時期的宣傳和傳播，至南北朝時進入昌盛階段。佛教吹來一股強烈而清新的思想之風，給我國已顯凋敝的文學界、學術界、美學界帶來極大的刺激。不少學者，詩人和藝術家、美學家對印度的佛教文化無限嚮往，往西天取經者不絕於路，翻譯經論者雲集於南北之都，自東漢、六朝至唐代，歷時五個世紀，終於完成了引進任務。然則此時的佛教文化和哲學、美學思想尚未內化，故而與我國固有的文化、思想互相併行而並未完美結合。唐代的傑出詩人和美學家王維、皎然、司空圖和日本來華留學的高僧遍照金剛等人，開始進行中印美學的融合工作，至宋代達到徹底融會貫通，於是最終形成中國文化的儒道佛三家結合的宏偉格局，中國美學也更趨博大精深。

中國文藝和美學吸收印度文化精華的道路，不僅是漫長的，也是曲折的。印度文化精華主要是兩個組成部分，一為梵文古典文學和美學，一為梵文佛經和佛教藝術及美學。由於歷史的客觀條件限制和曲折性，我國文藝和美學學習吸收的主要是後者。梵文古典文學和美學名著，有的缺乏傳入中國的媒介，有的在進入中國途中，迷失和散佚在中亞（包括新疆）的絲綢之路上，少數由佛教徒帶入如曾藏於浙江國清寺的梵文劇本等，因缺乏譯介，對中國文藝和美學並未引起重大影響。佛教文藝和美學觀首先於南北朝和隋唐時代影響到中國的壁畫藝術和美學（主要是敦煌藝術）、中國的雕塑藝術和美學、小說藝術和美學（六朝志怪的部分作品和唐代變文），這些都與佛教藝術和美學有直接關聯。在唐代，我國佛教界的學者開始將印度佛學內化而產生中國的禪學。禪學分南、北兩宗，分別講究頓悟和漸悟。禪學南宗在唐代開始進入文學和詩歌美學領域，繪畫和繪畫美學領域。盛唐王維、孟浩然一派山水田園詩人，引進禪學南宗頓悟的思維方式，形成簡閒淡遠的美學風格，在唐詩中，與李白的清新飄逸，杜甫的沉鬱頓挫，鼎足而三，人稱詩仙（道）、詩聖（儒）、詩佛，成為影響後代詩歌及其美學的三個最重要的流派。王維又被元明美學家追認為南宗畫派的創始人，尤其是今已失傳而在明清影響極大的《雪裏芭蕉圖》，在世界上首先創立時空交錯的美學觀，極得宋元明清詩人、作家、美學家的讚賞。元明繪畫中

的文入畫戰勝宮廷畫、民間畫和職業畫家，成為中國畫的主流；而簡閒淡遠的山水畫又成為文人畫的主流。北宋大文豪蘇軾稱道王維「詩中有畫，畫中有詩」，又提出「詩畫本一律」的神韻派美學觀。我國山水詩，畫及其美學所追崇的神似、寫意的理論，是禪學南宗對中國文藝、美學影響的產物，至明清時又再次進入文藝領域並給創作實踐以有力指導，成為明清傳奇（主要是崑劇）高度繁榮並達到領先於當時世界的藝術水平的主要原因之一。

中國美學家自晚唐司空圖《二十四詩品》開始探討，總結詩歌的寫意美學，至南宋嚴羽《滄浪詩話》正式提出：「大抵禪道惟在妙悟，詩道亦在妙悟。」「惟悟乃為當行，乃為本色。」用詩禪一致的觀點總結唐詩的偉大成就，建立了妙悟說和興趣說，總結出「所謂不涉理路，不落言筌者，上也」、「盛唐諸人惟在興趣，羚羊掛角，無跡可求。故其妙處透徹玲瓏，不可湊泊，如空中之音，相中之色，水中之月，鏡中之象，言有盡而意無窮」等一系列重要的美學觀點，使中國美學完成了儒道禪三位一體的美學結構，在世界美學史上有劃時代的意義。此後明末董其昌在繪畫領域正式確立南宗即寫意美學的主導性地位，清初的王漁洋在詩歌領域中倡導和總結神韻說美學，意味著中國在接受印度佛經美學的菁華以後，以寫實與寫意相結合，以寫意為主導的中國美學的最後完成。

我國自兩漢起即以西域（中亞地區）為媒介，吸收西方文化，充實自己。隨著張騫、班超等人打通西域通道，我國與羅馬帝國有了經濟貿易和文化交流的活動，所謂「千古壯觀君知否，黑海東頭望大秦（按指羅馬）」（王國維《詠史》），已成為我國古代有開放觀念的有識之士的理想。羅馬的雜技雜耍等藝術傳入漢朝宮廷，對我國早期的戲劇活動有良好的借鑒作用。吸收西方文化的進程雖然緩慢，但一線未斷，至晚明隨著西方傳教士的來華而漸成格局，清初康熙本人也十分重視學習和引進西方的先進文化。清代中後期由於封建專制猖獗，政治黑暗，經濟凋敝，加上對文藝、學術的高壓政策，造成文化發展衰竭，西方列強相繼入侵，民族陷入危亡之慘境。於是中國知識分子中的先進先覺者遂興起向西方學習的熱潮，形成西學東漸的時代潮流。王國維曾極其精闢地指出：

> 佛教之東，適值吾國思想凋敝之後，當此之時，學者見之，如饑者之得食，渴者之得飲，擔簦訪道者，接武於蔥嶺之道，翻經譯論者，雲集於南北之都，自六朝至於唐室，而佛陀之教極千古之盛

矣。此為吾國思想受動之時代。然當是時，吾國固有之思想與印度
之思想互相併行而不相化合，至宋儒出而一調和之，此又由受動之
時代出而稍帶能動之性質者也。

　　自宋以後以至本朝，思想之停滯略同於兩漢，至今日而第二之
佛教又見告矣，西洋之思想是也。〔註1〕

　　他正確指出了我國學術界、文藝界學習西方的主觀動機和客觀形勢。王
國維本人是我國系統引進西方美學並使之與中國美學有機結合的首創者和
典範。他自覺、積極引進西方自亞里士多德至叔本華、尼采的西方美學，又
在引進的基礎上對康德的壯美和優美理論、席勒的遊戲說和美來自生活的理
論、叔本華和尼采的美學作了加工和改進，來研究中國文藝名著並創立境界
說美學，達到近現當代世界美學的領先水平，貢獻極為巨大。對此我已有《試
論王國維與德國美學》〔註2〕等論文詳述，茲不展開。王國維的境界說，植根
於中國博大精深的文藝創作及其理論和美學，充分吸收印度文化和美學的菁
華（其中有三個層次；前已有述中國美學是儒道佛的結合，「境界」一詞本為佛經語言故借用
了佛經概念，叔本華美學也汲取了印度佛教文化）、西方文化和美學的菁華，是以中為
主、「三美」（中、印、西美學）皆具和交融的美學理論，開創了中國和世界美學
史的新時代！

　　綜上所述，中國美學在汲取和融合外來美學方面一貫是主動、自覺、積極
和明智的，中國美學發展到「五四」新文化運動以前的王國維，成為世界美學
中唯一融合三大體系的典範，並已成為中國現、當代美學的優秀傳統。

四

　　中國美學領域產生大量優秀論著，極大地豐富了世界美學的寶庫，中國
美學的以表現為主的寫意美學與西方以再現為主的寫實美學，成為世界美學
的兩大基本內容。因此，到本世紀初為止的世界美學史中，中西美學的成就
大致相當。

　　可惜的是，由於種種原因，西方美學在東方已產生相當巨大的影響，而中
國美學對西方的影響則遠遠不夠。照理，西方諸國與中國類似，也善於學習外
來文化。古希臘、羅馬文藝、美學的偉大成果為其他西方諸國所一致崇敬，並

〔註1〕 拙編《王國維文學美學論著集》，北嶽文藝出版社，1987 年版，第 106 頁。
〔註2〕 《文藝理論研究》，1989 年第 4 期。

作為共同的源頭,西方近代諸國互相學習亦蔚然成風。可是西方諸國文化的源頭相同,語系相近,屬同一體系,形成同一整體風格。與印度相比,印度古典文藝、美學逐漸消亡,其中有非常複雜的歷史原因,而缺乏與他民族的文化交流,是其中的主要原因之一。西方諸國互相學習、極大地推動了自身文化的發展,但在一個相當長的歷史時期中他們夜郎自大式的歐洲中心論又束縛了自己的眼光,在學習、吸收中、印體系文化方面,嚴重不足。

當然,西方也有學習其他體系文化的成功經驗。如西方將古代以色列的《聖經》據為已有,他們也引進中世紀阿拉伯文學名著《天方夜譚》等,歌德讚賞中國的孔子哲學和才子佳人小說,宣稱梵劇《沙恭達羅》對其平生最得意的巨著《浮士德》的良好影響;英法文壇、劇壇對元劇《趙氏孤兒》傾倒之餘,伏爾泰據此創作《中國孤兒》,叔本華吸收印度佛學建立自己的美學體系,布萊希特在創立自己體系時重視借鑒中國戲曲美學體系,又借鑒元劇《灰闌記》創作《高加索灰闌記》,英美意象派詩人認真學習唐詩化為己用,寫出一代名作,等等。但整體說來,西方未能做到如中國那樣全面、深入、持久學習其他體系的文化。西方如能學習中國這個經驗,西方美學中能在現在的基礎上再提高整整一個層次。當然,西方已有一些有識之士尤其是漢學家和比較文學研究家,意識到東西方文化交流和學習、吸收東方尤其是中國文化包括美學的極端重要性。

中國美學論著的獨創性體裁,如詩話體、評點體等,也值得當代中國和西方文藝理論家、美學家學習並使用。當代中國一些詩論家已重新拾起詩話這個體裁,寫出不少好的文論、美學著作,其中錢鍾書的《談藝錄》《管錐篇》實際上是新詩話的典範。丁西林於六十年代評點英國著名劇作家巴里的《十二英鎊的神情》,發表後很受文藝界、美學界、學術界的讚賞。湖北近年出版的適用中小學生的古文評點課本,發行量竟達一千萬冊之巨。此類體裁完全可推行到世界範圍內廣為運用。

我認為中國美學中的寫意派妙悟說、神韻說、意境說等美學理論最可供西方學習和吸收。妙悟說和神韻說的主要美學觀點本文前已論及,有的中外研究者認為它們與當代西方現代派文學藝術所體現的時空交錯、跳躍突進、模糊含蓄、反結構無情節等美學追求,有基本的共通之處,而中國古代體現這類美學觀的極其豐富的文藝創作實踐中許多優秀成果,已臻極致。至於意境說,是中、印、西三大體系美學的結晶,更應是全人類的共同財富。

王國維在闡述意境說的基本內容時說：

> 大家之作，其言情也必沁人心脾，其寫景也必豁人耳目，其辭
> 脫口而出無一矯揉裝束之態。（《人間詞話》）

這段言論，他又另有一說：

> 何以謂之有意境？曰：寫情則沁人心脾，寫景則在人耳目，述
> 亨則如其口出也。古詩詞之佳者，無不如是，元曲亦然。（《宋元戲曲
> 考》）

他強調大家之作能臻此絕境，因為作家詩人「所見者真，所知者深」，故「對自然人生（一作「宇宙人生」），須入乎其內，又須出乎其外」，不僅能「創調」，在藝術形式上獨創，而且能「創意」，在藝術內容上獨創，更且「於豪放之中有沉著之致」，達到有「言外之味，弦外之響」，「其志清峻，其旨遙深」，「言有盡而意無窮」的高度。

縱觀西方和其他國家的文藝史，不少優秀之作也達到這樣高的成就，惜乎西方文藝理論家並未如王國維那樣給以系統完備的總結，從而建立完整而嚴密的意境說理論。

尤其是作為意境說中重要的創作方法之一「情景交融」，是我國唐詩、宋詩、元曲輝煌創作成就的一個光輝總結。自十九世紀以來，西方小說家以美國的庫柏和法國的夏布多里昂開其端，也攀上了這個藝術高峰。後來的英國詩人和法、俄（包括蘇聯）、英、美小說大家亦皆擅長於此。如法國羅曼·羅蘭《約翰·克利斯朵夫》描寫約翰·克利斯朵夫在德國故鄉備受挫折後去法國以求舒展才華，他在步入德、法邊境時的景色描寫滲透著主人公無比複雜的感情，實為情景交融的佳篇。俄國岡察洛夫《平凡的故事》中女主人公在山崖上空等情人，自秋轉冬、自冬至春的風景描寫，與她無限惆悵的痛苦，融合無間，帶有強烈的感傷色彩，亦為此類佳例。至於屠格涅夫諸作，尤其是《貴族之家》中的一些場景，被我國研究家奉為情景交融的範例。二十世紀西方優秀電影也於此大擅勝場，如法國據巴爾扎克原著改編的優秀影片《歐也妮·葛朗臺》中三個花園場景的情景交融鏡頭在刻畫人物性格，表現人物命運和深化主題方面，起了極其重要的作用。優秀故事片中的許多空鏡頭，依賴高明的剪輯手段，能有力地表現人物豐富、深邃的感情，產生極強的藝術感染力。西方美學家如勃朗兌斯在其巨著《十九世紀文學主潮》中僅觸及外圍，未能深入「情景交融」的美學理論堂奧。巴爾扎克的美學論著也是如此。直至現當代，儘管西方文藝

創作家在藝術實踐中已達到這個成就,而文藝理論家和美學家則並未能給予總結並給予理論闡述。於是,我國美學家在意境說方面則獨擅勝場,為世界美學史作出了又一個傑出的貢獻。

<h2 style="text-align:center">五</h2>

中國女性美學家和美學論著的出現是世界上最早的,其數量和光輝成就也領先於世界。

李清照(1084~1155)作為中國古代一流詞人,在北宋時期完成的《詞論》,是宋代的重要詞論,也是她本人創作詞的理論指導。這是世界美學史上第一篇女性作者的詩學論文。

到了明清階段,女性的美學文章大量出現,主要是圍繞《牡丹亭》的評論。可惜大量失傳。清代才女李淑說:「閨人評跋,不知凡幾,大都如風花波月,漂泊無存。」(《吳吳山三婦合評牡丹亭還魂記‧跋》)據統計,至今可知的明清婦女評論的劇目有 28 種〔註 3〕,明清女子涉足《牡丹亭》批評的有 16 人〔註 4〕。但其絕大部分是零星的評論,且不少已經散佚;現存女性撰寫的《牡丹亭》評批本共有兩部,即《吳吳山三婦合評牡丹亭還魂記》(簡稱《三婦評本》)和其後的《才子牡丹亭》。「今三嫂之合評,獨流佈不朽」(出處同上),其中唯一廣為流傳、成就最高、影響最大的是《三婦評本》。

《吳吳山三婦合評牡丹亭還魂記》是《牡丹亭》的首部女性評本,《牡丹亭》的最佳評本,清代文學的最佳評本之一;也是中國乃至世界首部女性撰寫的文藝評論專著,具有崇高地位和重大意義。此書繼承金聖歎評點文學的方法和精神,在清代是成就、名聲和影響僅次於金聖歎評批的《貫華堂第六才子書西廂記》(《金批西廂》)的評批本,甚至連清代中期的有些《金批西廂》的翻刻本也盜用「三婦評西廂記」的書名印行,可見其在當時的影響之大。

《三婦評本》展示了清代康熙時期杭州地區三位才女的卓越才華,是《牡丹亭》明清評批本中,鑒賞水平最高、評點最細膩的評批本,在總體成就上超過《牡丹亭》全體男作者的評批本,也超過了署名湯顯祖的諸多評批和評論成果,取得了傑出的理論成就。

〔註 3〕 華瑋《性別與戲曲批評——試論明清婦女之劇評特色》,中國臺北:《中國文哲研究集刊》第九期,1996 年。

〔註 4〕 譚帆《論〈牡丹亭〉的女性批評》,張宏生編《明清文學與性別研究》,南京:江蘇古籍出版社,2002 年版。

《三婦評本》矚目於《牡丹亭》的戰爭描寫，精心評批，其評述原作描寫的戰事和有關人物的表現和謀略的評語，雖僅吉光片羽，也已難能可貴，尤其是將之緊扣藝術分析，水乳交融地娓娓道出，手段高明。此書是中國和世界文化史上最早的女性評論戰爭的成果，閨閣才女論兵說戰，彌足珍貴〔註5〕。

六

中國當代學者創立了彙編體。

名家的研究資料彙編如《杜甫資料彙編》《柳宗元資料彙編》等多種。

名作資料彙編有《水滸傳資料彙編》《紅樓夢資料彙編》《西廂記注釋匯評》《牡丹亭注釋匯評》《人間詞話彙編匯校匯評》等等。

另有類編，如《宋詩話全編》《遼金元詩話全編》《詞話全編》《文話全編》等等。

還有《中國古代文藝理論專題資料叢刊》等等。

這些彙編作品中的美學理論資料琳琅滿目，蔚為大觀。

七

長期以來，反傳統文化的學者崇洋迷外，總是強調西方美學有專著，中國都是零碎的資料。事實是古近代西方的美學專著，數量很少。古近代中國的美學專著，數量和質量都超過西方。中國古近代的美學專著，著名的有南朝齊梁鍾嶸《詩品》、劉勰《文心雕龍》、唐朝司空圖《二十四詩品》、宋代嚴羽《滄浪詩話》、明代王驥德《曲律》、明末清初金聖歎《貫華堂第五才子書水滸傳》和《貫華堂第六才子書西廂記》、清代李漁《閒情偶寄》、毛聲山《第七才子書琵琶記》、毛宗崗評批《三國演義》、張竹坡評批《金瓶梅》、葉燮《原詩》、劉熙載《藝概》、王國維《人間詞話》等。不少著作體大思精，是當時領先於國內外的美學經典，對讀者欣賞和作者創作都有巨大的啟發和指導作用。

長篇論文有西晉陸機《文賦》、宋朝蘇軾、蘇轍的論文、近代王國維《紅樓夢評論》等等。數量龐大，成就卓著。

綜上所述，中國美學在三、四千年的漫長歷史中建立了自己獨立、完整的理論體系，其間名家輩出，名作林立，並在古近代領先於世界。她不僅是西方

〔註5〕 本節為2016年據拙文《〈牡丹亭〉三婦評本新論》（上海高校高峰高原學科建設資助項目，《上海師範大學學報》，2016年第3期）新增。

和其他文化、美學體系的宏大參照對象，更是可以學習並豐富、充實自己的偉大寶庫。面對中國美學無比豐富深厚輝煌的歷史遺產，中國當代研究家、創作家必須認真刻苦學習，並在吸收西方和印度等國的美學菁華的基礎上，發展中國當代美學，並當代中國美學新體系而努力。

上海藝術研究所《藝術美學新論》，
華東師範大學出版社，1991 年

中國美學與文化大義

中國美學和文論自發源起即重視文化大義的領引作用，並作為最重要的理論內容之一而貫徹始終。故而從時間上說，中國美學和文論與文化大義的關係貫串始終。

從中國美學和文論的論述高度和廣度來說，中國美學和文論中的文化大義與中國哲學有密切關係，還有互文關係。

中國美學和文論中的文化大義內容豐富，可以分為四個層次。

第一個層次是最基本的，論述道德品質、正義仁義、家國情懷的理論

中國美學和文論，自先秦孔子起，就有「知者樂水，仁者樂山。知者動，仁者靜。知者樂，仁者壽。」為創始的比德說（《論語・雍也》）、盡善盡美說（《論語・八佾》），又有主張文品如人品等觀點，極度重視詩人作家的道德品質和思想境界及其對創作的影響。

孔子的興觀群怨說（《論語・陽貨》），重視詩歌和文學關心民眾、社會的社會功能。

儒家孔孟推崇仁政，仁政為民，宣揚得民心者得天下的道理；提倡王道，反對霸道和霸權。《三國演義》毛宗崗評批本第十七回的批語說：「愛兵而不愛民，不可以為將。愛將而不愛民，不可以為君。最善將兵者，必能治兵，兼能治他人之兵，於禁是也。善將將者，必能治將，兼能治他人之將，劉備是也。曹操擊繡之兵，以手扶麥而過，則知操之能為將矣。袁術攻徐之將，於路劫掠而來，則知術之不能為君矣。民為邦本，故此回之中三致意云。」

中國美學和文論正確認識到文學藝術創作是「不朽之盛事，經國之大業」（曹丕《典論·論文》）。過去有人批評此說誇大了文學的作用，現在大家已有共識，建設文化強國是建設經濟、軍事強國的基礎。

劉勰《文心雕龍·原道》「道沿聖以垂文，聖因文而明道」，提出文以明道。韓愈的文以載道，更進一步強調文學創作弘揚仁義和格物致知、正心誠意、齊家治國平天下的孔孟之道。

司馬遷的發憤著書、歐陽修的不平則鳴、金聖歎的怨毒著書論說，則主張文學作品具有維護公理正義的作用。

中國歷來外患嚴重，因此邊塞詩、從軍樂歷來很多。古代文論中在家國情懷方面，讚譽衛國抗敵的言論很多。例如身處晚清強敵入侵的險惡形勢下的愛國志士梁啟超，提出詩界革命，其《論小說與群治關係》主張「文學救國論」，認為文學應該為政治社會變革服務，應該擔負起「救亡圖存」的歷史重任。梁啟超《讀陸放翁集四首》其一：「詩界千年靡靡風，兵魂銷盡國魂空。集中什九從軍樂，亙古男兒一放翁。」其二：「辜負胸中十萬兵，百無聊賴以詩鳴。誰憐愛國千行淚，說到胡塵意不平。」歌頌陸游愛國詩的這兩首論詩詩，是典型的憂患之作。但是梁啟超為了讚頌陸游而用誇張的語言否定「詩界千年靡靡風」是不符合實際的。如元末楊維楨《飲馬窟》：「飲馬長城窟，飲馬馬還驚。寧知嗚咽水，猶作寶刀鳴。」晚明陳繼儒為黃宗羲書近詩《弔熊襄愍詩》於扇相贈，詩云：「男兒萬里欲封侯，豈料君行萬里頭。家信不傳黃耳犬，遼人都唱白浮鳩。一腔熱血終難化，七尺殘骸莫敢收。多少門生兼故吏，孤墳何處插松楸。」此詩憑弔抗清名臣熊廷弼（1569～1625），為其慘遭冤殺而鳴不平。梁啟超的廣東前輩，晚清詩人張維屏讚揚陳連升、葛雲飛、陳化成捐軀報國的《三將軍歌》和歌頌民眾抗英的《三元里》：「三元里前聲若雷，千眾萬眾同時來。因義生憤憤生勇，鄉民合力強徒摧。」年屆古稀的張維屏在聽松廬冒雨檢閱清水濠壯丁800餘人的操練而賦詩：「古云眾志自成城，但執戈矛便是兵。制勝可能收後效？預防都說有先聲。」這些都是典型的描寫或歌頌兵魂之詩。

中國美學和文論面對芸芸眾生，具有悲天憫人的胸懷。語出明末清初黃宗羲《朱人遠墓誌銘》：「人遠悲天憫人之懷；豈為一己之不遇乎！」

當今一般的解釋為，悲天：哀歎時世；憫人：憐惜眾人；天：時世。此語指哀歎時世的艱難，憐惜人們的痛苦。《現代漢語詞典》（第五版）解釋為「對社會的腐敗和人民的疾苦感到悲憤和不平」。

　　這樣的理解是非常片面的。實則上，古人將這裡的「天」，解釋為天命。天命指天道的意志；延伸含義就是「天道主宰眾生命運」，兼含自然的規律、法則。而「悲天憫人」的意思不僅是關注和同情人生的艱難困苦，而且同情自然規律決定的人生中的生老病死，還更善於表現、揭露和批評人性的弱點，並給以教育和挽救；尤其是揭發和批判惡人表現的獸性和罪惡，同情被虐害的善良人們，鼓舞起他們在逆境、困境中的生活勇氣和奮鬥精神。而對於邪惡者也要站在拯救靈魂的高度給以表現和批判。如湯顯祖《南柯記》和《邯鄲記》描寫沉溺於名利的知識分子，精神猥瑣，生活無聊，境界低俗。仙人呂洞賓和蟻國君王，讓他們在美夢中實現自己高官厚祿、飛黃騰達的生活理想，讓他們嘗到美好婚姻的甜蜜，再以殘酷的打擊驚醒他們的靈魂，幫助他們看穿紅塵，精神昇華。

第二層次是妙造自然、自然至上，筆補造化和藝進乎道

　　中國美學和文論認為文藝創作必須向自然學習，在師古人的同時，必須師造化。

　　造化，即自然，大自然、自然界，也指自然界的創造者。造化還包含事物的出現和消亡（造）和事物的變化和發展（化）的意思。

　　唐代畫家張璪「外師造化，中得心源」（張彥遠《歷代名畫記‧卷十‧唐朝下》）是中國美學史上「師造化」理論的代表性言論。

　　董其昌題黃公望《天池石壁圖》曰：「畫家初以古人為師，後以造物為師」。他又重複強調：「畫家以古人為師，已自上乘。進此，當以天地為師。」（董其昌《畫禪說隨筆》卷二）

　　「心源」即作者的思維和內心感悟。「外師造化，中得心源」也就是說藝術創作來源於對大自然的師法，但是自然的美並不能夠自動地成為藝術的美，對於這一轉化過程，藝術家內心的情思和構設是不可或缺的。

　　中國美學和文論的自然說，在創作上，自然至上。即能正確而自然地描寫生活真實。

　　由於自然與自然界的創造者，都無法溯源，只能說是天意決定的。因此天意決定了人的命運，此即造化弄人。

　　這僅是一個方面，另一方面，中國美學和文論清醒認識到天才詩人作家偉大的想像力和創造力，他們在「師造化」的基礎上的真切描寫之外，還能夠超越造化弄人而人弄造化，「筆補造化」。也即自然沒有的，生活中沒有甚至是不

可能發生的人和事，天才詩人作家能夠創造出，寫在自己的作品中。

筆補造化是中國文學藝術作品的最高要求之一。此語原出李賀《高軒過》:「筆補造化天無功」。強調傑出作品重視心智、膽力和對物象的主觀裁奪，特別富有創新意識。

「高軒過」指文壇領袖、大詩人韓愈和皇甫湜坐著高大華美的馬車來看望年輕的詩人李賀，李賀非常感動和榮幸，他當場做詩《高軒過》記敘這個會面的場景。詩中讚美兩人的文筆能補救大自然的不足。「天工，人其代之。」即大自然的作為有不足的，人代它補足。文藝傑作能夠起到這個「補筆造化」的重大作用。

此語中的造化，指的是自然，還兼指自然界的創造者。「筆補造化」，原指筆墨可以彌補自然界、人生（尤指社會人生；按廣義的自然界，包括了人類社會）的不足，形容筆墨的作用大，筆力高超。我認為還應該包括描寫對象的奇異心理描寫和思維過程。

優秀的文藝作品，尤其的天才的經典作品，能筆補造化，能夠超越自然和社會人生。這也可說是「源於生活，高於生活」的一種。也即能夠寫出典型性格的典型人物、各種不可思議的人物和奇妙心理；生活中不可能發生的故事，各種聞所未聞的人生場景，等等。例如《牡丹亭》中杜麗娘的人鬼之戀和死後復活；《南柯夢》和《邯鄲記》刻畫淳于棼、盧生野心勃勃，熱衷飛黃騰達，湯顯祖出色的人物塑造，能夠代人立心，「以鬼斧神工般的筆觸，為野心人物造像，窮其心態，窮其醜態，獲得極大的成功」〔註1〕。

莎士比亞也有「人藝足補天工」，即「筆補造化」的精切認識。錢鍾書說：

> 莎士比亞嘗曰蓋藝之至者，從心所欲，而不逾矩：師天寫實，而犂然有當於心；師心造境，而秩然勿倍於理。

> 莎士比亞嘗曰：「人藝足補天工，然而人藝即天工也。」(This is an art / Which does mend nature, change it rather, but / That art itself is Nature)。圓通妙澈，聖哉言乎。人出於天，故人之補天，即天假手自補，天之自補，則必人巧能泯。造化之秘，與心匠之運，沆瀣(hàng xiè)融會，無分彼此。

莎士比亞虛構眾多英國國王奪權的種種事蹟、羅馬大將安東尼與埃及豔

〔註1〕夏寫時《湯顯祖的兩難人生》，葉長海主編《〈牡丹亭〉：案頭與場上》，上海三聯書店，2008年，第350頁。

後克莉奧佩特拉的刻骨銘心的愛情歷程、哈姆雷特變幻莫測的復仇心理和行動等等，都是充分舒展藝術想像力，攝取一切、溶化一切、重新組合或憑空構思一切，給以細節豐滿、結構嚴謹、立意高遠的精彩描寫。

中國美學和文論不僅要求天才作家藝術家達到自然地高度，進入筆補造化的絕地，還要能表現人和事物的氣韻。

南齊謝赫首先提出繪畫「六法」之一的「氣韻生動」的美學命題。為意謂藝術作品體現宇宙萬物的氣勢和人的精神氣質、風致韻度，達到自然生動，充分顯示其生命力和感染力的美學境界。氣韻原指繪畫的內在內涵、神氣和韻味、神韻，達到一種鮮活的生命之洋溢的狀態，發展了顧愷之的「傳神論」。氣韻生動強調表現藝術作品的內在精神，是作品的氣象、氣息、氣質和韻味、韻致、韻風、韻態的形神合一的精神狀態。

筆補造化並能氣韻生動的作家藝術家，其傑作或偉大偉大作品，就達到藝進乎道的最高境界。《莊子·養生主》「庖丁解牛」一節首先通過庖丁之口，曰：「臣之所好者道也，進乎技矣。」《莊子》首先提出了這個觀點，清代魏源《默觚》做了清晰闡發：「技可進乎道，藝可通乎神」；「造化自我立焉」。前兩句可以互通，是互文，即技藝可以進乎道，可以通乎神。通神是中國古代靈感論的探本解釋。

錢鍾書說：

> 長吉《高軒過》篇有「筆補造化天無功」一語，此不特長吉精神心眼之所在，而於道術之大原，藝事之極本，亦一言道著矣。夫天理流行，天工造化，無所謂道術學藝也。學與術者，人事之法天，人定之勝天，人心之通天者也。《書·皋陶謨》曰：「天工，人其代之。」《法言·問道》篇曰：「或問雕刻眾形，非天歟。曰：以其不雕刻也。」百凡道藝之發生，皆天與人之湊合耳。顧天一而已，純乎自然，藝由人為，乃生分別。綜而論之，得兩大宗。一則師法造化，以模寫自然為主。其說在西方，創於柏拉圖，發揚於亞理士多德，重申於西塞羅，而大行於十六、十七、十八世紀。其焰至今不衰。莎士比亞所謂持鏡照自然者是。昌黎《贈東野》詩「文字覷天巧」一語，可以括之。「覷」字下得最好；蓋此派之說，以為造化雖備眾美，而不能全善全美，作者必加一番簡擇取捨之工。即「覷巧」之意也。二則主潤飾自然，功奪造化。此說在西方，萌芽於克利索斯當，申

明於普羅提諾。近世則培根、牟拉托利儒貝爾、龔古爾兄弟、波德萊爾、惠司勒皆有悟厥旨。唯美派作者尤信奉之。但丁所謂:「造化若大匠製器,手戰不能如意所出,須人代之斷範」。長吉「筆補造化天無功」一句,可以提要鈎玄。此派論者不特以為藝術中造境之美,非天然境界所及;至謂自然界無現成之美,只有數據,經藝術驅遣陶熔,方得佳觀。此所以「天無功」而有待於「補」也。竊以為二說若反而實相成,貌異而心則同。夫模寫自然,而曰「選擇」,則有陶甄矯改之意。自出心裁,而曰「修補」,順其性而擴充之曰「補」,刪削之而不傷其性曰「修」,亦何嘗能盡離自然哉。師造化之法,亦正如師古人,不外「擬議變化」耳。故亞理士多德自言:師自然須得其當然,寫事要能窮理。蓋藝之至者,從心所欲,而不逾矩:師天寫實,而犁然有當於心;師心造境,而秩然勿倍於理。莎士比亞嘗曰:「人藝足補天工,然而人藝即天工也。」圓通妙澈,聖哉言乎。人出於天,故人之補天,即天之假手自補,天之自補,則必人巧能泯。造化之秘,與心匠之運,沆瀣融會,無分彼此。及未達者為之,執著門戶家數,懸鵠以射,非應機有合。寫實者固牛溲馬勃,拉雜可笑,如盧多遜、胡釘鉸之倫;造境者亦牛鬼蛇神,奇誕無趣,玉川、昌穀,亦未免也。〔註2〕

反過來,藝進乎道也是文學作品的最高要求之一。

中國古代美學和文論據此建立了藝術之高者屬於技進乎道、藝進乎道的最高標準。將技藝與道相聯繫。中國古代美學和文論據此建立了傑出文藝作品應該技進乎道、藝進乎道的最高標準。

藝進乎道,不僅達到典型性的高度,要求藝術上升到哲理和哲學的高度;而且不是單純指能表達抽象的哲理、哲學的哲理詩或哲理作品,而是指能參透宇宙、人生真理的優秀文藝作品。湯顯祖的作品因此而包容了極其豐富和深刻的哲理思考、倫理探索和心理分析。

宇宙人生即「天上人間」,在《牡丹亭》中,劇中人物多次提到「天上人間」。如復活後的杜麗娘在新婚之夜就流淚對柳夢梅說:「怕天上人間,心事難諧。」即使心事得遂,「如花美眷,似水流年」也迅即消逝,體現了「好物不堅牢」的普遍性、規律性的本質現象。因此,湯顯祖通過對愛情的歌頌,對「如

〔註 2〕 錢鍾書《談藝錄》,中華書局,1986 年,第 60~62 頁。

花美眷，似水流年」的青春美好年華的珍惜、追求和留戀，真正體現了對人性的終極關懷。

藝進乎道的偉大作品，都是作者將自己的靈魂灌入的產物。《牡丹亭》中的杜寶寄託了湯顯祖的執政理想和執政人才的品性高度，而《南柯記》和《邯鄲記》中主人公的醒悟，浸透著作者對宇宙人生的終極旨歸的認識。

第三個層次是關於人的學養和精神境界的論述。天人合一和江山之助

中國美學和文論關於表現文化大義，探索和總結詩人作家能夠妙造自然、筆補造化和藝進乎道的途徑和方法。

最基礎的途徑和方法，董其昌說：「讀萬卷書，行萬里路。」（董其昌《畫禪說隨筆》卷二）

中國哲學在世界上獨創了天人合一的理論。由於哲學上的天人合一觀念的支配，結合以天地為師、外師造化的方法，中國文論產生了江山之助說。

劉勰《文心雕龍‧物色》首先提出江山之助說：「若乃山林皋壤，實文思之奧府；略語則闕，詳說則繁；然屈平所以能洞監風騷之情者，抑亦江山之助乎？」

「江山之助」是劉勰《文心雕龍》總結的一個重大理論成果，深刻揭示了中國詩人作家得到名山大川、山水佳勝、自然景物和田野園林幫助、啟示、滋養和陶冶的重大意義。歷代文論家非常重視「江山之助」理論的總結，歷代詩人作家非常重視「江山之助」在創作中的巨大作用。

天人合一，江山與人的性靈相通，所以人能夠得到江山之助。人的修煉、煉氣也須江山之助。

中國古代美學和文論在天人合一和氣學的基礎上產生文氣說。

《孟子》：吾善養吾浩然之氣。首先提出浩然之氣對於人的生命的提升作用，美學和文論家也用之於創作經驗的總結。

自《老子》《莊子》提出心齋、坐忘之後，先是道家，宋代開始又增加佛禪，歷代作家詩人都重視養氣、修煉，其形式是打坐。打坐即有規範的、有意念引領內氣的靜坐，不僅能使人增強生命力，更能增強思維力。在打坐時，腦海中出現的種種景象（內視景象），還可以極大地增強文學藝術家的藝術想像力，故而產生頓悟。這不是現代科學能夠理解的，但成功的實踐者則深有體會。如果沒有這種修煉的實踐，無法真正理解嚴羽《滄浪詩話》的妙悟即頓悟

思維，董其昌的南北宗說和王漁洋的神韻理論。

中國哲學自《周易》至老、莊、孔、孟，直至明末的儒道兩家的氣學理論有關，宋以後則儒道佛（禪）三家合一；也與先秦至明末清初哲學家、文學家和藝術家靜坐修煉的親身體驗有關。如果沒有這樣的養氣、修煉工夫，是不可能得到頓悟的。清代中期以後中國文學的衰落、現代文人畫之所以沒落，丟失了養氣、修煉工夫，是重要的原因之一。

中國美學和文論中，曹丕首先在《典論·論文》中明確提出：「文以氣為主。」

古人認為，不僅人的物質形態是氣產生的，人的精神與智慧，也由氣產生。清代章學誠說：

「人者何？聰明才力，分於形氣之私者也。」（章學誠《文史通義》內篇四《說林》）

「人秉中和之氣以生，則為聰明睿智。」（《文史通義》內篇三《質性》）

「夫情，本於性也；才，率於氣也。（《文史通義》內篇三《質性》）

例如湯顯祖認為最高的創作，常於「恍惚」之中表現出眾的「怪奇」。他有一段著名的言論：

> 予謂文章之妙不在步趨形似之間。自然靈氣，恍惚而來，不思而至。怪怪奇奇，莫可名狀。非物尋常得以合之。蘇子瞻畫枯株竹石，絕異古今畫格，乃愈奇妙；若以畫格程之，幾不入格。米家山水人物，不多用意，略施數筆，形象宛然。正使有意為之，亦復不佳。故夫筆墨小技，可以入神而證聖。自非通人，誰與解此。〔註3〕

故而如可稱為佳作者，「凡天地間奇偉靈異高朗古宕之氣，猶及見於斯編，神矣化矣。」〔註4〕

湯顯祖認強調：「氣者人之龍蛇也。存伏藏之用，故曰制在氣。」〔註5〕他又闡發儒道兩家的養氣理論說：「通天地之化者在氣機。奪天地之化者亦在氣機。化之所至，氣必至焉。氣之所至，機必至焉。」而又有「氣勝而機不勝者」，「機勝而氣不勝者」，「天下文章有類乎是。莽莽者氣乎，旋旋者機乎。莊生曰：『萬物出乎機，入乎機。』……氣與機相輔相軋以出。天下事舉可得而

〔註3〕 《合奇序》，《湯顯祖詩文集》第二冊，上海古籍出版社，1982 年，第 1078 頁。
〔註4〕 《合奇序》，《湯顯祖詩文集》第二冊，第 1078 頁。
〔註5〕 《陰符經解》，《湯顯祖詩文集》第二冊，第 1207～1209 頁。

議也。吾以為二者莫先乎養氣。」〔註6〕而有「自然靈氣」的作者,必為「奇士」。他說:「天下文章所以有生氣者,全在奇士。士奇則心靈,心靈則能飛動,能飛動則上下天地,來去古今,可以屈伸長短,生滅如意,如意則可以無所不知。」〔註7〕湯顯祖強調「平心定氣,返見天性」,以取回成年後失去的赤子之心,煉就通達宇宙萬物的「道氣」,才能創作「非偶然」之好作品〔註8〕。

湯顯祖的朋友、晚明松江畫派領袖董其昌認為大作家、大畫家全靠養氣、修煉作為創作的基礎,他談體會說:

> 氣之守也,靜而忽動,可以採藥。故道言曰:一霎火焰飛,真人自出現。識之行也,續而忽斷,可以見性。故竺典曰:狂心未歇,歇即菩提。(《畫禪室隨筆》卷四「雜言下」)

古代大作家、大畫家都重視養氣和修煉。元代黃公望、倪瓚、清初石濤,都有詩文介紹自己修煉的經歷和心得。

第四層次,靈感論、天才論和宇宙美學

中國美學和文論關於文化大義的論述,最高層次是宇宙美學。宇宙美學即天人合一。〔註9〕

孔子首先提出:「生而知之者,上也;學而知之者,次也;困而學之,又其次也;困而不學,民斯為下矣。」(《論語·述而》)

佛家則有「宿慧」,意思是先天的智慧;先天聰慧,與生俱有的智慧。例如《景德傳燈錄》卷二《第十九祖鳩摩羅多》:「闍夜多承言領旨,即發宿慧,懇求出家。」宿慧又稱「夙慧」。

錢谷融教授在2002年華東師大中文系授予終身成就獎後,接受《華東師範大學報》採訪時,特地講到梁啟超在短暫的生命中,學問極其廣博而深邃,著作極多,人都說他有「宿慧」。

董其昌說:「畫家六法,一氣韻生動。氣韻不可學,此生而知之,自有天授,然亦有學得處。讀萬卷書,行萬里路,胸中脫去塵濁,自然丘壑內營,立成鄄鄂。隨手寫出,皆為山水傳神矣。」(董其昌《畫禪說隨筆》卷二)

生而知之、自有天授的另一種說法是,越處女與句踐論劍術曰:「妾非受

〔註6〕《朱懋忠制義敘》,《湯顯祖詩文集》第二冊,第1068頁。
〔註7〕《序毛丘伯稿》,《湯顯祖詩文集》第二冊,第1080頁。
〔註8〕《與汪雲陽》,《湯顯祖詩文集》第二冊,第1407頁。
〔註9〕參見本書《天人合一及對中國美學的影響新論》。

於人也，而忽自有之。」司馬相如曰：「賦家之心，苞括宇宙，總覽人物，斯乃得之於內，不可得而傳覽。」（葛洪《西京雜記》卷二）王士禎在引用之後，總結說：「詩家妙諦，無過此數語。」（《帶經堂詩話》卷九）

「忽自有之」和「得之於內」是生而知之的宿慧、「自有天授」與後天學養及大量創作實踐後產生的悟性相結合的產物。

在中國和美學文論之後，康德也強調天才的特點：「天才（一）是一種天賦的才能」。「（三）它是怎樣創造出它的作品來的，它自身卻不能描述出來或科學地加以說明，而是它（天才）作為自然賦予它以法規」〔註10〕。叔本華也認為：「在真正的想像性藝術中，天才決定一切。天才為靈感所驅，是無意識的，甚至是出諸本能的。」〔註11〕

中國文論早就有這樣的觀點。文化大義的最高表達者是有宿慧和生而知之的天才作家，天才作家在完美表達文化大義時，需要靈感來臨，而靈感來自鬼神相助，此即「自有天授」的一種，也即宇宙力量的幫助。

中國美學和文論的靈感論和天才論的一個重要觀點，是天才作家和天才之作有鬼神相助。

中國文化從《周易》開始，即認為鬼神是天才不可或缺的給以幫助的要素。

《周易·乾卦·文言》說：「『大人』者與天地合其德，與日月合其明，與四時合其序，與鬼神合吉凶，先天而天弗違，後天而奉天時。」其中一個重要的組成部分就是「與鬼神合吉凶」。

古人認為，與鬼神相通，才能進入最高境界，《史記·封禪書》：申公曰：「黃帝且戰且學仙」，「百餘歲然後得與神通」。

鬼神，在古代經典中有多個含義，其中與古代文論有關的含義：

一、鬼和神合稱。《論語·先進》：「季路問事鬼神。」。鬼神是天生存在或者各種生物通過修煉達到的一種具有種種非凡法術神力的狀態。

二、神靈、精氣。《史記·五帝本紀》：「曆日月而迎送之，明鬼神而敬事之。」張守節正義：「天神曰神，人神曰鬼。又云聖人之精氣謂之神，賢人之精氣謂之鬼。」

三、天地間一種精氣的聚散變化。《朱子語類》卷三：「鬼神只是氣，屈伸

〔註10〕康德《判斷力批判》上卷，宗白華譯，商務印書館，1964年，第153～154頁。
〔註11〕雷納·韋勒克《近代文學批評史》第2卷，楊自伍譯，上海譯文出版社，1989年，第376頁。

往來者氣也。」《禮記·中庸》:「鬼神之為德,其盛矣乎。」程頤章句:「鬼神,
天地之功用,而造化之跡也。」

中國文論中的鬼神相助,是以上三個含義中的一個,或兼具前兩個或三個
含義的綜合。這實際上可以說是宇宙的能量。

《管子》兩次說到:「思之思之,又重思之。思之而不通,鬼神將通之。
非鬼神之力也,精氣之極也。」(《管子·內業》、《管子·心術下》)

《管子》此言指的是哲學思維,後來成為中國文論的信條。後世引用或運
用的著名佳例如:

劉知幾《史通》讚譽《左傳》:「跌宕而不群,縱橫而自得,若斯才也,殆
將工侔造化,思涉鬼神,著述罕聞,古今卓絕。」(劉知幾《史通·敘事》)

杜甫有名句:「讀書破萬卷,下筆如有神。」(《奉贈韋左丞丈二十二韻》) 窮盡
經典,創作就能如有神助。

王世貞說:

> 《檀弓》《考工記》《孟子》、左氏、《戰國策》、司馬遷,聖於文
> 者乎?其敘事則化工之肖物。班氏,賢於文者乎?人巧極,天工錯。
> 莊生、《列子》《楞嚴》《維摩詰》,鬼神於文者乎?其達見,峽決而
> 河潰也,窈冥變幻而莫知其端倪也。(王世貞《藝苑卮言》卷三)

董其昌認為妙悟之後即能通鬼神,他說:「作文要得解悟」,「妙悟只在題
目腔子裏,思之思之,思之不已,鬼神將通之。」(董其昌《畫禪室隨筆·評文》)

李贄認為《水滸傳》有出神入化手段,非人力所到,有鬼神助之,他說:

> 《水滸傳》文字形容既妙,轉換又神,如此回文字形容刻畫周
> 謹、楊志、索超處,已勝太史公一籌;至其轉換到劉唐處,真有出
> 神入化手段,此豈人力可到?定是化工文字,可先天地始,後天地
> 終也,不妄不妄。(容與堂本《水滸傳》第十三回「急先鋒東郭爭功　青面獸北
> 京鬥武」回末總評)

> 此回文字逼真,化工肖物。摹寫宋江、閻婆惜並閻婆處,不惟
> 能畫眼前,且畫心上;不惟能畫心上,且並畫意外。顧虎頭、吳道
> 子安得到此?至其中轉轉關目,恐施、羅二公亦不自料到此,余謂
> 斷有鬼神助之也。(容與堂本《水滸傳》第二十一回「虔婆醉打唐牛兒　宋江怒
> 殺閻婆惜」回末總評)

金聖歎說:「《西廂記》,必須焚香讀之。焚香讀之者,致其恭敬,以期鬼

神之通之也。」（金聖歎《貫華堂第六才子書西廂記・讀法第六十二則》）

李漁認為金聖歎評批《西廂記》的著作《貫華堂第六才子書西廂記》是驚世傑作：

> 聖歎之評《西廂》，……而筆使之然，若有鬼物主持期間者，此等文字，尚可謂之有意乎哉。文章一道，實實通神，非欺人語。千古奇文，非人為之，神為之，鬼為之，神所附者耳。（李漁《閒情偶寄》卷三詞曲部，格局第六《填詞餘論》）

王國維評論自己的文學、哲學、美學研究著作之所以取得領先性的高度成就，是天給予和施加的，不是人所能達到的：「若夫餘之哲學上及文學上之撰述，其見識文采亦誠有過人者，此則汪氏中所謂『斯有天致，非由人力，雖情符曩哲，未足多矜』者，固不暇為世告焉。」（王國維《三十自序》）他特地指出，這個觀點前人如汪中等早就有之，不是自己的發現。

王國維認為他的創作，以詞為例，也是天給予的，而非人所能為：「始為詞時，亦不自意其至此，而卒至此者，天也，非人之所能為也。」（《人間詞甲稿序》）

王國維認為登峰造極的創作，是鬼神相助之作：

> 前人研精書法，精誠之至，乃與古人不謀而合。如完白山人篆書，一生學漢碑額，所得乃與新出之漢太僕殘碑同。吳讓之、趙悲庵以北朝楷法入隸，所得乃與此碑（甘陵相碑）同。鄧、吳，趙〔註12〕均未見此二碑，而千載吻合如此，所謂鬼神通之者非耶！（《觀堂集林・甘陵相碑跋》）

吳梅也說過：

> 做戲劇的人，如認定一科，細細的研究，俗話說得好：「思之，思之，鬼神通之。」果能逐事研究，處處留心，那有不登峰造極的？元人的劇本，就為這個理由，才能夠出神入化的到了個極自然，極緊湊、極真實的地步。（吳梅《元劇略說》）

「通鬼神」和「鬼神相助」（有如神助）是靈感來臨、天才論。指作家和藝

〔註12〕鄧石如（1743～1805），名琰，字石如，避嘉慶帝諱，遂以字行，因居皖公山下，又號完白山人。安徽懷寧人。清代篆刻家、書法家，鄧派篆刻創始人。吳熙載（1799～1870），原名廷揚，字熙載，後以字行，改字讓之。江蘇儀徵，今揚州人。清代篆刻家、書法家。趙之謙（1829～1884），號悲庵，浙江紹興人。清代著名的書畫家、篆刻家，篆刻成就巨大，對後世影響深遠。

術家接通宇宙的能量，借助宇宙的力量，從而使藝術想像力和創作力達到陸機《文賦》所說：「精騖八極，心遊萬仞。」「收百世之闕文，採千載之遺韻。」「觀古今於須臾，撫四海於一瞬。」「籠天地於形內，挫萬物於筆端。」之高妙廣宏境界，然後創作出驚世傑作。

在天人合一和氣的基礎上，建立了玄妙的靈感理論，其實質是「通鬼神」和鬼神之助，從而產生鬼工神斧之作、化工之作、神來之作、巧奪天工之作。

中國文論充溢著文化大義，西方文論的有關論述較少，但也有少數的觀點與中國文論相似。

關於鬼神相助，西方文論也有大致相似的說法。西方美學最早的名家柏拉圖認為：迷狂是靈感的表現形式，「第三種迷狂，是由詩神憑附而來的」（柏拉圖《斐德若》篇）。

因為靈感原意是「神靈的附體」，靈感則是神靈憑附於身的動態行為。這個意思相當於中國文論中的鬼神相助、鬼神通之，而與李漁評述《金批西廂記》「神所附者」相同。

柏拉圖以「理式」為最高審美原則，認為藝術摹仿自然、美本身就是美理念，從這個角度出發，認為創造美的有兩種詩人，一種是由於詩神憑附、神靈附體而從事創作的詩人；一類是憑詩的技藝從事創作的詩人。靈感的第一個源泉來自神的憑附，是「神靈附體」、「神靈評附」（《伊安》）詩神憑附在詩人身上，把靈感輸送給詩人，也即神助、靈啟，使詩人處於「迷狂」狀態，在詩神的操縱下進行詩歌創作。因此，「優美的詩歌本質上不是人的創作而是神的詔語」。柏拉圖介紹蘇格拉底的觀點：「依我看，神就是要用這件事兒向我們證明，毋庸置疑，那些優美的詩句不是屬人的，也非人之創作，而是屬神的，得自於神，人不過是神的傳譯者而已，詩人被神憑附。」（《伊翁》）〔註13〕

靈感在古希臘文的原義為神的靈氣，指一種神靈憑附的著魔狀態，藝術正是這種神靈憑附的著魔狀態的產物。

柏拉圖反覆強調這個觀點，一而再、再而三地申述：

你這副長於解說荷馬的本領並不是一種技藝，而是一種靈感，像我已經說過的。有一種神力在驅遣你。〔註14〕

凡是高明的詩人，無論在史詩或抒情詩方面，都不是憑記憶來做

〔註13〕參見朱光潛《西方美學史》上冊，人民文學出版社，1963 年，第 41 頁。
〔註14〕柏拉圖《柏拉圖文藝對話集》，朱光潛譯，人民文學出版社，1963 年，第 7 頁。

成他們的優美的詩歌，而是因為他們得到靈感，有神力憑附著。〔註15〕

詩人們對於他們所寫的那些題材，說出那樣多的優美辭句，像你自己解說荷馬那樣，並非憑技藝的規矩，而是依詩神的驅遣。因為詩人製作都是憑神力而不是憑技藝。

因為詩人是一種輕飄的長著羽翼的神明的東西，不得到靈感，不失去平常理智而陷入迷狂，就沒有能力創造，就不能作詩或代神說話。〔註16〕

詩人並非借自己的力量在無知無覺中說出那些珍貴的辭句，而是由神憑附著來向人說話。

這類優美的詩歌本質上不是人而是神的，不是人製作而是神的詔語；詩人只是神的代言人，由神憑附著。〔註17〕

與鬼神相助的靈感論有關係，孔子認為：在知識來源上，只有「生而知之」和「學而知之」兩個途徑。「生而知之者，上也；學而知之者，次也；困而學之，又其次也；困而不學，民斯為下矣。」(《論語‧季氏》)南宋朱熹注：「生而知之者，氣質清明，義理昭著，不待學而知也。」(《論語集注》)

孔子的「生而知之」，佛教稱之為「宿慧」，也作「夙慧」。先天的智慧，與生俱有的智慧。是前世帶來的記憶。例如《景德傳燈錄‧卷二‧第十九祖鳩摩羅多》：「闍夜多承言領旨，即發宿慧，懇求出家。」

柏拉圖的觀點相同，他認為靈感的第二個來源是不朽的靈魂從前生帶來的記憶(《斐德若》)〔註18〕柏拉圖的這種說法，與孔子和佛教相同。

孔子、佛祖、柏拉圖是大致同時代的人，是世界文明的軸心時期中國、印度、西方三大文化的創始人，他們在靈感、神助、先天的天才的認識方面取得驚人的一致。

在近代西方，康德上承古希臘，下啟西方現代哲學、美學，也強調天才是先天的才能：

第46節　美的藝術是天才的藝術

天才就是那天賦的才能，它給藝術制定法規。既然天賦的才能，作為藝術家天生的創造機能，本身是屬於自然的，那麼，人們

〔註15〕《柏拉圖文藝對話集》，朱光潛譯，人民文學出版社，1959 年，第 7～8 頁。
〔註16〕《柏拉圖文藝對話集》，朱光潛譯，第 8 頁。
〔註17〕《柏拉圖文藝對話集》，朱光潛譯，第 9 頁。
〔註18〕朱光潛《西方美學史》上冊，人民文學出版社，1963 年，第 42 頁。

就可以這樣說：天才是天生的心靈秉質，通過它，自然給藝術制定
法規。」〔註19〕

上已言及，康德指出：天才的特點，首先是獨創性，其次是範例性，第三
是不可學習和傳授，第四是只有藝術有天才，科學沒有天才；構成天才的各種
心靈的能力是想像力和理解力。

康德的繼承者叔本華、黑格爾也持同樣的觀點。

現代西方美學信奉現代科學，不信鬼神，故而於此少有研究。

但當代文學大師也有人談及這方面的體會。大江健三郎告訴鐵凝的秘
密：「諾貝爾文學獎得主托妮・莫里森告訴我，她在創作時，夜晚耳邊有時會
響起一個聲音，循著這個聲音寫下去，往往就會寫出成功的作品來。莫里森問
我是否也有過這種體驗，我告訴她，自己也是如此。鐵凝先生，如果某個夜晚
你的耳邊也響起那個聲音的話，那就說明你將要寫出優秀作品來了。」鐵凝回
答：「祈禱那真正屬於小說的『聲音』的降臨，一定是所有認真的小說家的願
望。這需要專注、敏銳、勤奮和對人類博大的同情心，更會伴隨著很多失敗。
我希望我能夠寫出真正優秀的小說。」〔註20〕

托妮・莫里森是1993年獲諾貝爾文學獎的美國黑人女作家。她最成功的
作品是《寵兒》（Beloved，1987，獲普利策小說獎），取材於一段真實的歷史。小說
描寫黑奴母親塞絲在攜女逃亡途中遭到追捕，因不願看到孩子重又淪為奴隸，
為了避免她長大後受到白人性侵，和過飢寒交迫的悲慘生活前景，她毅然扼殺
了自己的幼女。十八年後奴隸制早已廢除，而被她殺死的女嬰還魂歸來，以自
己鬼魂的出現日夜懲罰母親當年的行為，往事的夢魘一刻也不曾停止過對塞
絲的糾纏。小說通過一樁殺嬰案及其餘波，揭示美國罪惡的奴隸制和種族欺凌
的無窮貽害。這部小說具有舒張社會正義、維護人的生命權利的重大意義。鬼
神相助讓作家寫出傑出和偉大著作，而傑出和偉大的著作是反映人生大義的
作品。鬼神相助是產生反映文化大義作品的必要條件之一。

綜上所述，中國美學和文論中的文化大義，第一二層次是傑出作品中包
含或表達的文化大義，第三第四層次是揭示和總結表達文化大義的方法、途
徑和層次。

〔註19〕康德《判斷力批判》上冊，宗白華譯，商務印書館，1964年，第152～153頁。
〔註20〕《鐵凝對話大江健三郎：文學的責任是不斷尋找新的希望》，《文匯報》，2016
年09月08日。

中國古代美學的當代發展大有可為

　　中國古代美學和文論取得了超過西方文論的偉大成就。古代美學的當代發展大有可為。

　　我近年在上海高校給研究生、博士生講授「中國古代美學經典選講」，內容為儒家、道家、劉勰、金聖歎和王國維五大家，又講授「西方美學經典選講」，西方美學柏拉圖、亞里士多德、康德、黑格爾和叔本華五大家。經過分析比較，指出：從揭示宇宙和人生的本質與規律、塑造和改造人的靈魂、宏觀與具體結合地總結和指導創作與鑒賞實踐這三個角度看，中國五大家的偉大成就超過西方五大家。我在香港城市大學中文系給研究生做古代文論講座時重申了這個觀點。

　　中國古代美學和文論不必現代轉換。用古希臘文撰寫的柏拉圖、亞里斯多德到近代西方諸國的文藝理論，不必現代轉換，為何不必翻譯即可直接閱讀和引用的中國古代文論必須現代轉換？中國古代文論本身是完整而又嚴密、清晰而又深邃、玄妙而又高遠的理論，內容豐富，博大精深，可以直接運用到當代的實踐中。以我個人的微薄實踐，我有以下兩個粗淺體會：

如何評估中國美學和文論的理論成果？

　　1. 中國古代美學和文論不存在現代轉化的問題。中國古代美學和文論是古今通用的。

　　2. 去除神化西方文論，認為西方美學和文論高於中國文論的錯誤觀點。要樹立中國美學和文論的偉大成就至少可以與西方美學和文論相媲美，甚至總體上要高於西方美學和文論的新認識。

我在上海高校講課時提出這個觀點後，在香港城市大學中文系做「評點文學的最高峰金聖歎」和「20 世紀國學第一大學者王國維」講座時，重申了以上觀點。

如何啟動中國美學和文論的理論解釋力？

1. 直接運用中國美學理論和文學理論分析和評論現當代中國文藝作品，評論和研究西方文藝名著。

2. 運用我們在中國古代美學和文論成果的基礎上「接著講」和創新的理論，評論現當代中國文藝作品，評論和研究西方文藝名著。

有助於我們分析理論遺產的視角是什麼？

採用與西方文藝理論和美學理論比較的視角，將中國美學和文論分類兩大類：

1. 與西方文藝理論和美學理論相同、相似的一類。這是中國美學和文藝理論的珍貴成果。

2. 西方文藝理論和美學理論所沒有的，中國獨創的理論。這是中國美學和文論更珍貴的成果。

新的時代新的思想挑戰是什麼？

我們面臨的挑戰是，徹底扭轉反傳統思潮造成的西方美學和文論統治中國文壇，引領青年學子以中國古代美學和文論作為主要學習的對象並運用到研究實踐中。

一、中國古代美學和文論是我們學習、鑒賞、分析和評論中西文學和藝術名著的極為有效的工具。

錢穆晚年說：「自余細讀聖歎批」《水滸傳》之前，「讀得此書（《水滸傳》）滾瓜爛熟，還如未嘗讀。」「讀其批《水滸》，使我神情興奮」，後來一再讀金批《水滸》，「每為之踊躍鼓舞」。他進而認為他是通過《金批水滸》學到了讀書、尤其是讀一切經典著作的方法。〔註1〕錢穆只有小學學歷，他通過自學成為 20 世紀最傑出的學術大師之一，從他對《金批水滸》的評價和親身體會，可見此書對指導青年學習和欣賞經典著作的重大意義。

〔註1〕錢穆《中國文化與文藝天地》，《中國文學論叢》，三聯書店，2002 年，第 144 頁。

我系統地學習過中國和西方的文藝理論和美學名著和中西文論史、美學史，對西方美學有所吸收，但主要地接受了中國古代文論的指導，西方文論主要起著與中國文論比較的作用。西方文論實用性差，只能給中國古代文論起補闕作用。

由於古代文論的有力指導，尤其是我重點研究的金聖歎、王士禎和王國維著作的指導，我藉以提高了觀察、思維和領悟能力，我不僅研究和撰寫古代文論及其有關的中國古典文學的論文和專著，也研究和撰寫了中國古代哲學、史學、藝術學和古今中外的文學名著的論文或專著，並多有一些新的見解或觀點。

自 1989·上海·中國古代文論第六屆年會上我提出以中國古代文論評論和研究西方文藝名著的方法，至 1997·桂林·中國古代文論第十屆年會作大會發言：「情景交融說的中西進程」證明西方沒有這個理論（論文刊《文藝理論研究》，2004 年第 6 期），2009·成都·中國古代文論第十六屆年會上提交論文《中國之石和西方之玉——中國文論評論和研究西方文藝名著方法論綱》（刊《古代文學理論叢刊》第 30 輯）並作大會發言，指出古代文論可給西方學界以重大啟發和指導。此論得到與會者的贊同，四川大學官網的大會報導列出專節標題作突出介紹。

二、中國古代美學和文論為我們建立和發展中國當代美學和文論提供了堅實的基礎。

葉燮《原詩》：「後人無前人，何以有其端緒？前人無後人，何以竟其引申乎？」指出理論發展的一條明路是發前人之端緒，作自己之引申，或進而自創新說。古代文論的確提供了深厚的基礎。

以我個人的實踐經歷來說，我受王國維《宋元戲曲考》「其蹈湯赴火者，仍出於其主人翁之意志」一語之啟示，在此語的基礎上創立「意志悲劇」說，並發展出「意志喜劇說」。我先於 2000 年撰寫《論王國維的「意志」悲劇說》，獲首屆戲曲論文獎二等獎，收入中國藝術研究院戲曲研究所名刊《戲曲研究》，又收入《上海作家雙年文獻（2001~2002）》。後又撰《意志悲劇說和意志喜劇說》，提交 2007·昆明·中國古代文論第十五屆年會，並發表於《古代文學理論叢刊》第 27 輯，建立了我首創的這個理論。《上海文化年鑒》2004 卷記載了前文，本刊則將拙文作為新創的「主題論文」專欄的首篇重要論文推出。兩家編輯部先後肯定拙文建立了自己的理論，並「足以將西方公認的悲劇三階

段說，補正為世界悲劇的四階段說」。

我因此感到古代文論可以直接運用到當代世界的評論研究和理論發展中，是中國現代文論發展的最重要的第一基礎。

後五四時代的中國文論建設性發展的任務〔註2〕

本次論壇討論「後五四」時代的中國文論發展，非常有意義。這體現了中國古代文學理論學會新一屆領導對本專業發展的引導作用，比過去幾屆的學會領導有了更鮮明的問題意識和引領責任。

本次論壇的研討論題既然提出「後五四」，那麼「後五四」的發展，與「五四」有什麼關係？另外，有「後五四」，也就有「前五四」。「後五四」應該是繼承「五四」而發展嗎？我認為應該繼承的是「前五四」。

「五四」以及之後的一百年，文論的建設，從低要求看，頗有成績；從高要求看，與中國古代相比較，與西方相比較，沒有什麼傑出的成果。這是反傳統的必然結果。曹順慶教授提出「失語症」，認為 20 世紀的中國文論跟著西方，丟失自我，沒有建樹。徐中玉先生在 2007 年 12 月於雲南大學舉辦的中國古代文論第 14 屆年會上，當面予以力駁，說例如朱光潛先生等，做出的成績很大。最近錢理群回憶文章介紹朱光潛看到北大學生張曼菱在看他的書，他卻「不以為然地」搖頭說：「這本書裏沒有多少他自己的東西。」錢理群認為現代中國無大師，原因即在此，缺乏「原創性」。張曼菱《北大回憶》說朱光潛那一代前輩，就其學養和精神境界而言，完全有可能出大師，但他們生不逢時，在上世紀三十年代小試鋒芒後，就遇到了戰亂，接著又是連續三十年的「思想改造」，到八十年代可以坐下來做學問了，但歲月不饒人，且元氣大傷，已經無力構建自己獨創的思想體系了。〔註3〕

20 世紀中國由於缺乏理論建樹，所以創作成果也就成就不高。其原因誠如魯迅所說的，沒有繼承古人。

魯迅先生《且介亭雜文·〈草鞋腳〉(英譯中國短篇小說集) 小引》在向西方讀者介紹新文學運動開展以來 15 年中的歷史概況，尤其是新的小說的生存狀況和發展情況時，強調現代小說的產生「一方面是由於社會的要求的，一方面則

〔註2〕 2014 年 12 月 13 日在常熟市翁同龢紀念館同和講堂，中國古代文學理論學會和江蘇省常熟市翁同龢紀念館聯合舉辦的「中國古代文學理論高端論壇·滬蘇論壇」·「後五四時代的中國文論建設性發展」研討會發言。
〔註3〕 錢理群《想起朱光潛先生》，《讀書》，2014 年第 7 期，第 57 頁。

是受了西洋文學的影響」。後又曾坦率指出並強調：「第一，新文學是在外國文學潮流的推動下發生的；從中國古代文學方面，幾乎一點遺產也沒攝取。第二，（在小說領域，向外國學習時）外國文學的翻譯極其有限，連全集或傑作也沒有，所謂可資『他山之石』的東西實在太貧乏。」（《集外集拾遺補編·「中國傑作小說」小引》）關於不吸收中國古代文學的遺產的理由，魯迅先生在論及高爾基評論巴爾札克等人的作品的傑出成就時說：「中國還沒有那樣好手段的小說家」（《花邊文學·看書瑣記》），也即認為中國古代文學包括小說遠遠不及西方文學。故而此前魯迅應一個雜誌社之邀為青年開列必讀書目時說：「我以為要少──或者竟不──看中國書，多看外國書。」（《華蓋集·青年必讀書》）沈雁冰在「五四」時期主持《小說月報》時認為，「最要緊的工作是對外國文學的切切實實的譯介工作，以此來救治中國古典文學『主觀的向壁虛造』等弊病。」〔註4〕否定和拋棄傳統，這個錯誤傾向造成了新文學水平差，讀者極少的嚴重後果。瞿秋白來到上海後，發表《吉訶德的時代》和《論大眾文藝》等文，對新文學提出了嚴厲的批評：「五四式」的文藝作品至多銷行兩萬冊，滿足一二萬歐化青年；在「武俠小說連環畫滿天飛的中國裏面」，新文學作者「反而和群眾隔離起來」。當時人們歡喜的是武俠、言情小說，新文學根本沒有市場。除了瞿秋白，賽珍珠、馮友蘭等也先後批評。其中最嚴厲的是錢谷融先生。

錢谷融先生說自己讀了現當代文學，結論是四個字：「上當受騙」。他說：「我喜歡中國古典文學、西方文學，不喜歡中國現當代文學，但古典文學和外國文學的教職都滿了，挑剩的只有我不喜歡的現當代文學。」作為中國現當代文學教授的錢谷融卻幾乎不看現當代文學，「因為上當多了就索性不看了，當年看了許多現當代文學，但有點受騙的感覺。」〔註5〕談到相當一段時期內現當代文學的「糟糕」表現，……他又說：在華東師大「教我最不願意教的現當代文學啊！我是實在不喜歡現當代文學的。主要還是文章不好，除了魯迅和周作人，其他都不大喜歡。」〔註6〕「文章不好」，即藝術水平低下。

因此，當今中國文學藝術在整體上沒有達到世界一流水平，首先是作家和藝術家沒有繼承中國傳統文化和文學的優秀成果造成的。以當代中國文學「垃圾」論的誤傳而震驚中國文壇的德國權威漢學家顧彬認為「中國文學未達世界

〔註4〕 李懷亮《國際文化貿易三題》。
〔註5〕 石劍鋒《錢谷融：我的成就是「批」出來的》，《東方早報》，2008 年 3 月 7 日。
〔註6〕 王華震《95 歲錢谷融，我實在不喜歡現當代文學》，《外灘畫報》，2014 年 1 月 18 日。

一流的根本原因是作家不懂外文、不能閱讀西方名著」。這個論點有重大偏頗，為此筆者以《對流》（中國比較文學旅法分會和中法文學藝術交流學會會刊）中方主編的身份，於 2008 年 9 月在上海外國語大學主持了與顧彬的座談，提出了我的上述觀點；同時指出五四一輩作家之所以能取得很大成就，是因為他們已經具備了古代文化和文學的濃厚基礎，後來的青年作家聽從魯迅等的教導，拋棄傳統，水平就差了。顧彬接受了我的這個觀點，此後他與中國學者對話交流時，介紹了這個觀點的部分內容：「他們（指中國作家）的問題在哪兒呢？他們對中國古典文學、哲學瞭解不夠。這幾天我有機會跟上海外國語大學的老師探討這個問題，他們認為中國當代作者看不懂中國古典文學，所以他們沒有什麼中國古典文學的基礎。」（《我的評論不是想讓作家成為敵人》，《上海文化》，2009 年第 6 期）並又撰文復述我的觀點說：「不少人在中國的現代性中感覺無家可歸。這種無家可歸的感覺始於 1919 年的五四運動。那時人們認為，可以拋棄所有的傳統。當代中國精神缺少的是一種有活力的傳統。也就是說，一種既不要盲目地接受，也不要盲目地否定，從批評角度來繼承的傳統。1919 年在中國批判傳統的人，他們本身還掌握傳統，因此他們能留下偉大（按：我的原話是「較好」）的作品。但是他們的後代不再掌握傳統，只能在現代、在現存的事物中生活、思考、存在⋯⋯」（《中國學者平庸是志短》，《讀書》，2011 年第 2 期）

以莫言為例，他獲諾獎前後，其作品受到頗多讚賞，也頗有批評，指出其小說的種種毛病，這與他接受傳統文化不夠，未能吸收古代文論有關。他的散文中，提出「小說理論的尷尬」這個論題時談及金聖歎，他說：

> ⋯⋯最早的小說理論，應該是金聖歎、毛宗崗父子夾雜在小說字裏行間那些斷斷續續的批語。根據我個人的閱讀經驗，這些批評文字與原小說中鋪陳炫技、牽強附會的詩詞一樣，都是閱讀的障礙，我是從不讀這些文字的。（《超越故鄉（1）·二、小說理論的尷尬》，《會唱歌的牆》）

我在《金聖歎文藝美學研究》一書中，特撰《莫言對金聖歎的錯誤認識》一文，指出莫言這一段言論有 6 個錯誤。而其最大的錯誤是不讀金聖歎，其作品中種種受到批評之處，皆與不讀金聖歎和中國古代文論、只讀西方文論和中國現代文論有關。

因此我們要繼承的是「前五四」——古近代的文論。我從徐中玉師和老一輩學者的言談中，總結出他們認可的古代文論有九大名著：陸機《文賦》、鍾

嶸《詩品》、劉勰《文心雕龍》，司空圖《二十四詩品》、嚴羽《滄浪詩話》，王士禎《帶經堂詩話》、葉燮《原詩》、劉熙載《藝概》和王國維《人間詞話》。另有小說、戲曲理論的經典著作《金聖歎全集》等這都是我們要繼承的古代文論經典。我認為古代文論有三大高峰：《文心雕龍》、金聖歎和王國維，也是三大研究的熱門。但是九大名著中沒有金聖歎，剛才陳尚君教授介紹朱東潤先生《中國文學批評史大綱》，此書首先列入金聖歎作為論述對象，他的識見超過先於他的陳鍾凡、郭紹虞和羅根植三種批評史著作。而魯迅則全盤否定金聖歎。我在《金聖歎文藝美學研究》一書中特撰《20世紀文化十大家論金聖歎》，除了魯迅都是讚譽金聖歎的。只有鄭振鐸，民國時期肯定金聖歎，建國後因攝於魯迅的觀點的威勢而轉向否定。錢鍾書評論嚴苛，但他每次提到金聖歎都作高度肯定。陳寅恪也如此，他又曾在其名著中說：

> 文思貫徹鉤結如是精妙，特為標出，以供讀者之參考。寅恪於此，雖不免有金人瑞以八股文法評西廂記之嫌疑，終不敢辭也。〔註7〕

剛才張伯偉教授談到《柳如是別傳》最後之偈語，最後兩句即模仿金聖歎《金批西廂》序言用作篇名的「慟哭古人」、「留贈後人」這兩句名言。

仍以魯迅為例，由於他放棄傳統，貶低古代文論，他的研究水平不高。我撰寫《中國小說史略釋評》，指出他對四大名著基本上沒有讀懂；在現出的十幾種《中國小說史略》中，只有我的這一本有注釋評論，媒體和讀者評價頗高，所以臺灣的出版社選擇了拙編；這幾天上海書店出版社正在印製拙編第二版增補本，《中國小說史略彙編釋評》精裝本。還有歐陽健先生為山西大學中文系研究生開一學期課，講稿整理為《中國小說史略批判》，具體揭示和分析其文獻運用、考證的大量錯誤。

剛才陳伯海先生說要回歸五四，超越五四，意思也是五四以後一百年沒有什麼理論成果，所以要回到原點，重新出發，重新開始。

以我個人的實踐經驗，我雖然也認真學習西方美學，但感到西方文論與中國相比，水平不高，實際用處不多。我在高校講授西方美學，指出《判斷力批判》等書的不少錯誤。我是用中國古代文論武裝頭腦的學者，以此為根底，不僅可以研究中國古典文學，而且寫了研究哲學的文章、3本歷史書，明年將出版第四本——全面論述《史記》；批評諾貝爾文學獎的莫言授獎辭犯了三個

〔註7〕陳寅恪《元白詩箋證稿》第一章《長恨歌》，上海古籍出版社，1978年，第13頁。

理論錯誤，等等。我目前正在完成《上海美術史》（50餘萬字，上海市級社科規劃項目），我在此書中強調中國古代文學是任何學科的中國學者的最重要的根基，中國古代文論（包括畫論）指導眾多畫家和書畫大師，使之取得眾多成果和偉大成就，也指導我撰寫此書。

最後要強調的是，五四諸公除了魯迅中年夭折，他們在後期和晚年都改變了反傳統的立場，都回歸到學習和研究傳統文化的事業中。回顧20世紀，五四否定和試圖打倒中醫、戲曲、國畫，將其批為封建文化，提倡新文學；結果只有他們要取締的戲曲和國畫，由於尊重傳統、繼承傳統，並在這個基礎上做出新的創造，直至文革前，還處於世界一流水平，取得了偉大的藝術成就。

2014年8月9～10日·湖北恩施·中國古代文學理論學會
第十九屆年會暨國際研討會·「中國文論的新機遇與新境界」
圓桌會議的大會發言，今整理成此文，徵求學界意見

中國古代女性文藝創作的審美取向和馬湘蘭的美學評價簡論

　　中國女性的文藝創作，起步早，數量多，成就高，在世界女性文藝史上處於領先地位。中國女性文藝創作的審美取向具有鮮明的特點。今在總體的簡述的基礎上，並以馬湘蘭為例，顯示女性文藝創作的美學評價的成就。

　　在古近代，總體上說正如錢鍾書所言，「男女不等，中外舊俗同陋，故持論每合」，常有壓制女性學習文化和從事創作的輿論和言論。例如《崇百藥齋文集》卷一四《五真閣吟稿序》乃弁其婦錢惠貞詩集首者，略云：「吾聞諸儒家者曰：『婦人不宜為詩。』婦女戒「誦讀」。蓋詩畫一律為屬為禁，腐頭巾不許巾幗游於藝也。西方此類言論，如十七世紀法國文家云：「寧願婦人鬚髯繞頰，不願其詩書滿腹」，又云：「女博士不可為，猶女騎士不可為」下至十九世紀，男子以詩文名者，輒戒絕女子親筆墨。英國一小說家（「Monk」Lewis）云：「女手當持針，不得把筆；婦人捨針外，無得心應手之物」近世法國名小說中一侯爵夫人（La Marquise de Villeparisis），家世非凡，才貌殊眾，而上流貴介疏棄之，以其為女學士（un bas bleu）耳，足相發明。」（《管錐編》太平廣記卷四二九）

　　但是在古近代的西方各國，壓制女性創作的力量和效果極大，故而女性作家詩人和文藝家人數聊聊，中國則相當寬容，所以女性的創作隊伍頗為龐大，作品數量蔚為大觀，藝術質量頗高——此因文言文和古典詩歌的門檻很高，白話文的創作，不管男女，在 20 世紀上半期還質量很低，20 世紀下半期至 20 世紀初期，尚未整體上達到世界一流——中國女性的作家文藝家和作品的數量對西方有著壓倒的優勢，更遑論藝術質量。

上篇　中國女性文藝創作的審美取向

中國女性的文藝創作，起步早，作家和作品數量多，成就高，在世界文藝史上處於領先地位。

一、基本狀況和中外比較

1. 中國女性的文藝創作起步早

中國是女性詩人出現最早的國家之一。朱熹在《監本詩經》中認為莊姜是中國歷史上第一位女詩人。她是春秋時齊國公主，衛莊公（春秋時期衛國第三十任國君，前 480 年～前 478 年在位）的夫人。

西方最早的女性詩人是古希臘著名的女抒情詩人薩福（Sappho，約前 630 或者 612～約前 592 或者 560），一生寫過不少情詩、婚歌、頌神詩、銘辭等。

中國是繼古希臘之後，最早出現女詩人的國家。

中國是最早產生女畫家的國家。最早的中國畫家相傳為大舜之妹，名嫘，故有「嫘祖創畫」的傳說，東漢許慎《說文解字》說：「畫嫘，舜妹。畫始於嫘，故曰畫嫘。」可見在傳說中，中國繪畫是由女性首創的。中國第一部繪畫通史、唐張彥遠《歷代名畫記》記載的最早的女畫家是吳王孫權的趙夫人。她是繼嫘之後有記載的最早的女畫家。

最早的女書法家，是春秋時期魯國的秋胡子妻，與孔子同國同時代（據唐代韋續《墨籔‧五十六種書》、北宋釋夢英《十八體書》），但無作品傳世。著名女書法家為晉代衛鑠（272～349，別稱衛夫人）。西方沒有書法藝術，東方僅日本風行漢字的書法藝術，但古代沒有女性書法家。

2. 中國產生世界上最早的女性美學家和女性美學專著

宋代李清照的《詞論》是世界美學史上最早的女性詩人發表的美學論文。

清代康熙年間（17 世紀下半期）問世的《吳吳山三婦合評牡丹亭還魂記》（簡稱《三婦評本》）是《牡丹亭》的最佳評本，清代學術成就最高的美學著作之一；也是中國乃至世界首部女性撰寫的美學和文藝評論之作，因此具有崇高的地位和重大的意義〔註 1〕。

清代女學者湯漱玉（1795～1855）撰寫了第一部研究女畫家的《玉臺畫史》。此書共記載嫘祖至清代的 223 位女畫家，分為宮掖、名媛、姬侍、名妓四種，

〔註 1〕周錫山《〈牡丹亭〉三婦評本新論》，《牡丹亭注釋匯評》中冊（上海人民出版社，2017 年）、《中國戲曲縱橫新論》（復旦大學出版社，2019 年）。

以明清時期的人物居多。其中包括名媛與姬侍在內的閨閣畫家有 139 位。這是中國和世界美學史上第一部女性美術史著作和繪畫美學著作。

3. 中國女性文學歷史悠久，連續發展

西方在古希臘之後，直到 19 世紀，沒有女性詩人和作家。

中國的女性文學則不絕如縷，連續發展。著名的有：

西漢辭賦班婕妤、卓文君、左芬（或作棻，為漢武帝妃嬪），東漢女詩人徐淑、蔡琰；

三國魏晉三大才女甄姬（魏文帝曹丕的文昭皇后）、東晉謝道韞、前秦迴文詩詩人蘇蕙；

南朝女文學家鮑令暉（著名文學家鮑照妹）、南朝梁代女詩人劉令嫻（劉孝綽妹）；

唐代楊貴妃和梅妃江采萍、武則天、上官婉兒、女道士李季蘭、杜秋娘、晁采、黃崇嘏、魚玄機；五代花蕊夫人；

北宋詩人魏玩（詩論家魏泰之姊、北宋宰相曾布之妻）和謝希孟等；

宋代有四大女詞人有李清照、張玉娘、吳淑姬、朱淑真。

南宋唐婉（陸游的表妹和前妻）、嚴蕊、王清惠等；

遼朝蕭觀音（蕭太后）；

元代朱簾秀、鄭允端等著名女詩人。

明清有大量女詩人。

4. 中國具有最龐大的女性文學藝術創作隊伍

中國女性文藝家是世界上最龐大的一支女性創作隊伍，其數量遠超同期世界之總和。

其中以女詩人和女畫家的數量最多。

胡文楷《歷代婦女著作考》〔註2〕21 卷，收錄女作家 4 千餘人，其中清代 15 卷，作家有 3600 多人。其中大多數是詩人。

其作品數量和出版的書籍數量，遠遠超過同期世界各國的女作家的總和。

李光德《中國古今女美術家傳略》〔註3〕記載古近代女美術家約 1600 人。女性美術家的數量及其作品數量，著名女性畫家和著名作品頗多，同期世界各

〔註 2〕 胡文楷《歷代婦女著作考》，上海古籍出版社，1957 年初版，1985 年再版，
        2008 年增訂版。
〔註 3〕 李光德《中國古今女美術家傳略》，中共中央黨校出版社，1995 年。

國幾無女性畫家。

女性戲曲表演、歌舞表演、雜技表演的藝術人才極其龐大，因古代沒有錄製音像的條件，無法確知具體情況。

5. 藝術成就很高

女性文學藝術家中的傑出人物，產生了相當數量的名詩、名畫，取得了很高或極高的藝術成就。

如東漢蔡文姬的《胡笳十八拍》和《悲憤詩》是一流詩歌。宋代李清照，是中國一流詞家。

清代陳同、談則、錢宜《吳吳山三婦合評牡丹亭還魂記》（簡稱《三婦評本》）是《牡丹亭》的最佳評本，清代學術成就最高的美學著作之一。

另如清代陳端生的彈詞名作《再生緣》，陳寅恪認為：陳端生以「絕代才華」創作的「如再生緣之文，則在吾國自是長篇七言排律之佳詩。在外國亦與諸長篇史詩，至少同一文體。」〔註4〕可與杜甫的長律、古希臘的《荷馬史詩》可以媲美，在藝術上給以很高評價。郭沫若認為：「陳端生的確是一位天才作家」，他「反覆讀了四遍」，「我每讀一遍都感覺到津津有味，證明了陳寅恪的評價是正確的。他把它比之於印度、希臘的古史詩，那是從詩的形式來說的。如果從敘事的生動嚴密、波浪層出，從人物的性格塑造、心理描寫上來說，我覺得陳端生的本領比之十八九世紀英法的大作家們，如英國的司考特（Scott，公元一七七一年～一八三二年）、法國的斯湯達（Stendhal，公元一七八三年～一八四二年）和巴爾塞克（Balzac，公元一七九九年～一八五〇年），實際上也未遑多讓。他們三位都比她要稍晚一些，都是在成熟的年齡以散文的形式來從事創作的，而陳端生則不然，她用的是詩歌形式，而開始創作時只有十八九歲。這應該說是更加難能可貴的。」〔註5〕

陳寅恪和郭沫若都認為女作家陳端生的彈詞《再生緣》達到世界文學經典的高度。

6. 中國處於世界一流的女性作家藝術家的數量與西方大致相當

中國處於藝術家，在戲曲表演、歌舞表演方面肯定在世界上遙遙領先，儘管已經失傳，無法確切瞭解具體情況，處於世界一流的女性作家詩人、藝術家

〔註4〕 陳寅恪《論再生緣》，陳寅恪《寒柳堂集》，三聯書店，2001年，第69～70頁。
〔註5〕 郭沫若《序〈再生緣〉前十七卷校訂本》，《光明日報》，1961年8月7日，《郭沫若古典文學論文集》，上海古籍出版社，1985年，第933頁。

的人數，大致與西方相當，有蔡文姬、李清照、陳端生等詩人、詞人、彈詞作家等等。

二、中國古代女性文藝創作的審美取向

中國女性作家、詩人、畫家既然有龐大的數量，並取得可觀的成就，顯示了值得重視的審美取向及有關特點。

1. 中國女性文藝創作的審美範圍全面，創作的門類齊全

中國女性文藝創作的審美範圍全面，創作的門類齊全：詩歌、戲曲、小說、曲藝；書法、繪畫；尤以詩歌和繪畫的創作最多。另有音樂、舞蹈、戲曲和曲藝表演，都有大量精彩的成果。宋代李清照有一篇美學論文；

其中詩歌和繪畫的創作最多。其次是戲曲和曲藝。

詩歌的創作涵蓋詩的各體如古體、近體、五律、七律等；詞的各體，小令、長調，曲的各體等等。

繪畫的各種門類，比男畫家還多，共有繪畫（國畫）、書法、篆刻、女紅（刺繡、織作、針工、剪紙、雜作）等類。

2. 中國女性文藝家多為創作全面的才女

中國女性作家到了明清階段，人數龐大，且大多是創作全面的詩人兼畫家，或兼戲曲家。

尤其如武則天是傑出政治家，上官婉兒是政治家、政論家，蕭燕燕（蕭太后）是政治家、軍事家，秋瑾是革命家。

其中才情卓越者，詩詞、戲曲、繪畫兼長，是罕見的多才多藝的全才。

例如清代林以寧（約康熙中前後在世），進士林綸之女，監察御史錢肇修之室。與其姑顧玉蕊，均工詩文駢體。著有《芙蓉峽》（傳奇）。又擅長書畫，尤長於墨竹。

吳藻（1799～1862），清代著名女戲曲作家、詞人、畫家，字蘋香，自號玉岑子，浙江仁和（今杭州）人，祖籍安徽黟縣。父、夫皆為富商。她自繪飲酒讀騷圖，又題飲酒讀騷圖曲。著有《花簾詞》一卷、《香南雪北詞》一卷、《飲酒讀騷圖曲》（又名《喬影》）、《花簾書屋詩》等。著有雜劇《喬影》，吳中好曲者被之管絃，一時傳唱。

劉清韻（1841～1915），女，又名淑曾，小字觀音，字古香，江蘇沭陽人。劉清韻6歲即從師學習，愛好文學，擅長詩詞，精通書法、繪畫，又寫小說、

戲曲。劉清韻一生作品很多，有《小蓬萊仙館曲稿》《小蓬萊仙館詩鈔》《瓣香閣詩》等共 24 種。《小蓬萊仙館傳奇》（俞樾作序）內容涉及街頭巷尾、農家井畔、官場逸事、民俗風情，故事曲折、文筆纖秀，地方色彩濃厚。晚年隨丈夫錢梅坡回沭陽鄉居。光緒二十四年（1898），沭陽遇大水災，其家被淹，有 12 種傳奇散失，僅存 12 種。她的戲曲作品多來源於自己已有的短篇小說、逸聞隨筆，或自身親見親聞的真人真事。

3. 女性文藝家尤鍾情於詩性審美，喜歡寫作詩歌

中國女性文藝家中，其中詩詞作者，占創作隊伍的大多數，是中國最宏大的女性創作隊伍。

胡曉明主編、葉嘉瑩，陳尚君，胡曉明等編撰《歷代女性詩詞鑒賞辭典》選錄 3 百餘位歷代中國女性作者的 6 百餘篇作品。

該書所選女性作者均是女性文學目前較有代表性的人物，以明清時期閨秀作家的作品為主，上溯至詩經、漢魏以及南朝女性詩歌作品，唐宋時期亦有部分女性作家的詩詞入選。本書所選作品重在其藝術價值，並兼顧時代特色和文學史意義。

此書選錄的作者和作品的數量已經超過其他體裁（古文、戲曲、曲藝等）女性作家和作品的總和。

此書的很多鑒賞文除了運用文本細讀、美學分析和知人論世等傳統的文學批評方法對女性作者的作品作出盡可能豐富的解釋，並開掘女性作者幽微曲折細膩的內心世界和生命體驗，還能夠注意到古代女性特殊的社會身份和性別經驗。一些鑒賞文作者力求從性別和文化的新維度觀照古代女性作者的文學創作活動，將其文其人作為反映當時社會文化制度和女性特殊經驗的文本加以分析解讀。像女性文學與地域文化以及家族文化的關係等等。

與中國相比，東西方各國沒有著名的女性畫家和劇作家，小說家較多，但人數很少，詩人更只有聊聊幾個。

在古代，女性小說家僅有日本紫式部，她的唯一著作是《源氏物語》。

至近代，十九世紀英國的著名小說家 7 人（1 人兼為詩人）、詩人 1 人：

簡·奧斯丁（1775～1817，《傲慢與偏見》和《愛瑪》等 6 部）；

瑪麗·雪萊（1797～1851），出版了 16 本書和專著，多篇短篇小說、散文、論文、遊記、詩歌、信件等。其中最具影響力的兩本書是哥特式小說《弗蘭肯斯坦》（1818）和《最後一個人》（1826）。另有《永生者》。她因創作了上第一部

科幻小說《弗蘭肯斯坦》（或譯《科學怪人》），而被譽為科幻小說之母。

蓋斯凱爾夫人（1810～1865），有名作《瑪麗巴頓》。

勃朗特三姐妹——夏洛特·勃朗特（1816～1655，《簡愛》）、艾米麗·勃朗特（1818～1848，《呼嘯山莊》）、安妮·勃朗特（1820～1849，《艾格妮絲·格雷》和《懷爾德菲爾府上的房客》又譯《女房客》）。

喬治·愛略特（1819～1880，《亞當·比德》《織工馬南傳》《米德爾馬契》《弗洛斯河上的磨坊》等6部）。

艾米麗·勃朗特又是詩人，創作193首詩歌。

詩人有白朗寧夫人（1806～1861），代表作《天使及其他詩歌》《葡語十四行詩集》等。

法國18世紀末19世紀初有著名的女作家、文學批評家斯達爾夫人（1766～1817），寫小說、悲劇、散文。著有帶有自傳體性質的小說《黛爾菲娜》和《柯麗娜》。她的文學理論代表作有《從文學與社會制度的關係論文學》《論德國》。她的美學思想，有力地推動了浪漫主義運動的發展，與雪萊，盧梭，雨果同為浪漫主義代表人物。

法國小說家著名喬治桑（1804～1876），最具風情、最另類的小說家。喬治·桑是一位多產作家，一生寫了244部作品，100卷以上的文藝作品、20卷的回憶錄《我的一生》以及大量書簡和政論文章。長篇小說的代表作有《安蒂亞娜》《華倫蒂娜》（1832）、《萊莉亞》（1833）、《木工小史》（1840）、《康素愛蘿》（1843）、《安吉堡的磨工》（1845）、《魔沼》（1846）、《棄兒弗朗索瓦》（1848）、《小法岱特》（1849）和《金色樹林的美男子》（1858）等。

美國有比切·斯托夫人（1811～1896），代表作《湯姆叔叔的小屋》。

路易莎·梅·阿爾科特（1832～1888），小說家、短篇小說作家和詩人，以小說《小婦人》（1868）及其續集《小男人》（1871）和《喬的男孩》（1886）而聞名。

艾米莉·狄金森（1830～1886），詩人，生寫過1800餘首詩歌，生前僅發表過7首。代表作《雲暗》。現已出版《詩歌全集》（The Complete Poems）。

總體上說，西方的女性作家數量很少，大多寫小說，有11人（英國7人，法國、美國各2人），只有有4個著名詩人（其中2人是小說家兼詩人）。美學家僅法國1人，戲劇家僅法國1人，都是斯達爾夫人兼任的。但是西方女性作家的多部小說創作達到世界一流，簡·奧斯丁甚至名列英國文學（莎士比亞之後）的第二，文壇地位極高。

4. 宏觀審美特質一，隊伍宏大，作者眾多，因此審美風格多樣

中國具有世界文藝史上最宏大的女性創作隊伍，因此審美風格多樣。

女性的主體風格是陰柔之美，往往柔情如水，誠如胡曉明主編所說：女性詩詞大多具有韻致空靈馨逸之妙。謝莊《月賦》曰：「日以陽德，月以陰靈。」《南齊書・天文志》贊曰：「陽精火鏡，陰靈水存。」好女子之性情如月如水，得天地靈秀之氣偏多。明末清初人鄒漪認為「乾坤清淑之氣，不鍾男子，而鍾婦人」（鄒漪《紅蕉集序》），這與《紅樓夢》中賈寶玉認為女兒以水為骨肉的觀點堪稱同調。水月雖有實體，卻含虛靈之韻，如夢如影。相對於男性作者而言，稟有清才的女性才人多有蹈空夢想、秀逸出塵的氣質，她們的詩詞也具有超逸空靈的韻致。

不少女性詩詞具有，如清代朱柔則〔註6〕《河渚觀梅約顧女春山》：「相期河渚玩春華，一棹迎風路未賒。樓外有梅三百樹，美人不到不開花。」英氣逼人。

李清照《夏日絕句》：「生當作人傑，死亦為鬼雄。至今思項羽，不肯過江東。」她本是婉約派詞人，也有豪放之詩

秋瑾《寶劍詩》：「神劍雖掛壁，鋒芒世已驚。中夜發長嘯，烈烈如梟鳴。」《鷓鴣天・祖國沉淪感不禁》：「祖國沉淪感不禁，閒來海外覓知音。金甌已缺總須補，為國犧牲敢惜身！嗟險阻，歎飄零。關山萬里作雄行。休言女子非英物，夜夜龍泉壁上鳴。」熱血沸騰，報國之心溢於言表。

5. 宏觀審美特質二，顯示了鮮明而豐富的中國特色：詩詞和戲曲寫作難度高（句式、平仄、押韻、典故），內容反映了中國式女性的愛情、婚姻生活和對歷史、社會的觀察和記錄

6. 宏觀審美特質三，顯示了時代的特色

中國女性詩人隊伍延續 2500 年，從西周至清代，她們的創作展示了自己時代的某些特色。尤其如處於戰亂中的女性，南宋的

7. 宏觀審美特質三，具有女性陰柔之美

女性詩人作家往往「才華煥發」，「述其撰著本末，身世遭際，哀怨纏綿，令人感動，殊足表現陰柔之美。」〔註7〕

〔註6〕 朱柔則，生卒年不詳，浙江杭州人，字順成，號道珠，畫家、詩人，是柴靜儀的兒媳，著有《嗣音軒詩鈔》。
〔註7〕 陳寅恪《論再生緣》，陳寅恪《寒柳堂集》，三聯書店，2001 年，第 3 頁。

與男性詩詞相較，女性詩詞之題材不免顯得狹窄。所謂「春閨秋怨，花草榮凋」（章學誠《文史通義·婦學》），「批風抹月，拈花弄草」（梁啟超《變法通議·論女學》）。

《歷代女性詩詞鑒賞辭典》胡曉明主編認為：女性詩詞的一個特色是人性婉約幽渺之美。這首先表現為一種弱勢群體在強勢社會壓力下隱忍堅持的品質之美。中國傳統女性自幼受德言容功的教育，大多朝乾夕惕、巽順溫良，具有非同尋常的隱忍修養。作為弱勢群體，處於男權社會的重重約束之中，她們遭逢逆境時慣於選擇承受；忍無可忍而借文字表達時，也不得不將其難言處以隱曲姿態變化出之，這就形成了一種特有的美，葉嘉瑩先生稱之為「弱德之美」。

胡曉明主編又認為：女性文學特具的精緻、細膩、敏銳、善感，特具的一份日常人生的溫馨與深婉，恰能表達「天下靈妙之氣」不鍾於男子，而鍾於女子的特美，值得我們深省細析。其實明末閨閣詩人梁孟昭就曾這樣感歎曰：「我輩閨閣詩，較風人墨客為難。……足不踰閫閾，見不出鄉邦。縱有所得，亦須有體，辭章放達，則傷大雅。……即諷詠性情，亦不得恣意直言，必以綿緩蘊藉出之，然此又易流於弱。詩家以李、杜為極，李之輕脫奔放，杜之奇鬱悲壯，是豈閨閣所宜耶？」（《寄弟》）

8. 宏觀審美特質四：原創性和獨創性強

女性的優秀之作具有原創性和獨創性。

如武則天寫給太子李治的情詩《如意娘》首句「看朱成碧思紛紛」。在繼承梁王僧孺《夜愁示諸賓》「誰知心眼亂，看朱忽成碧」描寫友情的創意後，以眼中顏色的錯亂，表達自己刻骨銘心的愛情，建立了自己新的原創性〔註8〕。

胡曉明主編認為，女性詩詞充溢著生命真切誠摯之情。從創作背景及條件上看，在中國傳統社會中，受各種條件所限，女性作者不但數量上與男性作者相差懸殊，閱讀視野及切磋詩藝所投注的精力一般也遠低於男性作者。這一則使女性詩詞創作整體上不及男性創作的博雅精工，同時也使得其創作多寫自己的真實感受，而不易落入前人窠臼之中。所以，女性詩詞中極少模唐擬宋或詩法某家者。另有一種情況，則是在遭遇了非常變故的情況下，以血淚甚至生命來書寫的詩詞，此類作品全無承襲，一空依傍，卻因其一字一淚的真實而具

〔註8〕 參見拙文《武則天〈如意娘〉的首創性和〈靜靜的頓河〉的原創性》，拙著《中國文學與世界論集》，花木蘭文化公司，2023 年。

有動人心魄的力量。

例如清代林以寧《得夫子書》:「經年別多思,得水才尺幅。為愛意纏綿,挑燈百回讀。」

下篇　馬湘蘭的美學評價簡論

中國古代美學著作和論文,評論女性文藝家的作品頗多。其中評論馬湘蘭的都是一流名家的論著。馬湘蘭詩歌、繪畫、戲曲皆善,以馬湘蘭為例,可觀中國古代美學和文藝理論的審美評論的特色。

馬湘蘭,名守真(1548～1604),南直隸應天(今江蘇南京)人。名列著名的秦淮八豔之一的晚明名妓。因在家中排行第四,人稱「四娘」。她「姿首如常人」,不以姿色取勝,但「神情開滌,濯濯如春柳早鶯,吐辭流盼,巧伺人意」。她不以美貌取勝,而是精神上的內在美、性格美,兼之才華橫溢,具有語言美、音樂美,凝結成驚人的智慧之美。

她為人曠達,有俠義之風,常揮金以濟少年,故而聲名卓著。她是詩人和畫家,擅長畫蘭,其蘭畫尚有數本精品傳世,分藏國內外著名博物館;更是世界戲劇史上第一位女性劇作家和妓女劇作家。她著有傳奇《三生傳玉簪記》,寫的是王魁負桂英的故事,可惜全本已佚,今尚有殘出,收入明胡文煥編《群英類選》官腔類卷十八第九頁〔註9〕。馬守貞有《湘蘭子集》詩二卷,今有錢謙益〔註10〕《歷朝詩集》〔註11〕所收本(絳雲樓康熙刻本)和《明詩綜》〔註12〕。所作散曲皆為南曲,今存《閨思》4首及一小令《少年遊》。另有她給王稚登的

〔註 9〕明胡文煥編《群英類選》影印本第二冊,中華書局,1980 年,第 929～930 頁。

〔註10〕錢謙益(1582～1664),字受之,號牧齋,江蘇常熟人。明萬曆進士。明末清初文壇領袖,詩人、詩論家。柳如是(1618～1664)與陳子龍等愛情失敗後,於明崇禎十四年(1641)24 歲時主動投奔的「終身之靠」(錢當時為 60 歲)。

〔註11〕《列朝詩集》是錢謙益模仿元好問編《中州集》錄有金一代之詩並附列詩家小傳的做法,收錄明代約二千個詩人。既有名流大家,也有許多名不見經傳的小人物,其中女詩人有一百餘人。錢謙益將不少當時已「身名俱沉」的詩人,「間有借詩以存其人者,姑不深論其工拙」,以「使後之觀者,有百年世事之悲,不獨論詩而已也」。此書因此言隱晦表達故國之思,在乾隆時以「語涉誹謗」,毀版禁行。

〔註12〕《明詩綜》,是明代詩歌總集,清代朱彝尊輯,共一百卷。《明詩綜》也仿傚元好問《中州集》「以詩繫人,以人繫傳」的體例,「或因詩而存其人,或因人而存其詩」,輯錄明代 3337 位明代詩人的作品,重要詩人選入百首,有的則只選一首。

書信，收入《歷代名媛書簡》；今還存唯一的書信手跡。

對於馬守貞的詩歌和畫珍品的評論很多，其中明清至近當代的名家評論，尤為精當。

最早評論馬湘蘭的名家是她同時代的錢謙益、王稚登（伯谷、百谷）和朱彝尊。

錢謙益〔註13〕是晚明清初文壇領袖，著名詩人和詩論家。他的《歷朝詩集小傳》在介紹和評論馬湘蘭的同時，還收錄王稚登（王伯谷、百谷）於明萬曆十九年（1591）為其詩集而作之序，這是首篇評論馬湘蘭之作。

清錢謙益《歷朝詩集小傳》

馬湘蘭

馬姬，名守真，十字玄兒，又字月嬌，以善畫蘭，故湘蘭之名獨著。姿首如常人，而神情開滌，濯濯如春柳早鶯，吐辭流盼，巧伺人意，見之者無不人人自失也。所居在秦淮勝處，池館清疎，花石幽潔，曲廊便房，迷不可出。教諸小鬟學梨園子弟，日供張燕客，羯鼓琵琶聲，與金縷紅牙聲相間。性喜輕俠，時時揮金以贈少年，少搖條脫，每在子錢家，弗顧也。常為墨祠郎所窘，王先生伯谷脫其阨，欲委身於王，王不可。萬曆甲辰秋，伯谷七十初度，湘蘭自金陵往，置灑為壽，燕飲累月，歌舞達旦，為金閶數十年盛事。歸未幾而病，燃燈禮佛，沐浴更衣，端坐而逝，年五十七矣。

有詩二卷。萬曆辛卯，伯谷為其序曰：

「秣陵佳麗之地，青樓狹邪之間，桃葉題情，柳絲牽恨。胡天胡帝，登徒於焉點目；為雲為雨，宋玉因而蕩心。誠妖冶之奇境，溫柔之妙鄉也。有美一人，風流絕代。問姓則千金燕市之駿，託名則九畹湘江之草。輕錢刀若土壤，居然翠袖之朱家；重然諾如丘山，不忝紅妝之季布。佩非交甫曷解，梭不幼輿馬投產文慚馬卿，綠琴挑而不去；才謝藥師，紅拂悵其安適？六代精英，鍾其慧性；三山靈秀，凝為麗情。爾其搦琉璃之管，字字風雲；擘玉葉之箋，言言月露。蠅頭寫怨，而覽者心結；魚腹緘情，而聞者神飛。寄幽恨於

〔註13〕《列朝詩集小傳》是錢謙益編寫時為集中所選作家寫的小傳。兼評各家各派詩作的工拙得失優劣，評述中肯、深刻，頗具卓見。

五字，音似曙鶯之囀谷；抒孤抱於四韻，情類春蠶之吐絲。按子夜之新聲，翻庭花之舊曲。瓦官閣下之濤，儂欲渡而吟斷；征虜亭前之樹，歡不見而歌殘。語夫乘霧洛妃，未聞飛絮之詠；避風趙後，寧工明月之什？不謂柔曼，詞兼白雪；豈云竊窕，才擅青箱？既高都市之紙價，遑惜山林之棄材。俾流蘇帳庭，披之而夜月窺人；玉鏡臺前，諷之而朝煙縈樹。奚特錦江薛濤，標書記之目；詎止金閶杜章，惱刺史之腸而已哉！」湘蘭歿，伯谷為作傳，賦挽詩十二絕句。至今詞客過舊院者，為詩弔之。

錢謙益評論和讚譽馬湘蘭精神上的內在美、性格美、語言美、音樂美；附載王稚登的馬湘蘭詩集序，以贊同序中的馬湘蘭詩歌的美學評價的方式，給馬湘蘭詩以高度的美學評價。

王穉登《馬姬傳》和據此轉載的潘之恒《亙史鈔・外紀》評論其書法和詩畫：

姬稍工筆札，通文辭，擘箋題素，裁答如流，書若游絲弱柳，婀娜媚人，詩如花影點衣，煙霏著樹，非無非有而已。然畫蘭最善，得趙吳興、文待詔三昧，姬亡後，廣唆散絕矣！姬姿容雖非絕代，而神情開朗，明忝豔異，方之古名妓，何忝蘇孝、薛濤、李娃、關盼諸人之亞四與！

馬湘蘭的書法除了在畫上的題詞外，還見於今存的她給王稚登的書信中。王稚登評論馬湘蘭信件的書法「若游絲弱柳，婀娜媚人」，嫵媚細柔；其詩歌「如花影點衣，煙霏著樹」，美妙輕柔。

今存《明馬湘蘭手書致王百谷八札真蹟卷》，馬湘蘭的這 8 封信被清代收藏家裝裱成一幅長卷。長卷保存完好整潔，棕黃古雅的信紙上墨蹟清晰，字跡秀麗，文辭清通，情深意長。〔註14〕馬湘蘭仙逝時，百谷寫了十二首悼詩，湘蘭遙寄給他的這些琬琰之章及其書法之美也融進了蒼涼的輓歌：「紅箋新擘似輕霞，小字蠅頭密又斜；開篋不禁沾臆淚，非關老眼欲生花。」

朱彝尊《靜志居詩話》

朱彝尊《明詩綜》作者介紹：「馬守真、字湘蘭，一字玄兒、又字月嬌。」

〔註14〕本報記者李菁《紅箋似輕霞　小字密又斜——上圖明清名家手稿展透露馬湘蘭傷情故事》，《新民晚報》，2006 年 11 月 26 日。

這個介紹太簡單，朱彝尊《靜志居詩話》再做介紹：「湘蘭貌本中人，而放誕風流，善伺人意。性復豪俠，恒揮金以贈少年。感吳人王伯穀解墨郎之阨，欲委身焉，伯穀不可。萬曆甲辰秋，伯穀年七十。湘蘭買樓船，載小鬟十五，造飛絮圍，置酒為壽，晨夕歌舞，流連者累月，亦勝引也。伯谷序其詩，略云：有美一人，風流絕代。輕錢刀若土壤，摯袖朱家；重然諾若丘山，紅妝季布。爾其捫琉璃之管，字字風雲；擘玉葉之箋，言言月露。翻庭花之舊曲，按子夜之新聲。奚特錦江薛濤，標書記之目；金昌杜韋，惱刺史之腸而已哉。曲中傳為佳話。」

朱彝尊在詩話中，和錢謙益的小傳一樣，也沒有直接評論她的詩，而是評論她的性格，也引王稚登在馬湘蘭詩集序中評論馬湘蘭詩歌的觀點，作為自己贊同的觀點。

姜紹書《無聲史詩》和曹寅《歷代畫史匯傳》

清代徐沁《明畫錄》評論馬湘蘭「以詩畫擅名，其墨蘭一派，瀟灑恬雅，極有風韻」。

明末清初姜紹書《無聲史詩》評價馬湘蘭的畫：「蘭仿趙子固（孟堅），竹法管夫人（趙孟頫妻管道昇），俱能襲其餘韻。其畫不僅為風雅者所珍，且名聞海外，暹羅國使者亦知購其畫扇藏之」。暹羅國是泰國的古稱。不僅東南亞諸國，日本也視為珍品，東京博物館中今即藏有馬湘蘭「墨蘭圖」。

姜紹書，字二西，丹陽（今屬江蘇省鎮江市）人，曾官明朝南京工部郎，甲申后，以世受國恩，黃冠自廢，放浪於山巔水涯。工繪畫，善鑒識，著有《無聲詩史》《韻石齋筆談》等。據黃庭堅「淡墨寫出無聲詩」的詩句取名，全書七卷，彙集明代畫家 470 餘人的傳記，凡古今名蹟，一經品題，價增十倍（光緒《丹陽縣志‧姜紹書傳》）。

曹雪芹的祖父曹寅在《歷代畫史匯傳》中評價她的畫技是「蘭仿子固，竹法仲姬，俱能襲其韻」。評價與《無聲詩史》相同。他感到言猶未盡，作《題馬湘蘭畫蘭長卷》三疊，共有 72 句之多，其一自注云：「畫蘭竹合作此卷，獨以十二叢見長。」收入其《棟亭集》。

清汪中駢文《經舊苑弔馬守真文並序》

汪中（1743～1794），字容甫，江蘇江都（今屬揚州）人。清代著名經學家、駢文家。有《述學》六卷。被譽為「議論超卓，唐以下所未有」。（王引之《汪中行

狀》）其駢文，「為文根柢經史，陶冶漢魏，不沿歐曾王蘇之派」（同上），而「長於諷喻」（包世臣《藝舟雙楫》），「凌轢一時」（阮元《述學序錄》），「驚心動魄，一字千斤」（杭世駿《哀鹽船文序》），「狀難寫之情，含不盡之意」（李詳《汪容甫先生贊序》）。詞安氣雅，流麗動人，獨樹一幟。

清代駢文中興，取得超邁前代的成果，名家林立，汪中的駢文高居第一。《經舊苑弔馬守真文並序》是他的最著名的代表作之一：

歲在單閼，客居江寧城南。出入經迴廣寺，其左有廢圃焉。寒流清泚，秋菘滿田，室廬皆盡，惟古柏半生，風煙掩抑，怪石數蜂，支離草際，明南（舊）苑妓馬守真故居也。〔註15〕

秦淮水逝，跡往名留，其色藝風情，故老遺聞，多能道者。余嘗覽其畫跡，叢蘭修竹，文弱不勝，秀氣靈襟，紛披楮墨之外〔註16〕，未嘗不愛賞其才，悵吾生之不及見也。

夫託身樂籍，少長風塵，人生實難，豈可責之以死。婉孌倚門之笑〔註17〕，綢繆鼓瑟之娛，諒非得已。在昔婕好悼傷，文姬悲憤，翔茲薄命，抑又下焉。嗟夫！天生此才，在於女子，百年千里，猶不可期。奈何鍾美如斯，而摧辱之至於斯極哉。

余單家孤子，寸田尺宅，無以治生。老弱之命，懸於十指。一從操翰，數更府主。俯仰異趣，哀樂由人。如黃祖之腹中，在本初之弦上。靜言身世，與斯人其何異。只以榮期二樂，幸而為男，差無床簀之辱耳。江上之歌，憐以同病。秋風鳴鳥，聞者生哀。事有傷心，不嫌非偶。乃為辭曰：

嗟佳人之信嫮兮，挺妍姿之綽約。羌既被此冶容兮，又工嚬而善謔。〔註18〕攘皓腕以抒思兮，乍含毫以綿邈。寄幽怨於子墨兮，想蕙心之盤薄。惟女生而從人兮，固各安乎室家。何斯人之高秀兮，

〔註15〕歲在單閼（chán yè）：太歲在卯曰單閼，乾隆四十八年癸卯作也。即 1783 年。南殆舊字之誤。清：水澄澈。泚（cǐ）：鮮明的樣子。菘（sōng）：葉子闊大的蔬菜，如青菜、白菜、黃芽菜。

〔註16〕楮墨：紙和墨，指書、畫或書文。楮（chǔ）木名，皮可製桑皮紙，因以為紙的代稱。

〔註17〕《史記・貨殖傳》：「刺繡文，不如倚市門。」

〔註18〕首兩句：嗟歎你這位佳人的確是一位優秀的（嫮，好）女子啊，姿態美麗綽約（柔弱的樣子）。三四句，王逸《楚辭注》：羌，楚人語詞。《易》曰：「冶容誨淫。」

乃蕩墮於女閭。奉君子之光儀兮，誓偕老以沒身。何坐席之未溫兮，
又改服而事人。顧七尺其不自由兮，倏風蕩而波淪。紛啼笑其感人
兮，孰知其不出於余心。哆樂舞之婆娑兮，固非微軀之可任。哀吾
生之鄙賤兮，又何矜乎才藝也。予奪其不可憑兮，吾又安知夫天意
也。人固有不偶兮，將異世同其狼藉。遇秋氣之惻愴兮，撫靈蹤而
太息。諒時命之不可為兮，獨申哀而竟夕。〔註19〕

汪中此文，首創性地評論馬湘蘭居處的美學境界，以其居處及其環境的清
新優美，襯托其人其作的超凡入聖的驚人之美。他首次評價馬湘蘭具有「叢蘭
修竹，文弱不勝」特色之畫，達到「秀氣靈襟，紛披楮墨之外」的美學高度，
具有高度藝術成就。

汪中此文認為馬湘蘭是不情願做妓女的，所以她很想從良，與窮書生王
稚登知音互賞，陪伴終生。但是王稚登不敢接受。

汪中此文，可與《紅樓夢》中賈寶玉祭奠晴雯的《芙蓉女兒誄》對照閱
讀。其序曰：「憶女兒曩生之昔，其為質則金玉不足喻其貴，其為性則冰雪不
足喻其潔，其為神則星日不足喻其精，其為貌則花月不足喻其色。」「自為紅
綃帳裏，公子情深；始信黃土壟中，女兒命薄！汝南淚血，斑斑灑向西風；梓
澤餘衷，默默訴憑冷月。」正文開首說：「天何如是之蒼蒼兮，乘玉虯以遊乎
穹窿耶？地何如是之茫茫兮，駕瑤象以降乎泉壤耶？」黛玉認為：「紅綃帳裏，
公子多情；黃土壟中，女兒薄命。」這一聯意思卻好，只是「紅綃帳裏」未免
熟濫些。放著現成真事，為什麼不用？何不說「茜紗窗下，公子多情」。（《紅樓
夢》第七十八、七十九回）寶玉用的是浪漫主義的誇張筆調，汪中則評價恰切，極
有分寸。

馬湘蘭的畫還受到皇家的重視，清宮不僅藏有馬湘蘭的真蹟，因盡力收
羅，竟然入藏了偽作，《石渠寶笈初編》就載有馬守真的《畫蘭卷》贗本。馬
湘蘭的畫，受到藏家的珍視和喜愛，因此偽作便大量出現；而偽作者不乏高
手，故而不免流入清宮。清宮珍品在晚清民初大量流出，無錫博物館藏品《花
卉卷》，即屬清宮舊藏品，此畫《石渠寶笈》著錄，畫上還鈐有「乾隆御覽之
寶」橢圓印。

晚清軍機大臣、著名書法家吳郁生〔註20〕題馬湘蘭畫云：「承平菊部多風

〔註19〕古直選注《汪容甫文箋》卷之上，人民文學出版社，1958年，第27～31頁。
〔註20〕吳郁生（1854～1940），字蔚若，又號純齋，吳縣（今江蘇省蘇州市）人。清代

韻，尚兒（出眾的女子）江南馬四娘」，又說：「京師梨園盛時，名優有演馬姬畫蘭，當場畫以贈客者」。馬湘蘭入戲，演員還當場給觀眾贈畫，以作招徠。此可見馬湘蘭在有清一代名聲之煊赫。

近代王國維的論畫詩《將理歸裝，得馬湘蘭畫幅，喜而賦此》

王國維在蘇州師範任教〔註 21〕，回家時，作詩《將理歸裝，得馬湘蘭畫幅，喜而賦此》說：

舊苑風流獨擅場，土苴當日眇侯王。

書生歸舸真奇絕，載得金陵馬四娘。

小石叢蘭別樣清，朱絲細字亦精神。

君家宰相成何事？羞殺千秋馮玉英。（馬士英善繪事，其遺墨流傳人

間者，世人醜之，往往改其名為馮玉英云。）

其詩高度評價馬湘蘭的畫作，一個「喜」字，更其大大加重了讚美的分量，在自己的行囊中翻出馬湘蘭的畫，竟然喜出望外！第一首上半首評論馬湘蘭在秦淮舊苑風流第一，其人品和藝品之高，足以糞土當年萬戶侯；下半首，王國維以歆羨的口氣，讚譽王稚登能夠贏獲馬湘蘭芳心，是出奇絕妙之勝利，這就以反襯手法，應和了王稚登對馬湘蘭「有美一人，風流絕代」的評價，極度讚譽馬湘蘭是超凡入聖的絕世佳人！

第二首上半首高度評價馬湘蘭的繪畫與書法，「別樣清」即清麗過人，「亦精神」即風骨遒勁、氣概豪邁。下半首，稱馬湘蘭為「君」，又因為都姓馬，所以說「你們馬家」當上首相的馬士英，跟你相比，一錢不值，以此作為反襯，再一次加重了讚美的分量。馬士英為南明奸相，重用權奸阮大鋮，排擠史可法，打擊復社名士，誤國害民〔註22〕。馬湘蘭地位雖低，但人品高潔，性復豪俠。王國維此詩繼承汪中的觀點：其所畫「叢蘭秀竹，文弱不勝，秀氣靈襟，紛披楮墨之外」，後人常「未嘗不愛賞其才，悵吾生之不及見也。」靜安稱頌湘蘭，身為妓女固然地位低賤猶如土苴（即土渣），但她品性高尚純潔，氣概豪

進士，光緒三年授翰林，曾為內閣學士，兼禮部尚書、四川督學。西太后死，任郵傳部尚書，軍機大臣。郁生善詩文、工書法，為清末民初時著名書法家。

〔註21〕 1904 年，羅振玉在蘇州創辦江蘇師範學堂，邀王國維前來任教；1906 年閏三月羅振玉辭職，王國維也隨之離校。

〔註22〕 馬士英（約 1591～1646），字瑤草，貴州貴陽人。以前史學界一般認為清兵渡江後，馬士英投降清兵。馬士英在浙東堅持抗清，兵敗後壯烈殉國。時唯有夏允彝、夏完淳父子《幸存錄》對其持論公允。

爽超軼，故能睥睨王侯。她的書畫充分反映出自己的品位和風貌，故而「別樣清」、「亦精神」，足以羞殺貴為首相亦善書畫的馬士英。

這兩首詩，第一首以馬湘蘭的情人王稚登做反襯，雖然「書生歸舸真奇絕，載得金陵馬四娘」，竟然不敢接受她的愛意，批評王稚登無福享受美人的美和愛，落花有意流水無情；王國維又以儒家美學溫柔敦厚的寫作原則，委婉含蓄的筆調，批評王稚登不識抬舉，辜負美人的衷情厚意，並極度同情馬湘蘭一生篤情，深情付出，不得回報的遺憾和痛苦。

第二首以馬湘蘭的同行馬士英做反襯，兩人的社會地位懸殊，而藝術地位也懸殊，馬湘蘭的人品和藝品高於宰相，是人間的絕品。

這兩首七絕既懷人又論書畫，充分體現了王國維繼承儒家重視作家人品和作品內容的進步美學觀；藝術手法高超，充分顯示了王國維詩歌藝術的高度成就。

除以上兩詩外，王國維《敬業堂文集序》又說：「光緒乙巳（1905），余歸自吳門，渭漁訪余於西城老屋，出唐解元芍藥、馬湘蘭蘭石小幅，相與把玩移晷。」

這位渭漁，即張光第（1875～1916），字渭漁，號盟鷗，浙江海寧鹽官人。清末民國初藏書家。少棄舉子業，淡泊名利，惟癖好金石書畫，好藏書，尤富鄉邦文獻。其友人錄存有《張渭漁遺書目錄》一冊。

他與王國維是同鄉好友，王國維自蘇州歸來，他馬上來看望。王國維取出唐伯虎、馬守真的畫，即在蘇州整理歸裝時歡「喜」地尋出的「小石叢蘭別樣清，朱絲細字亦精神」那幅畫，兩人一起欣賞、評論多時，可見靜安對馬氏畫幅之珍愛。

王國維評論馬湘蘭的論畫詩，可與汪中駢文前後輝映。

現代大收藏家葉恭綽的詩文

現代著名學者、書畫家、大收藏家葉恭綽《明馬湘蘭畫蘭卷跋》鄭重記錄收藏經歷和心境：

> 顏韻伯昔贈此卷，與余舊藏顧橫波《蘭幅》相配。橫波畫蘭，經亂失去，僅餘此卷。韻伯藏物之歸余所者，余不能守，已十去八九。昔人蟾蜍淚滴，本不達觀，但冀此文采精英不歸毀滅耳。（山注：傳說月中有蟾蜍，蟾蜍代指月亮。）

> 湘蘭一小硯，為百谷所貽者，暨王鳳江為湘蘭所製手爐，皆在

余所。曩每誦汪容甫弔文,輒生「生不同時」之感。亂後興致蕭索,藏物亦多以易米,且飫聞聖諦,深以流轉文字海為戒,故一切漸等雲煙過眼,無復如往時之篤好矣。民國三十六年冬寒展玩因題。

〔註23〕(飫 yù 聞:飽聞,所聞已多。聖諦:佛教說的神聖的真理、實理。流轉:流落轉徙。佛教說的輪迴。在煩惱痛苦的界域流轉輪迴,不能出離。)

又有詩,並跋:

薰爐墨硯伴書帷,想見含香下筆時。天壤王郎終不忝,絮飛誰識出塵姿。(明馬湘蘭畫蘭捲紙本　湘蘭畫余見不下數十,此卷含毫邈然,清秀獨絕,上有顧雲美、文啟美題詩,信為真蹟。湘蘭有為王伯谷畫刻小硯及王鳳江所製薰爐,均在余所。)〔註24〕

葉恭綽以收藏家的角度,書寫馬湘蘭的作品和有關文物藏品的收集和保存的極度不易,並給以「含毫邈然,清秀獨絕」這樣的高度的美學評價。

縱觀以上評論,評論家公認:馬守真以蘭言志、寄懷,所畫蘭花能得其形而傳其神。她成為一代畫蘭妙手,流傳之作,被藏家看作是珍藏的佳品。她畫蘭,常常表現幽美的叢蘭與堅韌的竹石相伴相生,顯得縱橫交錯,剛柔結合,生機無限。

諸家評論可總結為三個特點:一、都是一流名家的評論;二、都給以高度的美學評價,人品、藝品雙絕;三、評論的文字文采優美,清雋悠遠;尤其是汪中和王國維的作品,本身都是一流的詩文創作,值得反覆欣賞和背誦。以上評論,也展示了中國古代對於女性文藝創作和女性文藝家的人品的評論原則和所取得的高度成就。

馬湘蘭的真蹟存世不多,我們上海也有一幅馬湘蘭的真蹟,「上海博物館看到馬湘蘭的一幅扇面裏,蘭草長葉參差錯落,分合交叉,俯仰伸展,正側翻轉,頗有滿紙風動的情趣。蘭叢中的墨竹,挺然勁秀,竹葉勁利中見柔和。蘭竹之外襯以湖石,蘭、竹、湖石三者巧妙地組合在畫面之中,簡潔明淨的布局,率意的筆致,流暢而富於彈性的線條,氣韻自然生動,收到了雅健清逸,『意餘於象』的藝術效果,也展現出作者明淨的心靈。這幅《蘭竹圖》扇面,為馬湘蘭的傳世之作。」「馬守真畫蘭作品能得到文人雅士的青睞,應是她的作品實際上反映了明清之際許多文化人的心境。他們讚賞蘭的高風、柔韌和幽

〔註23〕葉恭綽《矩園遺墨》序跋第二輯,遼寧教育出版社,1997 年,第 136 頁。
〔註24〕葉恭綽《紀書畫絕句》,《矩園遺墨》,遼寧教育出版社,1997 年,第 208 頁。

然，並以此寄託內心的憂思。從馬守真作品裏展示的蘭的清幽、孤芳的身影，不難看到她與士大夫靈犀相通的心印。」〔註25〕

　　值得讚美的是，知音識曲，精通音律的馬湘蘭親撰劇本，為同為淪落風塵又慘遭愛情背叛的苦難姐妹敦桂英抒發同情之心而創作崑曲劇本《三生傳玉簪記》；她還培養了一支技藝精湛的戲曲班，能演《北西廂》全本，在元雜劇煞尾之時，為北曲在南方的傳播和繼承做出了很大貢獻。

2017 年 2 月 12 日於「海上博雅講壇」
《歷代女性詩詞鑒賞辭典》新書發布講座講稿
2023 年 4 月・蘇州・中國古代文學理論學會
「中國特色文論體系研究」高端論壇論文

〔註25〕鄧衍輝《馬守真畫蘭竹》，《新民晚報》，2007 年 5 月 27 日。

天人合一及對中國美學的影響新論

　　中國智慧與中國文論的再認識的一個重要內容是神秘主義文藝理論的重大成果的深入梳理和研究。

　　中國傳統藝術學思想內涵十分豐富，其基本內容可分為理性主義和神秘主義兩大類。

　　西方傳統藝術學是單純的理性主義，其基本內容也可分為兩大類：現實主義和浪漫主義。而浪漫主義也屬於廣義的現實主義。西方現代藝術學產生了非現實主義和超現實主義等等。還有 20 世紀 40 年代短暫存在的德國神秘現實主義，是宗教文化的一種，但缺乏神秘主義的美學和藝術學理論。

　　中國傳統藝術學的理性主義屬於儒家美學。而儒道佛三家的藝術學，都有豐富的神秘主義理論資源和成果。

　　中國藝術學的起點是《周易》，《周易》是儒道兩家的共同起源。《周易》是神秘文化的最早經典，不僅其占卜屬於神秘文化，而且其天人合一的思想，是超越人的思維水平的神秘主義思想產物。《周易》已蘊含重要的美學和藝術學思想。

　　中國傳統文學藝術、美學和藝術學思想中的神秘主義，博大精深，內容極為豐富。我近年思考頗多，並已發表多篇論文。例如：

　　《南北宗・神韻說・靈感論》〔註1〕，將繪畫、詩歌、戲曲和藝術學理論中的有關重要觀點和修行、創作實踐，做了較為全面的梳理和歸納，揭示古代天才藝術家和理論家，對靈感的認識和理論總結，總結為我國古代神秘主義藝

〔註 1〕 拙文《南北宗・神韻說・靈感論》，《中國古代文學理論研究叢刊》第 39 輯，華東師範大學出版社，2015 年。此文已收入本書。

術學中古人道修禪修與「通鬼神」的靈感論。

《神秘現實主義和神秘浪漫主義導論》〔註2〕，從藝術創作思想和創作手法的角度，發表總結中西自古至今的神秘主義文學藝術作品的概況和創作方法，尤以近 20 餘年來獲諾貝爾文學獎和茅盾獎的作品為例。

中國古代美學、文論和藝術學的神秘主義理論以天人合一為基礎，其最重要的組成，有江山之助說、文氣說和通鬼神的靈感論。三者相對獨立，但更有交叉和交融。學術界對文氣說已有多部專著和眾多論文，靈感論我已有論文發表，本文則就中國神秘藝術學思想中的天人合一和江山之助，做簡要論說。這個論題，學術界也有不少論文和著作專論或涉及此題，本文試圖再做探索，在本次會議交流，敬請與會者評議和批評。

上篇　天人合一說

宋代張載首先提出「天人合一」的觀點：「儒者則因明致誠，因誠致明，故天人合一。致學可以成聖，得天而未始遺人。」(《正蒙·誠明篇》)古代對此的闡釋則很早。

自《周易》到當今的學術界，關於天人合一已有汗馬充棟的解釋和論說，已經探究清楚了不少問題，茲不重複。本文僅就當今學界未予論述或論述不足的關鍵要點略作敘說。

天人合一的基本觀點和重大意義

天人合一的基本觀點，即《周易·乾卦·文言》說：「『大人』者與天地合其德，與日月合其明，與四時合其序，與鬼神合吉凶，先天而天弗違，後天而奉天時。」

大人指絕地通天的高人、承擔歷史和時代責任的高明統治者、德藝雙馨的修行者和得道者。

中國古典文化典籍，從最早的《易經》就這樣揭示了天人合一的宇宙真理。德行高尚、志趣高遠的人，其品性與天地相符，與日月一樣普照光芒，與四時的節序相同，與鬼神同樣顯示吉凶禍福，他能預知故能先於天象而行動（預先採取措施），天不違背他，他後於天象而處事，能夠適應天象的變化。

〔註2〕拙文《神秘現實主義和神秘浪漫主義導論》，法國巴黎：《對流》總第 9 期，2014 年。此文已收入本書。

季羨林解釋《周易》的這個觀點:「這裡講的就是『天人合一』的思想,這是人生的最高的理想境界。」他還將天說成是大自然,人指人類,天人合一即天與人、大自然與人互相理解,結成友誼〔註3〕。

關於天人合一理論的重大意義,錢穆晚年於96高齡在1990年5月撰文說:

> 中國文化過去最偉大的貢獻,在於對「天」「人」關係的研究。中國人喜歡把「天」與「人」配合著講。我曾說「天人合一」論,是中國文化對人類最大的貢獻。
>
> 中國人是把「天」與「人」和合起來看。中國人認為「天命」就表露在「人生」上。離開「人生」,也就無從來講「天命」。離開「天命」,也就無從來講「人生」。所以中國古人認為「人生」與「天命」最高貴最偉大處,便在能把他們兩者和合為一。離開了人,又從何處來證明有天。所以中國古人,認為一切人文演進都順從天道來。違背了天命,即無人文可言。「天命」「人生」和合為一,這一觀念,中國古人早有認識。我以為「天人合一」觀,是中國古代文化最古老最有貢獻的一種主張〔註4〕。

錢穆和季羨林的以上論說將天人合一的重大意義已經基本闡述清楚。

本文認會其重大意義更需強調的是,天人合一是人類精神發展、世界文化和經濟、科技發展必須遵循的規則。

另需強調的是,關於天人合一的具體解釋,哲學界和文論界已出版和發表不少專著和文章,自錢穆、季羨林等眾多學者至余英時最新傑作《論天人之際——中國古代思想起源試探》〔註5〕皆未闡發清楚,此皆因當代學者因謹守儒學立場、現代科學而對神秘文化有隔膜,又未能掌握中醫(有一些人還要消滅中醫)、氣學和命相學的基本理論,所以不懂天人合一的本質。古代眾多傑出的哲學家、思想家、文學藝術家和文藝理論家是懂的,因此他們認為不必具體的解釋了,於是就給當今的學者留下了難題。筆者略作淺論如下。

天人合一的本質

天人合一的本質是天與人的物質基礎是完全相同的。所以人是小宇宙,天

〔註3〕 季羨林《「天人合一」新解》,《傳統文化與現代化》創刊號,1992年。
〔註4〕 錢穆《中國文化對人類未來可有的貢獻》,香港中文大學《新亞月刊》,1990年12月號。
〔註5〕 余英時《天人之際——中國古代思想起源試探》,中華書局,2014年。

地宇宙是大宇宙。人與天星、大地的五行本質上是相同的，並被太陽和月亮的陽和陰所主宰。

天地與人，都是由金水木火土五行組成。五行再分陰陽兩種。相剋相生，克又叫勝。

天人合一的物質基礎是陰陽五行。除太陽和月亮之外，天上的星星，最重要的與人相關的有金、水、木、火、土，五星。

太陽特殊，因為太，大也。(《廣雅·釋詁一》) 太陽對宇宙人生起主宰作用，具有力量最大的「陽」，純陽，是陽的源泉。

月亮特殊，因為它又稱太陰，是具有力量最大的「陰」，純陰，是陰的源泉。

五行中的陰陽，由太陽和月亮組成，而五行則有天上的五星分布。

《史記·天官書》記載：「五星分天之中，積於東方，中國利」，就是講按正南北方向將天空一分為二，金木水火土五大行星如果都在東方，於中國有利。

現代科學還不具高超的能力，還未有能力研究金木水火土五大行星與地球的關係、和人的關係。中國古代必有高明者探究了兩者之間的關係和影響，所以將這五顆星分別作此命名。

人和宇宙，即空間和時間，都有共同的實物質和虛物質（暗物質）基礎，即陰陽五行。

空間即天地、天地之間的空間。天以太陽、月亮和五星決定五行和陰陽；大地的方位，東西南北中，其陰陽五行，由 10 個天干組成：東方甲乙木，南方丙丁火，西方庚辛金，北方壬癸水；中間戊巳土。它們都有一陽和一陰。

時間由天干地支和陰陽組成。

天干 10 個：甲乙丙丁戊巳庚辛壬癸。地支 12 個：子丑寅卯辰巳午未申酉戌亥。

地支的五行為：申酉戌金、子亥丑水，寅卯辰木，巳午未火，辰戌丑未土。

時間的體制，十二時辰為一天。十二個月是一年。六十年是一個輪迴。從甲子年起。但每一個月天數的參差，就打破固定的循環規律，成為無窮無盡的變數了。

宇宙是空間（天、地和天地之間）和時間的結合。陰陽五行將人與天地，與空間、時間都統一在一起，成為完整的統一體。

宇宙中的萬物也由陰陽五行構成。根據「五行」的觀點，古人認為宇宙自

然都是由此五種屬性物質所構成，各種事物和現象的發展變化，都是此五種屬性物質的運動和相互作用之結果。古人總結為〔歌訣〕曰：

木火土金水（五行）

酸苦甘辛鹹（五味）

青赤黃白黑（五色）

肝心脾肺腎（五臟）

膽小胃大腸（六腑）

目舌口鼻耳（五官）

筋脈肉皮骨（形體）

怒喜思悲恐（五志）

風暑濕燥寒（五氣）

生長化收藏（五化）

春夏長秋冬（五時）

總之，天人合一的物質基礎是陰陽五行。人的內臟及其味覺（滋味）、視覺（色彩）、情緒、生存環境和天地、天地之間的方位有共同的物質基礎，即陰陽五行。

人的五行學說是《黃帝內經》提出的，以五行配五臟，還指出「怒傷肝、喜傷心、憂傷肺、思傷脾、恐傷腎」，五情傷五臟等等。

再回到人來說，人構成身體的五臟皆由五行組成：肺屬金，腎屬水，肝屬木，心屬火，脾屬土。

決定人的命運的出生的時間（年月日時）、地點，皆由陰陽五行組成。人的出生時間（年月日時）、地點與人的五臟六腑的五行相聯繫，決定了人的形體和外貌、健康和壽命、性格和心理，以及一生的命運。

天人合一又以氣為基礎。天體、星球、大地和人、動植物，皆為氣所產生。《黃帝內經》認為：「夫人生於地，懸命於天，天地合氣，命之曰人」（《素問·寶命全形論》）；元氣也是生命之源泉，「天地合氣，命之曰人」，也即「人之生，氣之聚也，聚則為生，散則為死」（《莊子·知北遊》）。不僅人是如此，萬物也是如此，王充《論衡·自然篇》講：「天地合氣，萬物自生。」

於是天地、萬物與我們人類合成了一個共同體，莊子說：「天地與我並生，而萬物與我為一」（《莊子·齊物論》）。

中國古人天人合一，道法自然的觀念，顯示中國傳統哲學強調人與自然的

統一，主張人要順應自然，求得人與自然的協調與和諧發展。與西方哲學強調
人與自然的對立，主張人要征服自然，求得自己的生存和發展不同。而老子強
調的「道大、天大、地大、人亦大。域中有四大，而人居其一焉。」(《老子·二十
五章》)人與天、地、道並而為大者，要比西方文藝復興時高揚的「人是自然的精
靈」、「人是萬物之長」的人本主義、人文主義的層次要到得多，已至極境。

　　有的研究西方哲學的學者認為，天人合一不是中國所獨有的，西方也有。
此類人對中國哲學並不精通，因此不知西方的天人合一與中國的天人合一不
在一個層次上，其認識和研究程度低得多，更未形成精深的理論和體系。

下篇　天人合一對古代美學的影響與江山之助說

天人合一，中國古代美學、文論和藝術學思想的基礎

　　天人合一是中國美學、文論和藝術學的哲學基礎和思想基礎。

　　天人合一影響中國古代美學、文論和藝術學而產生的神秘主義理論，最
重要的有江山之助說、文氣說和通鬼神的靈感論。三者相對獨立，但更有交
叉和交融。

　　西方沒有陰陽五行和氣的理論，因此西方沒有文氣說美學理論。

　　同因，西方在靈感產生方面極少有研究成果。

　　西方除了宗教界，極少有人與宇宙能量打通（古人稱通鬼神為）的認識，只
有柏拉圖等極少數名家發表有關的論述。例如柏拉圖認為靈感的第一個源泉
來自神的憑附，是「神靈附體」、「神靈評附」(《伊安》)詩神憑附在詩人身上，
把靈感輸送給詩人，也即神助、靈啟，使詩人處於「迷狂」狀態，在詩神的操
縱下進行詩歌創作。〔註6〕

　　西方的江山之助僅有朦朧的認識，沒有建立起相應的成熟的理論，也未能
建立相關的精深理論，例如情景交融說〔註7〕。

　　關於情景交融和靈感問題，已有拙文做過新的闡釋〔註8〕。

〔註6〕　參見朱光潛《西方美學史》上冊，人民文學出版社，1964年，第41頁。
〔註7〕　說詳拙文《情景交融說的中西進程簡論》，《文藝理論研究》，2004年第6期。
　　　　此文已收入本書。
〔註8〕　參見《南北宗·神韻說·靈感倫》，2013·湖北恩施·中國古代文論第19屆年
　　　　會論文，《古代文學理論研究叢刊》第39輯，華東師範大學出版社，2014年。
　　　　此文已收入本書。

文氣說，已有很多論文和專著做了較為深入的研究；本文略敘其要點。

文氣說的要點

中國古代文論在天人合一和氣的基礎上產生文氣說。

前已言及，天人合一又以氣為基礎。天體、星球、大地和人、動植物，皆為氣所產生。《黃帝內經》認為：「夫人生於地，懸命於天，天地合氣，命之曰人」(《素問·寶命全形論》)；元氣也是生命之源泉，「天地合氣，命之曰人」，也即「人之生，氣之聚也，聚則為生，散則為死」(《莊子·知北遊》)。不僅人是如此，萬物也是如此，王充《論衡·自然篇》講：「天地合氣，萬物自生。」

古人認為，不僅人的物質形態是氣產生的，人的精神與智慧，也由氣產生。

孟子說：「吾善養吾浩然之氣」(《孟子·公孫丑上》)。首先提出浩然之氣對於人的生命和精神的提升作用，文論家也用之於創作經驗的總結。

曹丕首先在《典論·論文》中明確提出：「文以氣為主。」

此後歷代皆有論說，不僅美學家，戲曲家和畫家也有重要論說。

例如湯顯祖認為最高的創作，全賴「大見聞」，而「大見聞全在新聲」，以體現「道者萬物之奧」。〔註9〕「必參極天人微窈，世故物情，變化無餘，乃可精洞弘麗，成一家言。」〔註10〕此類大作，又常於「恍惚」之中表現出眾的「怪奇」。他有一段著名的言論：

> 予謂文章之妙不在步趨形似之間。自然靈氣，恍惚而來，不思而至。怪怪奇奇，莫可名狀。非物尋常得以合之。蘇子瞻畫枯株竹石，絕異古今畫格，乃愈奇妙；若以畫格程之，幾不入格。米家山水人物，不多用意，略施數筆，形象宛然。正使有意為之，亦復不佳。故夫筆墨小技，可以入神而證聖。自非通人，誰與解此。〔註11〕

故而如可稱為佳作者，「凡天地間奇偉靈異高朗古宕之氣，猶及見於斯編，神矣化矣。」〔註12〕

湯顯祖認強調：「氣者人之龍蛇也。存伏藏之用，故曰制在氣。」〔註13〕

〔註 9〕 湯顯祖《答鄒衕瞻》，《湯顯祖詩文集》第二冊，上海古籍出版社，1982 年，第 1431 頁。
〔註10〕 湯顯祖《答張夢澤》，《湯顯祖詩文集》第二冊，第 1365 頁。
〔註11〕 湯顯祖《合奇序》，《湯顯祖詩文集》第二冊，第 1078 頁。
〔註12〕 湯顯祖《合奇序》，《湯顯祖詩文集》第二冊，第 1078 頁。
〔註13〕 湯顯祖《陰符經解》，《湯顯祖詩文集》第二冊，第 1207～1209 頁。

他又闡發儒道兩家的養氣理論說:「通天地之化者在氣機。奪天地之化者亦在氣機。化之所至,氣必至焉。氣之所至,機必至焉。」而又有「氣勝而機不勝者」,「機勝而氣不勝者」,「天下文章有類乎是。莽莽者氣乎,旋旋者機乎。莊生曰:『萬物出乎機,入乎機。』……氣與機相輔相軋以出。天下事舉可得而議也。吾以為二者莫先乎養氣。」〔註14〕而有「自然靈氣」的作者,必為「奇士」。他說:「天下文章所以有生氣者,全在奇士。士奇則心靈,心靈則能飛動,能飛動則上下天地,來去古今,可以屈伸長短,生滅如意,如意則可以無所不知。」〔註15〕湯顯祖強調「平心定氣,返見天性」,以取回成年後失去的赤子之心,煉就通達宇宙萬物的「道氣」,才能創作「非偶然」之好作品。〔註16〕

湯顯祖的朋友、晚明松江畫派領袖董其昌認為大作家、大畫家全靠養氣、修煉作為創作的基礎,他談體會說:

> 氣之守也,靜而忽動,可以採藥。故道言曰:一霎火焰飛,真人自出現。識之行也,續而忽斷,可以見性。故竺典曰:狂心未歇,歇即菩提。(《畫禪室隨筆》卷四「雜言下」)

古代大作家、大畫家都重視養氣和修煉。例如元代黃公望常在山中獨坐,在幽靜之處打坐修煉;又曾在松江的道觀「十年淞上築仙關,猿鶴如童守大還。」勤於修行,故而貌似童子。而倪瓚在詩中也大談練功的體會和心得。

又如清初石濤,也於題跋中稱:「盤礡睥睨,乃是翰墨家生平所養之氣,崢嶸奇崛,磊磊落落。」(《大滌子題畫詩跋》)石濤本人也有此修煉實踐,他在題畫詩跋中多次言及。如「盤礡萬古心,塊石入危坐。青天一明月,孤唱誰能和」(同上)。第二句言其靜坐練功的場所。又如:「數息閒穿日,如泉似水陂。有聲通嶽處,無異挾山時。舊注癡龍養,幽歸亢鶴期。」(同上)首句即言靜坐練功即數息,和練功的時間之長(「閒穿日」,即整天靜坐也)。因此他對宇宙的認識——「天地渾融一氣」,除讀自道家典籍外,也是自己練功後的體驗。

自《老子》、《莊子》提出心齋、坐忘之後,先是道家,宋代開始又增加佛禪,歷代作家詩人都重視養氣、修煉,其形式是打坐。打坐即有規範的、有意念引領內氣的靜坐,不僅能使人增強生命力,更能增強思維力。在打坐時,腦海中出現的種種景象(內視景象),還可以極大地增強文學藝術家的藝術想像

〔註14〕湯顯祖《朱懋忠制義敘》,《湯顯祖詩文集》第二冊,第1068頁。
〔註15〕湯顯祖《序毛丘伯稿》,《湯顯祖詩文集》第二冊,第1080頁。
〔註16〕湯顯祖《與汪雲陽》,《湯顯祖詩文集》第二冊,第1407頁。

力，故而產生頓悟。這不是現代科學能夠理解的，但成功的實踐者則深有體會。如果沒有這種修煉的實踐，無法真正理解嚴羽《滄浪詩話》的妙悟即頓悟思維，董其昌的南北宗說和王漁洋的神韻理論。

中國哲學自《周易》至老、莊、孔、孟，直至明末的儒道兩家皆與氣學理論有關，宋以後則儒道佛（禪）三家合一；中國美學也與先秦至明末清初哲學家、文學家和藝術家靜坐修煉的親身體驗有關。文藝家如果沒有這樣的養氣、修煉工夫，是不可能得到頓悟的。清代中期以後中國文學的衰落、現代文人畫之所以沒落，丟失了養氣、修煉工夫，是重要的原因之一。

此後，至清代，文氣說的論說更為豐富而充實。

清代史學家章學誠說：「人者何？聰明才力，分於形氣之私者也。」（章學誠《文史通義》內篇四《說林》）

「人秉中和之氣以生，則為聰明睿智。」（《文史通義》內篇三《質性》）

「夫情，本於性也；才，率於氣也。（《文史通義》內篇三《質性》）

江山之助說

由於哲學上的天人合一觀念的支配，中國產生了江山之助說。

關於江山之助說，近年當代學者也頗有涉及或論說。本文再做更為深入的探討如下。

中國古典藝術學和中國傳統藝術，強調審美主客體的相融合一，也即天人合一、物我合一的同構為美；主張文學藝術之美在於情與景的交融合一，心與物的交融合一，人與自然的交融合一。

道家認為真正能觀於天地而體道得道的理想人格應當與天地並生，與萬物為一，與造化同流，與日月同輝。

儒道佛三家從個人到社會，從人文到藝術，從天地萬物到整個宇宙，無不貫通。「天人合一」的和諧美，顯然是中國傳統藝術的最高追求。

江山之助是以上天人合一觀念的一種體現。

江山，其最基本的含義指山水風景、自然景色、大自然。

劉勰《文心雕龍·物色》首先提出江山之助說：「若乃山林皋壤，實文思之奧府；略語則闕，詳說則繁；然屈平所以能洞監風騷之情者，抑亦江山之助乎？」

「江山之助」的原義及其引申義，是劉勰《文心雕龍》總結的一個重大理

論成果，深刻揭示了中國詩人作家得到名山大川、山水佳勝、自然景物和田野園林幫助、啟示、陶冶的重大意義。歷代文論家非常重視「江山之助」理論的總結，歷代詩人作家非常重視「江山之助」在創作中的巨大作用。

江山之助的基本原理和重大作用有以下多個方面。

一、江山即自然環境對人材誕生和成長有重大影響

一方山水養一方人。《維摩詰經》：「高原陸地，不生蓮花；卑濕污泥，乃生此花。」

韓愈《送董邵南序》說：「燕趙自古多慷慨悲歌之士。」

例如，王昭君作為美人的生長，得江山之助。杜甫《詠懷古蹟五首》之三歌頌王昭君，開首即說：「群山萬壑赴荊門，生長明妃尚有村。」首句七字即將王昭君生茲養茲的故鄉的雄偉氣勢和無窮活力表達得淋漓盡致，一個「赴」字寫活了群山和明妃家鄉秭歸的氣勢，表現為了民族大義自我犧牲、自願出塞和親的這位名垂千古的美人，乃是鍾毓天地日月山水之靈秀。故而前人說此詩「發端突兀，是七律中第一等起句，謂山水逶迤，鍾靈毓秀，始產一明妃，說得窈窕紅顏，驚天動地」(清·吳瞻泰《杜詩提要》)。更妙在先以雄渾的空間作為烘托，象徵著她是偉大民族和祖國山河孕育之瑰寶，後句則用一個「尚」字拖托，在時間上展現張力，極有力地表達了詩人無限尊崇、萬分痛惜和深切懷念昭君的綿密心意。第六句說「環佩空歸月夜魂」，說昭君懷念故國，靈魂在月夜回到生長她的父母之邦。姜夔詠梅名作《疏影》改寫成：「昭君不慣胡沙遠，但暗憶江南江北。想佩環月夜歸來，化作此花幽獨。」美人跨越時空，成為故國的梅花。這是天人合一兼以江山之助的手法，以表明王昭君作為驚世美人，是天地靈修的產物。

這首杜詩不僅揭示了王昭君這位稀世美人的產生和成長得到江山之助，而且這首杜詩本身，即是江山之助的產物。

文學藝術家的成長與自然環境關係密切，江山之助的影響很大。其影響可以分解為以下幾個方面。

二、大自然對人格和胸襟的陶冶

文學藝術家在先天稟賦的基礎上，依靠大自然的幫助，完成後天的人格性靈陶冶。晚明董其昌首先總結為：「讀萬卷書，行萬里路。」高山大川，對於開闊胸襟，提煉浩氣，有很大幫助。

三、大自然給作家以重大啟發

周裕鍇指出江山之助能幫助詩人增長學識經驗，啟迪詩思詩藝：「就啟迪詩思詩藝而言，自然山水的色彩、線條、體積以及結構、氣勢、韻律可以培養詩人的審美感受力，可以激發詩人的靈感和想像。」〔註17〕

他講的是宋人談詩歌，詩文得益於山水風景的幫助。例如學者們津津樂道地以王安石和蘇東坡為例——

> 詩得江山之助。王荊公居鍾山，每飯已，必跨驢一至山中，或捨驢遍過野人家，所云：「獨尋寒水渡，欲趁夕陽還」，「細數落花因坐久，緩尋芳草得歸遲」也。蘇子瞻謫黃州，布衣芒屨，出入阡陌，每數日，輒一泛江上。晚貶嶺外，無一日不遊山。故其胸次灑落，興會飛舞，妙詣入神。我輩才識遠遜古人，若跼蹐一隅，何處覓佳句來？（清．廖景文《罨畫樓詩話》）

此論大意為：因得江山之助，他們胸懷廣闊、自然脫俗，每當興致勃發，寫出來的詩文采飛揚，優美到出神入化。我們的才能學識遠不如古人，如果還局促在一個角落裏，怎麼能夠寫出好句子來呢？

明湯顯祖的驚世傑作《牡丹亭》第一齣首曲【蝶戀花】說：「玉茗堂前朝復暮，紅燭迎人，俊得江山助。」自述《牡丹亭》的一條創作經驗：曲辭寫得俊美是由於有江山的相助。他又曾說：「維揚軸天下佳麗之處。登昭明臺，訪舊蕪城城，亦足發文士之致；加以臨長江，望遠海，江山助人。所集勝友如鶩」，此因揚州的江山形勢能幫助來揚州的詩文家順利寫出其佳作。（《棲約齋集文選序》）

四、清雅、拔俗或雄峻、開闊的詩文、繪畫都借助於自然山水的薰陶感染

金聖歎《唐才子詩》評許渾《酬錢汝州》說：「錢詩（按指錢汝州寄贈許渾之詩）本得崆峒三十六峰之助，大非率爾之可輕敵也。」評孟浩然《登安陽城樓》前半首說：「登城樓，臨漢江，望南雍州，看他何等眼界，何等胸襟。」

五、江山激發詩情，江山本身成為中國文學藝術的重要題材

江山，即自然景色，自唐以後成為詩歌、繪畫的重要題材。中國的山水詩

〔註17〕周裕鍇《宋代詩學通論》，巴蜀書社，1997年，第128頁。按此書也談及江山之助可以陶冶人格性靈，增長學識經驗，啟迪詩思詩藝（第126頁）。主要是就宋代的詩學來說的。

和山水畫蔚為大觀。

中國山水詩和山水畫的蔚為大觀的巨大數量和極高藝術成就，是世界文化史上無與倫比的，所以同時會產生江山之助這個精深的理論。

金聖歎說：唐詩之寫景佳句，既有感而發，更且「此皆一時親眼熟睹現前妙景，更不自意早從舌尖指間忽然平流出來，所謂一片光明，略無痕跡。」（《唐才子詩·魚庭聞貫·與張晦於倫》）

六、江山是詩人作家抒發心靈和感情的有力工具

江山與人的性靈相通，所以人能夠得到江山之助，並借江山之助抒發心靈和感情。

例如李白「花間一壺酒」（《月下獨酌四首》其一）、「相看兩不厭，只有敬亭山」（《獨坐敬亭山》），藉以抒發自己孤獨的心靈和處境。

蘇軾《水調歌頭》「明月幾時有」，表現不見親人的遺憾和思念親人的深厚情感。

辛棄疾《賀新郎》「我見青山多嫵媚，料青山見我應如是」，藉以比喻自己高潔的靈魂和感情。

歐陽修《踏莎行》：「平蕪盡處是春山，行人更在春山外。」形容對遠在他鄉的親人、情人刻骨的相思和對思念的對方身居極遠之處的極度無奈之情。等等。

金聖歎《唐才子詩》評陸龜蒙《褚家林亭》：「相其意思，乃如不要作詩也者，閒閒然，只就此林亭中，縱心定欲搜捕奇景。而一時忽然注眼，親見此景大奇，於是大叫筆來，卷袖舒手，疾忙書之。到得書成放筆，已連自家亦不道適有如此之事也。」又評吳融《金橋感事》起首兩句「太行殘雪疊晴空，二月郊原尚朔風」說：「雖是據景實寫，然言外便有拔劍斫案，威毛畢豎，麾開妻子，躐步出門，何雪何風，吾其行矣之意。」

七、詩人得江山之助，能代山川立言

清代大畫家石濤說：「山川使予代山川而言也，山川脫胎於予也。」又說：「予脫胎於山川也。搜盡奇峰打草稿也。山川與予神遇而跡化也。」（石濤《苦瓜和尚畫語錄·山川章第八》）

畫家代山川而言，山川經過畫家的畫，呈現自己的面目和風貌。山水畫家是從山水脫胎的，他們與山川融合無間，他們是山川的產物，山川是他們畫家

的產物，即畫。「搜盡奇峰打草稿」和「師造化」絕不是像現代許多人理解的那樣機械臨摹和表現客觀世界，而是從山水自然中創化出自己的藝術作品來，其藝術作品是畫家心中所理解、體會的山川。

八、人經過江山之助的修煉，可以直通宇宙，獲得宇宙能量的幫助，取得大智慧

人在地上修煉；森林茂密、流水淙淙的大山深處或佳勝之地，是人修煉的最佳地點，子午兩時是最佳修煉時間。

人通過修煉，可以克服病災，徹底進入最佳生命狀態。

寧靜的山水及其所形成的清新空氣，給人以江山之助，可以幫助人進入最佳的修煉進程。

經過苦學苦練的傑出哲學家、思想家、文學家和藝術家，能將宇宙給予的能量，轉化為靈感思維，從而取得重大創造。古人謂之「通鬼神」，「神助」；而其人為天才，其作品為天籟之作，偉大之作。

附論：西方的江山之助的研究概況和舉例

與中國相比，西方的成果出現得晚（19世紀初才出現），理論建設成果少，論述的晚，也粗疏。

最著名的有法國泰納《藝術哲學》提出的「種族、環境和時代」「三因素」說，後有蘇聯愛森斯坦（1898～1948）的電影理論經典著作《並非冷漠的大自然》，專論風景對於電影和其他藝術創作的重大意義，但他們並未建立起江山之助說。

另有偶然涉略的具體觀點，如：

康德和鮑桑葵《美學史》談江山之助：

> 因此，構成康德崇高說之基礎的那個觀念是十分清楚的。它同康德對於他始終念念不忘的道德法則的看法十分相似。崇高有兩種，一種是數學的崇高，即證明感官無力滿足整體性觀念的那些對象所喚起的崇高感，一種是動力學的崇高，即證明我們作為自然人無力戰勝自然力量的那些對象或事件——雖然我們的道德自由勝過那些對象或事件的全能——所喚起的崇高感。這兩種崇高都有賴於通過一個外在對象和我們的判斷力的根本不符來刺激我們的道德觀念，而這種道德觀念是任何感性自然界中的東西都表現不了或戰勝

不了的。

　　我不知道康德的思辨是否曾有任何奔逸的餘響侵入詩人托馬斯‧坎伯爾（死於 1884 年）〔註18〕的思想。但是他的抒情詩《最後一人》結尾的幾節〔註19〕卻把康德認為體現了崇高感的那種心理反應充分描寫出來了。不過，康德會提醒我們說，上帝和不朽是公設而不是事實。

　　這個崇高說明顯地證明了大海和山脈〔註20〕逐漸開始給予人們的靈感。〔註21〕

另如納博科夫論江山之助：

　　文學是創造，小說是虛構。說某一篇小說是真人真事，這簡直侮辱了藝術，也侮辱了真實。其實，大作家無不具有高超的騙術；不過騙術最高的應首推大自然。大自然總是矇騙人們。從簡單的因物借力進行撒種繁殖的伎倆，到蝴蝶、鳥兒的各種複雜巧妙的保護色，都可以窺見大自然無窮的神機妙算。小說家只是效法大自然罷了〔註22〕。

　　莎士比亞《皆大歡喜》(2：123) 中，被流放到亞登森林的老公爵就觸景生情地頌揚上帝的智慧：「我們的這種生活，雖然遠離塵囂，卻可以聽樹木的談

〔註18〕坎伯爾（Thomas Campbell，1777～1844），英國詩人。——譯注
〔註19〕「憐憫之神攔住我
　　　　留在這大自然的可怕荒原上，
　　　　把這最後一杯傷心的苦酒飲盡，
　　　　這苦酒定要人加以品嘗。因此，去吧，
　　　　去告訴遮蓋了你的臉龐的夜晚，
　　　　就說你在地球的墳場上，
　　　　看見了亞當族的最後一人
　　　　向逐漸黝黯的宇宙提出挑戰，
　　　　看它能不能壓滅他不朽的靈魂，
　　　　看它能不能動搖他對上帝的信仰。」
〔註20〕作者原注：康德屢次提到德‧索緒爾，並且把崇高侷限於荒野的無機自然界。我以為，這就證明阿爾卑斯山在康德的心目中佔有重要地位。封‧哈特曼（von Hartmann）在《美學》i‧15 中誤以為康德的《未經加工的自然》一語是指美和有機體。康德時常提到大海。
〔註21〕〔英〕鮑桑葵《美學史》（張今譯），商務印書館，1985 年，第 359～361 頁。
〔註22〕〔美〕納博科夫《文學講稿》，申慧輝等譯，三聯書店，1991 年版，第 24～25 頁。

話；溪中的流水，便是大好的文章；一石之微，也暗寓著教訓；每一件事物中間，都可以找到些益處來。」這也是江山之助的一種感受。

西方雖然有這樣一些零星的言論，但並沒有建立起江山之助說，也沒有「江山之助」這個理論概念。

傳統儒家和詩教的智慧教育及現代意義

　　儒家的教育，以詩教為其有效的基本教學方法之一。詩教是中國自古以來通過詩歌的經典著作學習，教化知識精英的傳統方法。

　　詩教傳統是孔子建立的。《禮記·經解》引孔子曰：「入其國，其教可知也。其為人也溫柔敦厚，詩教也。」這是最早提出詩教的文獻。此言產生了兩層意思：一是意謂《詩經》諷刺君主的政治弊病，堅持了維護正義的原則，但態度是溫和委婉的，即「溫柔敦厚」，而不是直接和激烈的揭露抨擊。詩教此意，後來成為古代文學理論術語。二是意指知識精英經過《詩經》的學習與教育，就能培養完美的人格。這個觀點，影響至大，中國由此形成了 2 千年的特定內涵的一個文化傳統。

　　《詩經》是我國第一部詩歌總集，高居儒家六經之首。《詩經》是一部具有政治、道德、倫理、哲學以及審美、文化教育意義，記載西周歷史和社會豐富廣闊的生活、西周人豐富深邃感情的著作，是西周文化集大成的經典巨著，成為周人建設其禮樂文化事業的一個極為重要的組成部分，其影響滲透於當時整個貴族社會生活的各個層面，在塑造中華民族的人文精神和文化品格中起著極為重要的作用。因此孔子將《詩經》的詩教作用看做頭等大事，他曾對其子孔鯉強調說：「不學詩，無以言。」（《論語·季氏》）「小子何莫學夫詩？詩可以興，可以觀，可以群，可以怨。邇之事父，遠之事君，多識於鳥獸草木之名。」（《論語·陽貨》）孔子從周人的詩樂觀出發，充分認識到《詩經》具有周代禮樂文明「寓教於樂」的重大作用。

一、詩教的豐富內容

詩教的內容極其豐富。

首先是文化教育。不識字不能讀《詩經》,《詩經》無疑是識字教育的優秀課本。通過《詩經》不僅識字,還可以「多識於鳥獸草木之名」(《論語·陽貨》),即博物多聞,包括瞭解民俗、風情。

其次是情感教育,以《詩經》為源頭,《楚辭》繼起,中國詩歌最大特點是抒情,抒情詩佔了中國詩歌的最大比例。情感教育包括愛國主義、愛情的忠貞和夫婦琴瑟和諧、父子兄弟的和愛和人際的友誼等等,非常豐富的內容。

第三是審美教育。《詩經》兼具語言和音樂之美、形體之美。《詩經》的語言是最精美的語言,而所用的漢字,有平仄和韻腳,其語言本身即與文字的音樂性融合不可分割;當時詩都是唱的,又是舞的,即與樂舞結合在一起。《毛詩序》說:「詩者,志之所之也。在心為志,發言為詩。情動於中而形於言,言之不足故嗟歎之,嗟歎之不足故永歌之。永歌之不足,不知手之舞之,足之蹈之也。」《禮記·樂記》說:「詩言其志也,歌詠其聲也,舞動其容也。三者本於心,然後樂氣從之。是故情深而文明,氣盛而化神。」繼起之詞曲也如此。

第四是人格教育。通過詩歌的學習和薰陶,形成人的良好性情、氣質品德和操守;具有正確的人生信仰、良知以及由此形成的尊嚴、魅力等。

近有學者指出:「詩教」在中華民族文化精神和文化人格塑造過程中曾經發揮過重要作用,在中國當代文化建設中,特別是在文化教育中,仍然具有重要的歷史意義和現實意義。衡量一個民族或者一個人的文明程度有兩個標尺:一個是物質標尺,一個是精神標尺。精神文明的建設靠什麼來實現?一個重要方面就是靠文化的學習和藝術的薰陶。一首好詩發揮的精神作用,往往要超過千言萬語的枯燥說教。我們的祖先在《詩經》的創作與學習中給後人樹立了榜樣,它不但提供給人們以藝術審美的享受,同時它還以詩性的方式教人們如何去做人。〔註1〕

第五是政治、倫理、道德、精神的教育,「邇之事父,遠之事君」,忠孝思想貫徹其中。近有學者強調其當代意義說:習近平主席指出,教師職責第一位的就應該是「傳道」,他說,「我很不贊成把古代經典詩詞和散文從課本中去掉,去中國化是很悲哀的。應該把這些經典嵌在學生腦子裏,成為中華民族文

〔註1〕趙敏俐《「詩教」的發生》,《光明日報》,2015 年 03 月 27 日。

化的基因」。於詩文之中蘊涵向善之道，這是中國古典文學一個悠久的傳統。中國被稱為詩的國度。詩，積澱著中華民族最深沉的精神追求，其廣大的生命力和輻射力，都是源於承載了維護世道人心的重要作用，具有超越時空的教化之功。〔註2〕

筆者於《論文化自覺與文藝人才的培養》一文中指出：

文化自信和文化自覺，要以教育為基礎。中國古代和同期的西方一樣，沒有大眾的普及教育，但精英教育則處於同期世界最合理、最高級的地位，所以培養了眾多人才，出現不少傑出人才〔註3〕，因而社會的文化風氣濃鬱，文化、經濟和科技發展長期領先於世界。

中國精英教育「最合理」和「最高級」體現在學生自幼年啟蒙開始，即學習、背誦四書五經，兼學古典詩文、作詩方法，在青年階段兼學道家經典《老子》《莊子》甚或佛經等。這些教材，將人應該具備的道德和性格的修養，愛國和愛民的志向，既中庸、謹慎又自由、大膽、形象與抽象結合的思維方式，和歷史、文化知識、語言訓練、文采追求，全套提供給學生，所以學生自小得到文史哲等人文諸學科和作文寫詩，全面精深的訓練。因此從總體上說，中國知識分子和民眾歷來有著愛國愛鄉、熱心公益、忠心報國為民的傳統，心理和性格是健康向上的，憂鬱症患者和非理性的自殺幾近於零。〔註4〕

最後也是最重要的是，掌握以上這一切的同時上升到智慧教育。孔子認定的儒家六經，是培養德智體美全面發展的知識精英的教材，其核心都是智慧教育。其中《詩經》是首部，也因為這是學生最早學習的第一部經典。詩教的核心也是智慧教育。

孔子之後，中國兩千年的詩教的教材，除了《詩經》，增添了後世陸續產生的《楚辭》和歷代詩歌的經典名作。但其方法和精神則古今一致，即通過一整套學詩、寫詩來進行啟蒙教育和青少年時期的智慧教育。

因此傳統詩教，既是一種文化教育，也是一種人格教育，更是一種智慧教育，對我國當代文化建設、人文教育皆具有重要的歷史意義和現實意義。

〔註2〕 方銘《詩道與詩教》，《光明日報》，2015 年 03 月 27 日。

〔註3〕 拙著《流民皇帝──從劉邦到朱元璋》第四章第 6 節和拙編《金聖歎全集》第七冊前言等多篇拙文多有論及，茲不展開。

〔註4〕 周錫山《論文化自覺與文藝人才的培養》，中國文聯「第六屆當代文藝論壇文集」《文化自覺與當代文藝發展趨勢》，中央文獻出版社，2012 年，第 399～400 頁。

二、詩教的智慧教育

詩教的智慧教育屬於最高層次。文化教育和人格教育非常重要，此乃基礎教育。智慧教育對知識分子中的精英之人生境界和創造能力的培育和提升，具有決定性的三個重大意義。

第一、觀察和認識客觀世界和主觀世界的有效方法

詩教與四書五經教育相結合，尤其是與《論語》《孟子》這兩部經典的學習和背誦相結合，學到觀察和認識客觀世界和主觀世界的有效方法。孔子提倡的「興觀群怨」和孟子主張的「知人論世」中的「觀」和「知」、「論」，揭示了觀察和認識客觀世界和主觀世界的基本方法。

一般認為，孔子的「興觀群怨」說對文學的審美作用、認識作用、教育作用以及知識學習的作用給予了充分肯定，可以說是現實主義文學批評的源頭，對後來的現實主義文學批評和現實主義文學創作產生過非常積極而深遠的影響。此因「興觀群怨」之說，充分肯定了文學的觀察社會、干預生活、修養身心、治國齊家的作用。關於「觀」的定義，東漢經學大師鄭玄注為「觀風俗之盛衰」〔註5〕，朱熹注為「考見得失」，即通過詩，可以通過觀察，瞭解社會風俗習尚的盛與衰和社會政治的得與失。

這種觀察能力的形成後，便能用之觀察自然、人生和歷史、社會的各方面，對客觀世界和主觀世界作全面深入的觀察和認識，並在自己的詩歌創作中反映出來。

第二、培養青年人才的一般能力的基礎上，培育其創造的志向和能力，建立創造思維

優秀的知識分子通過詩的教化，在培養出對宇宙、人生、社會具有很深的洞察力的基礎上，即可產生很強的生存和應對的能力。

孔子的許多言論，對此作了直接的指導。例如《論語・季氏》「不學詩，無以言」，其內含有二：一是認為詩歌能提高人的精神和道德品質，同時可以使人學會正直的交往和立足社會的能力；二是說，詩歌可以提高人的講話的能力和水平。

又如《論語・為政第二》記載子曰：「《詩》三百，一言以蔽之，曰『思無邪』。」「思無邪」即心地純潔、處世坦蕩。《論語・先進》指導學生說「過猶

〔註 5〕何晏《論語集解》引鄭玄注，阮元校刻《十三經注疏》，中華書局，1980 年。

不及」，凡事都有必要的尺度，要堅守委婉曲折，中正平和的原則。《論語·八佾》提出，撰詩做事，最後都要達到「盡善盡美」。這就形成了創作、處事的三部曲，從純潔、坦蕩的起點出發，用中和曲折的方法，達到盡善盡美的結果。

除了直接用詩歌的閱讀、欣賞、學習和寫作的方法之外，還可結合《論語》中的其他言論，學習和提高自己的能力。如《論語·子罕第九》所說：「子絕四：毋意，毋必，毋固，毋我。」這是避免固執的智慧，灑脫、自由、靈活的思維方式和處事態度。

因此，近有學者總結說：詩教的能力訓練的卓有成效的方法，使之同時兼備以文字為載體的創造型思維和邏輯概括思維能力，為「修身齊家治國平天下」文官體制打下了基礎〔註6〕。

同時，詩在歷代寄託著中國人的希望、理想和夢想，具有崇高的地位。因此優秀者在這個基礎上，產生創造的志向，培育創造的能力，建立創造思維。

首先有不少人自己也投入到詩歌的創作、詞曲和文章的創作中去。

詩文的創作之外，他們中有不少人投身到廣義的創作中去。例如李時珍撰寫中藥經典《本草綱目》、酈道元和徐霞客創作地理名著《水經注》和《徐霞客遊記》。有的人從事科學發明，例如無名氏創造、張衡改進的渾天儀，明朝科學家宋應星完成世界上第一部關於農業和手工業生產的綜合性著作，也即中國古代一部百科全書式綜合性的科學技術著作《天工開物》。

第三、從藝術想像力的培育，上升到靈感思維

文藝作品的優秀著作不僅需要形象思維，更需要靈感思維。

閱讀、欣賞和專研優秀的文藝作品，能夠培育人的藝術想像力，從而產生靈感思維。

即使是科技創新，也需要想像力和靈感思維。

當今著名的「錢學森難題」，是指錢學森關於當前教育為何培養不出世界一流科技人才的疑問。實際上錢學森自己早就給了我們答案：人文、藝術教育受到輕視是中國科技目前不能達到世界一流的原因，科研人員只有具備高度的文學藝術修養，才能培養想像力，然後才有可能產生世界一流的傑出科研成果。

〔註6〕李少白《論當代的詩教》，李少白藝術網·2015-10-30。又見百度百科「詩教」。

　　對此錢學森本人有很多精彩的言論。例如，2005 年 7 月 29 日錢學森向溫家寶總理進言時說：「回過頭來看，這麼多年培養的學生，還沒有哪一個的學術成就，能跟民國時期培養的大師相比。」〔註7〕我們的人文、藝術人才，也是處於一代不如一代的形勢。現在國家極其重視傳統文化、傳統藝術的繼承、學習和發展，已經解決了這個最根本的觀念問題，接下來是如何正確、有效執行的問題。

　　錢學森說：「我主張學生多學點文言文。」又曾向溫家寶總理強調，中國沒有第一流的科技家和世界領先的創新成果，是因為科技家沒有精深的文藝修養，缺乏文藝作品培養的想像力，他因此提倡「形象思維與邏輯思維合用」的「大成智慧」，還說：「歐洲是先有文藝的發展後有科學的發展，中國有幾千年的文明史，只要處理好科學與藝術的關係，完全可以在文學藝術與科學上都超過外國。」又曾說：他向夫人蔣英學習音樂藝術，其中「包含的詩情畫意和對於人生的深刻理解，使我豐富了對世界的認識，學會了藝術的廣闊思維方法。」並用以「避免死心眼，避免機械唯物論，想問題能夠更寬一點、活一點。」〔註8〕

　　楊振寧也說其父「發現他有數學方面的天分，不但沒有極力地把他向那個方向上推，反而找人來教他念《孟子》，擴展他歷史古籍方面知識的層面，是使他終生都大為受用的一件事情。」〔註9〕

　　不僅是文藝人才，錢學森談及即使理工人才，以他本人為例，必須俱備文藝修養，並以此建立想像力，也即獲得靈感，然後才可能產生世界一流的科技創造成果。

三、儒學是詩教的智慧教育的基礎，又是詩教的發展和完善

　　詩教的智慧教育，在漢以後有了發展。在漢武帝時期董仲舒獨尊儒術之後，「四書五經」成為知識分子的必修課。

〔註7〕 《「李約瑟之謎」與「錢學森之問」》，http://edu.youth.cn/2010-05-15 15:25:00，中國青年網。

〔註8〕 《錢學森同志言論選編》，《光明日報》，2009 年 12 月 1 日；李榮《一本可以改變人思維方式的書》，《中華　讀書報》，2009 年 11 月 4 日；《錢學森喜度 96 歲華誕》，《光明日報》，2007 年 12 月 12 日；夏琦《曾同唱〈燕雙飛〉今重逢在天堂》，《新民晚報》，2012 年 2 月 7 日。

〔註9〕 《教育、科學、創新，光明日報記者對話楊振寧先生》，《光明日報》，2012 年 7 月 5 日。

詩教的智慧教育的基礎是儒家經典「四書五經」，後又補充為「十三經」（《易》《書》《詩》《周禮》《儀禮》《禮記》《春秋左傳》《春秋公羊傳》《春秋穀梁傳》《論語》《孝經》《爾雅》《孟子》）。其中最基本的教材是「四書」。

「四書」即《論語》《孟子》《大學》《中庸》是儒學經典。張豈之指出，儒學的一個重要的智慧和「一條根本的原則，就是經世致用，學者還要瞭解今天的世界以及未來的世界，宋代大儒張載『橫渠四句教』說：『為生民立命，為天地立心，為往聖繼絕學，為萬世開太平』」；又強調：「以民為本，這個理念中國歷代相傳，政治歸根到底是以人民為本。古代就是這樣，三千多年以前，西周的時候，周公就講政治以什麼為本呢？以民為本。後來《尚書》裏講民為邦本。這個是好的傳承。」「還有仁政愛民」、「尊師重道。」〔註10〕

儒家經典的經世致用，以《孟子》為例，王蒙撰寫《得民心得天下——王蒙說〈孟子〉》一書是因為，兩千多年前的《孟子》，到今天仍然是有啟發意義的。孟子文思縱橫且大義凜然，他將修身齊家治國平天下等問題講得透徹，同時表達了足夠的處世的聰明與應對的機敏。該書深入挖掘孟子「民本」「仁政」思想對於當下社會的現實意義。王蒙說：「比如孟子所說的『浩然之氣』，我的理解就是文化自信。而孟子何來浩然之氣呢？就是為了最大的道義，為了國泰民安，為了平天下，為了使人真正活得像個人。」〔註11〕

儒家的民本思想和對現實的深切關照，有著很強的現實意義。

孔子倡導的「五經」教育，「五經」原是「六經」：《詩》《書》《禮》《易》《樂》《春秋》的合稱，始見於《莊子‧天運篇》。是指經過孔子整理而傳授的六部先秦古籍。這六部經典著作的全名依次為《詩經》《書經》（即《尚書》）《儀禮》《易經》（即《周易》）《樂經》《春秋》。因《樂經》後已佚失，故剩「五經」。

劉夢溪指出：「六經」是中國文化的最高的特殊的形態。「六經」裏面有兩個系統：一個是學問系統，一個是價值系統。「六經」的價值系統是面對所有的人的。中國文化的基本價值、核心價值，可以說都在「六經」。特別是誕生最早的《易經》，固然是無可否認的占卜之書，但它同時更是中國文化論理價值的淵藪。

〔註10〕 《「聆聽大家」系列訪談——著名思想史家張豈之：「從延續民族文化血脈中開拓前進」》，中央紀委監察部網站，發布時間：2016-09-22 19：30。
〔註11〕 《王蒙說〈孟子〉》激活經典的現實意義》，《光明日報》，2017 年 2 月 20 日。

　　劉夢溪從以《易經》為代表的「六經」裏面，也包括後來作為十三經組成部分的《論語》《孟子》《孝經》裏面，梳理抽繹出五組價值理念：一是誠信，二是愛敬，三是忠恕，四是知恥，五是和同。其中「己所不欲，勿施於人」、「和而不同」，是中國文化的大智慧，事實上給出了人類麻煩的解決之道。「六經」中的這些價值理念，都是永恆的價值理念，永遠不會過時。正如熊十力所說，它們是中國人做人和立國的基本精神依據。關鍵是需要讓這些價值論理跟現代人建立有效的聯繫，使之成為每個人精神血脈的一部分。所謂傳統文化進入教育環節，國學和教育結合，其精要之點，即在於此。價值教育是國學教育的核心，施行得體，可以補充百年以來施行的單純知識教育的不足。〔註12〕

　　到明清時代，四書五經的學習用八股文的方式予以深入訓練。

　　例如，人們錯以為反對科舉、譏笑八股文的《儒林外史》，其第十一回《魯小姐制義難新郎》描寫：

> 魯編修因無公子，就把女兒當作兒子，五六歲上請先生開蒙，就讀的是《四書》、《五經》；教她做八股文，對女兒說：「八股文章若做的好，隨你做甚麼東西，要詩就詩，要賦就賦，都是一鞭一條痕，一摑一掌血。若是八股文章欠講究，任你做出甚麼來，都是野狐禪、邪魔外道！」

　　八股文其實是古近代有效訓練青年思維和寫作的最佳文體。近四十年來，已有多位名家論述八股文的重大優越性和歷史意義。

　　例如，張中行先生指出：「使難以出口的成為音調鏗鏘像是也理直氣壯的妙文，是八股文獨得之秘（其次才是駢文），因而專就表達能力說，我們了不當小看它。」「只說表達方面，值得頌揚的不少。」「由技巧的講究方面看，至少我認為，在我們國產的諸文體中，高踞第一位的應該是八股文，其次才是詩的七律之類。」接著詳加闡發八股文藝術上的諸種優點，最後又引友人之言，作結論說：「現代文沒有技巧，沒有味兒，看著沒勁。至於八股，那微妙之處，簡直可意會不可言傳。」〔註13〕

　　鄧雲鄉先生還指出學習八股文起了「長期訓練的作用」。訓練什麼？「起到了重要的嚴格訓練思維能力的作用。」思維能力包括記憶力、領會力、思維的

〔註12〕劉夢溪《傳統文化如何進入現代生活》，《中國文化報》，2017 年 3 月 15 日。
〔註13〕張中行《〈說八股〉補微》，《說八股》，中華書局，1994 年，第 77～81 頁。

敏銳性、概括性、條理性、全面性、邏輯性、辯證性、周密性和深刻性。〔註14〕

八股文教育，包含了詩教，同時擴展到整個儒家經典「四書」。八股文本身也是詩教的延伸，而且其文講究平仄、對仗和韻腳，都是對詩歌的要求。

但是八股文不能代替詩教，因為八股文是論說文，而更高層次的創造性思維，想像力和靈感思維，必須由詩歌和廣義的詩歌──各類文藝作品培育和薰陶的。

四、儒學的智力開發作用及其重大意義

儒家詩教基礎是儒學，詩教是儒學的一個重要部分，古代青少年在接受詩教之後，或同時，必須接受儒學的教育。中國的民間教育由孔子建立，儒家文化成為漢以後的全民族教育的基本內容。

儒學對於青少年具有巨大的智力開發作用。

《論語》《孟子》和儒家「六藝」，不僅具有對人的早期、中期智力的開發作用，而且具有終身教育的意義。《論語》《孟子》和儒家「六藝」，涵蓋了文化、美育、體育的全面發展內容，體現了儒家德智體美全面發展的教育思想、教育內容、教育方法。

除了精英教育，普通民眾通過知識分子將儒家文化及其主要觀點在全社會的傳播，通過普及課本，也學到了儒家的精粹。

宋代以後，戲曲和曲藝盛行於城鄉，其所宣傳的儒家文化，尤其是其主要觀點，如仁義、忠信、廉恥和愛國憂民等觀念，深入人心。

儒家智慧教育的後果，今已開始有此共識：

中華傳統文化，卻並沒有如很多人所曾經預期的那樣，走向其必然死亡的命運，並且不僅沒有死亡，反而在新時代展現出綿延不絕的生命力。如果說曾引起世界關注的「亞洲四小龍」的崛起，還只能算是處在儒家文化邊緣地帶的話，那麼八十年代以來的中國，以其強勁的發展勢頭，迅速成為世界經濟的引擎，則是在儒教文明的腹地上實現了自身的崛起。而中國經濟的騰飛，不僅沒帶來傳統的死亡，相反，中國傳統卻隨之再度大面積復興開來。中國就崛起在中國傳統之中，這一事實顯然是對「儒家文化阻礙現代化進程」等原有認識的巨大修正。〔註15〕

〔註14〕鄧雲鄉《「八股文」三問》，《水流雲在雜稿》，北嶽文藝出版社，1992年，第165～173頁。
〔註15〕王學典《儒家文化與中國的改革》，《中華讀書報》，2017年01月18日。

此文又歸納，中華文化的強大生命力和延續力，1. 來自於中華文化豐富的通變智慧，來自於這一文化所具有的一種能有效應對時代挑戰的內部機制。這就是《周易》提出的「窮則變，變則通，通則久」的命題。

英國歷史學家湯因比曾將人類近六千年歷史中出現的眾多文明，歸納為26 個文明形態，其中 21 個成熟文明，5 個夭折文明。在這些文明形態中，惟有中華文明始終保有自己的國土領地、始終保持其基本的連續性，而且延續至今、從未中斷過。

2. 儒學的生命力來自於不斷的自我更新，以儒家為代表的中國傳統文化，是一個變革的文化、富有彈性的文化，富有巨大張力的文化，或者說是一個開放的文化，不是一個保守的文化、僵化的文化、封閉的文化。這一古而不老、不懈追求「苟日新，日日新，又日新」的文化，先是在先秦兩漢形成了諸子百家的大融合，繼而又接納了佛教，並吸收為自身的有益成分，今天，它能否接納或應對更具挑戰意義的自由主義？將攸關這一文化的生死與存亡。

儒家教育是文化、道德和智慧教育完美融合的教育體系。其中核心是智慧，民族智慧是國家繁榮富強、不受欺凌也不欺凌別人的根本。

孔子及其儒學對中國民族的文化素質的建立和提升，起了貫穿古今的決定性的作用。而且傳播到東亞，形成漢語文化區，澤被東亞各國。

有比較才有鑒別，孔子和儒家文化對中國和東亞的偉大貢獻，可以四組對比來觀察：

1. 中國屹立東方，多次復興，今已進入繁榮富強的佳境，而孔子之前商末前往美洲商人，成為印第安人〔註16〕，只能任人宰割，被西方惡徒消滅殆盡。

受到儒家教育具有豐富智慧的中國民族，面對人類共同遭遇的自然災

〔註16〕美國學者通過研究首先發現，美洲的印第安人的祖先來自中國大陸；接著中國和西方的一些學者的發現和研究，進一步證實了這一點。最近，中國甲骨文等文物在墨西哥展出時，《光明日報》報導：當地觀眾在飽覽殷商文明的同時，還向在場的國家圖書館古籍館副研究館員趙愛學提出一個問題：墨西哥古文明與中國古文明有何關聯？趙愛學回答，墨西哥曾經出土過一組公元前 1000 年左右的文物，這些文物上刻畫的符號與包括甲骨文在內的中國古文字非常相似。雖然目前學界對這種有趣的相似尚有不同解讀，但在此背景下，「甲骨文記憶展」來到墨西哥，意義非同尋常。（本報記者　杜羽、方莉、柴如瑾《「在怡情養志中煥發時代價值」——甲骨文獻的活化利用記敘》，《光明日報》，2017 年 03 月 23 日）

害、強敵入侵、人口數量激增、民族內部歹毒力量肆孽等四大亡國滅宗的危害，避免了其他古老文明民族滅亡和衰落的結局；抵擋住游牧民族的入侵，避免了羅馬帝國滅亡的結局；違背儒家教育的晚清腐敗無能的清朝當局，在西方列強和日本發動的侵略戰爭中，接連失敗，喪權辱國；中國人民通過近現代一百多年的艱苦奮戰，戰勝西方列強和日本軍國主義分裂、削弱和消滅中國的狼子野心。

2. 未受到儒學教育的西方諸國，在 2 千年的歷史中，文化經濟的發展都不如中國。近現代的西方列強諸國由於缺乏儒家仁義、天下為公、己所不欲勿施於人等道義教育，殘酷剝削、迫害本國和東方各個人民，而且犯下販賣奴隸、滅絕印第安人、毛利人等滔天罪行。

3. 受到儒家教育的日本和四小龍，文化和經濟高度發展；其他各國難以望其項背。未受到儒家教育的東方諸民族的文化基礎、無法達到日本和四小龍的經濟發展水平。

日本明治維新之後的統治者，背叛儒家文化和中華文化（明末清初及以後，日本和韓國都認為中國已經華夷倒置，日本和韓國都認為自己才是中華文化的正宗）仁義精神，脫亞入歐，走西方殖民主義和帝國主義道路，犯下滔天罪行，也給自己造成影響深遠的巨大損害。

4. 反傳統思潮對教育的影響，後果嚴重，造成了前已述及的錢學森之問。

詩教的現實意義

以上正反兩方面的論述，已經充分顯示了詩教的現實意義。今做進一步的歸納如下。

儒家教育中的詩教，是世界上獨有的文化藝術教育體系。

傳統詩教，既是一種文化教育，也是一種人格教育，更是一種智慧教育，對我國當代文化建設、人文教育皆具有重要的歷史意義和現實意義。

其中智慧教育的層次更高。文化教育和人格教育非常重要，此乃基礎教育。智慧教育對精英（傳統教育是精英教育）中的精英之人生境界和創造能力的培育，具有決定性的重大意義。

傳統詩教的智慧教育有三個至今有效的重大意義：

一、觀察和認識客觀世界和主觀世界的有效方法。

與四書五經教育相結合，尤其是《論語》《孟子》中，提供了最重要思維的原則和方法。

二、建立創造思維。有創造的志向，有創造的能力。

三、上升到靈感思維。不僅是文藝人才，錢學森談及即使理工人才，以他本人為例，必須俱備文藝修養，並以此建立想像力，也即獲得靈感，然後才可能產生世界一流的科技創造成果。

任何國家，引領國家富強繁榮的是知識精英隊伍。中國知識精英隊伍受到儒家文化、道德和智慧的教育，並轉化為治國利民的理念，所以中國成為世界上唯一具有五千年歷史的長存不衰的文明古國，成為永久保持青春活力、在歷經磨難之後再次崛起，即將實現中國夢的偉大國家。

五、餘論

中國文學和教育總體上走著一條孔子創立的「以詩教化」之道，孔子的文學和教育觀念在中國歷史上產生了最大的影響。

20 世紀的中國，反傳統思潮彌漫於文壇和教育、政治等各個領域，批孔成為經久不衰的重大文化和政治任務。文言文和古典詩歌的教育在中小學被不斷弱化。

這一切造成了中國人的思維水平、創造水平的同步下降，最後形成了「錢學森之問」。

近有學者總結說：

> 現在看來，新文化運動的很多主張都是偏執和錯誤的。這種錯誤遺害至今。
>
> 古典詩詞持續了幾千年了，它是中華民族骨子裏的東西。它的凝練、概括和意境，是任何文學形式取代不了的。五千年來，中國一直是文治，而文治的主體——文人是沒有不會寫詩的。所以可以說，中華民族是個離不開詩的民族。
>
> 古典詩詞不僅是兒童啟蒙識字必不可少的，同時也是幾千年來被證明卓有成效的訓練人成才的工具。寫詩需要鍊字，極大的鍛鍊了發散思維能力、概括能力和想像力。所有從古至今，古典詩詞寫得好的無一例外都是人才，都具備了文官識文斷事、創造性合理處理問題的基本素質。這是現代教育反過來要向傳統學習的部分。現代教育長於知識教育，短於能力教育。遠沒有古代僅僅通過吟詩做賦就把能力培養起來這麼高效。所以在古代詩列為詩書禮易春秋這

五經之首。

　　寫詩很巧妙的把兩種截然相反的最重要的能力有機的統一起來，那就是以文字為載體的創造型發散思維能力及邏輯概括思維能力。而要把詩寫得好，有意境，有和諧的美，還高度依賴非語言的想像力。〔註17〕

中國古近代和西方一樣，只有精英教育，平民沒有接受教育的權利。因此詩教屬於精英教育。

　　五四以後，中國片面強調平民教育，當今則片面強調平等教育，又片面強調數理化教育，自20世紀50年代以來，「學好數理化，走遍天下都不怕」成為一個非常響亮的口號。數理化的題海戰術，和以數理化為重點的應試教育，將中小學生困死。於是不少人因此而否定應試教育，片面讚揚西方的愉快教育。筆者於《論文化自覺與文藝人才的培養》一文中指出：

　　　不少人指責「應試教育」，並心儀西方尤其美國的「愉快教育」，以為這是造成科技發達的成功的教育。可是批評者不知，西方國家將普通中小學教育定位為「愉快教育」，這些人長大後承擔社會中諸多基礎服務工作，例如售貨員、修理工、機器和儀表操作員等等，這是社會需要的最大量的勞動力的來源。他們也可自小業餘學習文藝、體育，但以「玩」為主，沒有任何壓力。這些學生由於智力的限制兼或天性喜歡輕鬆、悠閒、閒散，不喜讀書，也讀不好書——再怎樣逼迫和誘導，也培養不出來的，自小以自由玩耍為主，只學一些常識和最基本的工作技能。有許多人甚至連常識也懂得很少。以美國為例：「如今的美國雖然是世界第一科技大國，但其普通民眾的科學素養之差，卻也是出了名的。據調查顯示，至今仍有31%的美國人相信占星術，18%的美國人仍相信地球是宇宙的中心，25%的年輕人相信阿波羅登月是一場騙局，63%的美國人不知道他們苦苦攻打的伊拉克在世界何處，更有超過80%的美國人相信政府在羅斯威爾發現並隱瞞了外星人的屍體。因此，科學究竟能不能真正向大眾普及，已經成了越來越多人的疑問。」〔註18〕這是「愉快教育」的必然和正常的結果，美國社會各階層和教育界無人感到奇怪或有

〔註17〕李少白《論當代的詩教》，李少白藝術網・2015-10-30。又見百度百科「詩教」。
〔註18〕天元《有一種迷信叫「科學」》，上海《東方早報》，2012年7月22日。

質疑。社會需要的是最大量的勞動力，這個龐大的群體，不會欣賞高雅藝術，只能沉浸於流行歌曲、通俗電視劇和電影中，看看球類比賽之類，這是美國流行文化的興盛與強勁的重要背景。

但西方國家對於其中少數有培養前途的學生，也自小給予規範的精英教育，同時自覺或在引導甚至逼迫下閱讀大量文史哲書籍，做各類學習和實驗報告，學習各類藝術，而這些完全依據他們自己的興趣、志向和能力進行，並不斷做調整，到大學高年級或研究生階段才最後確定自己從事的專業。因此西方國家的私立中學或名校的預科，給以嚴格的高中教育。這些學生由於自小受到嚴格規範的教育，在高中階段已經養成自覺、刻苦、規範的學習習慣，每天苦學到深夜，畢業後競爭進入頂級的大學深造。

從法國高考的哲學考卷〔註19〕、美國中學生必讀書20種〔註20〕的高難度水平，可知西方的精英學生並非「愉快教育」的產物，……我國中學生的數理化課程普遍難於美國，而在人文文學方面、在感知世界和生活方面，卻又顯得相當的局促和狹隘。」〔註21〕

西方國家根據學生的智力遺傳和實際情況，既保證平民教育也即愉快教育的最大程度的普及，又著力於精英教育，以保證國家高科技和文化高度發展的需要。這樣的教育方針和政策，值得我們借鑒。同時，其精英教育重視文學藝術的學習，本是中國精英教育所擅長並取得卓有成效的優秀傳統，當今在平民教育中更應予以發揚，並作為愉快教育的重要內容。無論高科技研究、文藝創作，還是普通民眾在生產勞動中必須最求的「工匠精神」，都需要想像

〔註19〕 崇明《法國中學的哲學教育》，《南方周末》，2012 年 7 月 6 日；樊麗萍《中學語文課堂應承擔起一定量的哲學教育功能》，《文匯報》，2012 年 7 月 2 日。

〔註20〕 美國中學生必讀書目有政治哲學 7 部：柏拉圖《理想國》、亞里士多德《政治學》和《共產黨宣言》等；古希臘《荷馬史詩》；英美文學 10 部：英喬叟《坎特伯雷故事集》、莎士比亞《哈姆雷特》和《麥克白斯》、彌爾頓《失樂園》等；俄國文學 2 部：陀思托耶夫思基《罪與罰》、托爾斯泰《戰爭與和平》。《文匯報》較早地刊登，其後《中華讀書報》、《北京青年報》等媒體也刊登了這份書目。媒體稱：因為所選作品都是經過時間的淘洗而被全人類所公認的真正經典，也因為所選作品著實使我們吃了一驚，因而引起了我國方方面面的強烈關注。

〔註21〕 周錫山《論文化自覺與文藝人才的培養》，中國文聯「第六屆當代文藝論壇文集」《文化自覺與當代文藝發展趨勢》，中央文獻出版社，2012 年，第 401～403 頁。

力和創造力，詩教——當今根據時代的需要和發展，擴展為文學和藝術教育，其中最重要的是古文和詩詞背誦、欣賞和學習——是一個必要的智慧教育的內容。

　　本文為「上海高校高峰高原學科建設計劃」資助項目。

　　本文為 2015・孔學堂・傳統詩教研討會論文。

　　原刊中國古代文學理論學會《古代文學理論研究》第 45 輯，華東師範大學出版社，2017 年。收入本書時，已略作增補

南北宗・神韻說・靈感論

摘要：

　　松江派繪畫領袖董其昌倡立的以王維為源頭的南北宗美學理論，影響到戲曲和詩學大家湯顯祖和王士禎等人，對詩學中的神韻說的產生頗有影響。山水畫和山水詩所追求的平淡閒遠的美學風格是南北宗和神韻說的共同理想，以禪喻詩與以禪喻畫和禪修養氣是達到這個美學理想的重要手段。南北宗理論及其指導下的文人畫，以禪修養氣和長年藝術實踐為基礎，達到「通鬼神」式靈感的最高境界即能產生天才、神助傑作，杜甫、金聖歎、李漁等歷代大家對此也有重要論述，這是中國傳統文化和文藝理論的一個重要貢獻，值得今人研究和重視。

關鍵詞：南北宗；神韻說；禪修；養氣；靈感；通鬼神

　　晚明的文化發展活躍，文學藝術中的戲曲（尤其是傳奇即崑劇）、小說、詩歌和繪畫都取得很大或極大成就；文藝理論也達到了新的高度。

　　晚明清初的文藝理論，成就最高的董其昌、湯顯祖、金聖歎和王漁洋諸家，都尊崇佛禪，重視以禪喻詩或坐禪；董其昌、湯顯祖和王漁洋推崇王維為源頭的南北宗和神韻說；董其昌、金聖歎和李漁首次在中國文論史上正式提出「通鬼神」的重要論說。

晚明奉行禪修的文藝理論家群體

　　晚明禪學興盛，李贄、湯顯祖、董其昌、袁氏三兄弟等皆信奉禪學，坐禪談禪，對他們文學藝術創作和文藝理論的闡發，有很大的影響。

　　晚明大畫家、影響晚明和整個清代的畫壇領袖董其昌（1555～1636），是晚

明藝壇地位最高的人物。他在禪學方面，很早即問學於當時的宗師達觀、憨山，得到很大的教益：

> 達觀禪師初至雲間（松江的別稱，今上海松江），余時為諸生，與會
> 於積慶方丈。越三日，觀師過訪，稽首請余為《思大禪師大乘止觀
> 序》，曰：「王廷尉妙於文章，陸宗伯深於禪理，合之雙美，離之兩
> 傷，道人於子，有厚望耳！」余自此始沉酣內典，參究宗乘，復得
> 密藏激揚，稍有所契。余於戊子（1588）冬與唐元徵、袁伯修、瞿洞
> 觀、吳觀我、吳本如、蕭玄圃同會於龍華寺（當時在松江府上海縣，今為
> 上海市徐匯區），憨山禪師夜談，予徵此義……〔註1〕。

他與左派王學的中堅人物李贄結為至交，極為敬重：「李卓吾與余以戊戌
（1598 年）春初，一見於都門外蘭若中，略披數語，即評可莫逆，以為眼前諸
子，惟君具正知。」〔註2〕又記述：「及袁伯修見李卓吾後，自謂大徹。甲午
（1594）入都，與余復為禪悅之會。時袁氏兄弟、蕭玄圃、王衷白、陶周望數相
過從。余重舉前義，伯修竟猶溟涬余言也。」〔註3〕

他極其推崇通禪的宋代文豪蘇軾：

> 東坡水月之喻，蓋自《肇論》得之。所謂「不遷」之義也。文
> 人冥搜內典，往往如鑿空。不知乃沙門輩家常飯耳。……東坡突過
> 昌黎、歐陽，以其多助，有此一奇也〔註4〕。

他又心儀於蘇軾「漸老漸熟，乃造平淡」、「詩不求工字不奇，天真爛漫是
吾師」的文藝思想。

董其昌通過參禪，悟透宇宙人生之至理，在思維方式上受到重大啟示。儘
管他懂得佛道兩家的經典是高層次的生死學問，是探討宇宙人生終極指歸的
精深探索，但他自己的最終目標則是藝術，因此「他從禪宗和道教中所得到的
是一種滲透人性本質的敏銳洞察力、一種獨立超然的精神和美學觀。」〔註5〕
他那崇尚平淡天真、自然自由的文學藝術思想，大大得益於道佛（禪）兩家的

〔註1〕 董其昌《畫禪室隨筆》卷四禪說，《中國書畫全書》第3冊，上海書畫出版社，
　　　　1992年，第1032頁。
〔註2〕 董其昌《畫禪室隨筆》卷四禪說，《中國書畫全書》第3冊，第1032頁。
〔註3〕 董其昌《畫禪室隨筆》卷四禪說，《中國書畫全書》第3冊，第1032頁。
〔註4〕《畫禪室隨筆》卷三「評文」，第1026頁。
〔註5〕 杜維明《創作轉化中自我的源泉——董其昌美學的反思》，《董其昌研究論文
　　　　集》，上海書畫出版社，1998年，第393頁。

思想精髓。

董其昌的進步文學觀在晚明文壇顯得很突出，因而晚明的一些著名進步文學家與他結為知交。其中最重要的人物有袁宏道三兄弟、湯顯祖、梁辰魚等。

古代的交通困難，散居各地的朋友難得見面，平時則互相想念。如湯顯祖十分懷念董其昌這個知交，其詩《乙未計逭二月六日同吳令秋、袁中郎出關，懷王衷白、石浦、董思白》有「不信關南有千里，君看流涕若為長！」〔註6〕之句。集中還有《寄董思白》書信數通，信中曰：「卓達（按指李卓吾和達觀）二老，乃至難中解去。開之長卿石浦子聲，轉眼而盡。董先生閱此，能不傷心！莽莽楚風，難當雲間隻眼。披裂唐突，亦何與於董先生哉！」〔註7〕另一封信曰：「門下竟爾高蹈耶？蓴鱸適口，採吳江於季鷹；花鳥關心，寫輞川於摩詰。進退維谷，屈伸有時。倘門下重興四嶽之雲，在不佞庶借三江之水。芳訊時通，惟益深隆養，以重蒼生。」〔註8〕兩信不僅反映湯、董之間的深厚情義，而且可以看出兩人對李贄、達觀、屠隆、袁中道等進步思想家、文學家的共同關心，顯示湯顯祖與董其昌的思想、政治傾向相同和他對董其昌的藝術思想和藝術追求的讚賞與共勉。

董其昌與晚明文學界的著名進步作家關係密切，同聲相應，因此徐復觀認為董其昌「站在公安的清真詩境的這一方面，他與袁氏兄弟情投意合。」其藝術思想的形成，「實際也有當時文學趨向上的背景。」〔註9〕

以王維為源頭的南北宗和神韻說

同時，董其昌崇尚以王維為源頭的頓悟式神韻說繪畫美學，對當時和後世的文學界、文學理論界也有很大影響。

錢仲聯指出：「戲曲、小說和畫有相通之處。」「特別是畫論和詩論有相通之處。畫派別有南宗北宗，詩論中有許多是從畫論裡面來的。」〔註10〕詞論也受影響，如厲鶚說：「嘗以詞譬之畫，畫家以南宗勝北宗。稼軒、後村諸人，詞之北宗；清真、白石諸人，詞之南宗也」〔註11〕

〔註6〕《湯顯祖詩文集》（上），上海古籍出版社，1982年，第59頁。
〔註7〕《湯顯祖詩文集》（下），第1343頁。
〔註8〕《湯顯祖詩文集》（下），第1343、1403頁。
〔註9〕徐復觀《中國藝術精神》，春風文藝出版社，1987年，第359頁。
〔註10〕《錢仲聯講講清詩》（魏中林整理），蘇州大學出版社，2004年，第5～6頁。
〔註11〕清厲鶚《張今涪紅螺詞序》，《樊榭山房文集》卷四，《四部叢刊》本。

　　文人畫，即「文人之畫」，由董其昌首先提出。董其昌提倡的文人畫，最早稱為「士人畫」，由北宋蘇軾首先提出。蘇軾《跋（宋）漢傑畫山》第二首說：「觀士人畫如閱天下馬，取其意氣所到。」士人畫在宋時又稱「士大夫之畫」，如韓拙《山水純全集》有曰：「今有名卿士大夫之畫」，「多求簡易而取清遠」等語。

　　文人畫、士人畫指中國封建時代中文人、士大夫所作之畫。士大夫指有官職者，文人則泛指讀書有文才之人，包括帝王、官吏、隱士和方外，皆可得而稱之。

　　阮璞指出：「文人畫」一辭，「乃為吾國繪畫史上對於畫工畫、行家畫、院體畫隱然對立之一大畫派所稱之名目也。」〔註12〕

　　陳衡恪（師曾）給文人畫下的定義是：「畫中帶有文人之性質，含有文人之趣味，不在畫中考究藝術上之工夫，必須在畫外看出許多文人之感想，此之謂文人畫。」又認為：「文人畫有四個要素：人品、學問、才情和思想，具此四者，乃能完善。」〔註13〕這個定義是全面而準確的，但因陳衡恪的傳統國學根基是以儒學為主，所以對南宗畫家提倡和實踐的道、禪兩家的奉行的靜坐修煉，是其重要的根基之一，未作強調。

　　董其昌和其前輩宋代的蘇軾等，皆認為於文人畫始於盛唐。由於蘇軾等的提倡，文人畫自北宋才開始風行。滕固在引用「董其昌所謂，唐人畫法，至宋乃暢，至米又一變耳」之後，又分析說：「自盛唐以來，士大夫作者，無日不在掙扎奮鬥，以求脫離宗教與帝王的桎梏而自由自在地發展。」「最明顯地表示勝利狀態的，要算是宋代中期的那個短時期裏，墨戲畫興旺之際。」〔註14〕

　　董其昌於《畫禪室隨筆》指出：「文人之畫，自王右丞始。」這個觀點得到當時與後世的認同。董其昌五十歲之前在李昭道至仇實父一派下工夫，「行年五十，方知此一派畫，殊不可習。譬之禪定，積劫方成菩薩，非如董、巨、米三家，可一超直入如來地也。」可見五十之後，他才認定王維之後，可學者乃董源、巨然、米氏父子，整理出南宗畫派的承繼線索，此後，也即萬曆三十三年（1605）以後，他才提出著名的南北宗論。

　　王維（701～761）是唐代與李白、杜甫並列的藝術成就最高的詩人，他的山

〔註12〕阮璞《畫學叢證》，上海書畫出版社，1998年，第12頁。

〔註13〕陳衡恪《論文人畫之價值》。

〔註14〕滕固《唐宋繪畫史》，《諸家中國美術史著選匯》，吉林美術出版社，1992年，第1027頁。

水田園詩繼陶淵明之後，成就最為卓越。他作為一位大畫家，在當時並未得到最高評價，畫名為詩名所掩，所以他曾於《偶然作》詩中說：「當世謬詞客，前身應畫師；不能捨餘習，偶被時人知。」「偶被時人知」的結果，便是晚唐張彥遠在其成書於公元 847 年的《歷代名畫記》評價他「工畫山水，體涉古鄉」；「清源寺壁上畫輞川，筆力雄壯。余曾見破墨山水，筆跡勁爽。」又說王維畫的山水樹石「重深」，即重陰深遠。中唐時朱景玄《唐朝名畫錄》給王維的評價更高：「其畫山水松石，蹤似吳生，而風致標格特出。」「復畫《輞川圖》，山谷郁盛，雲飛水動，意出塵外，怪生筆端。慈恩寺東院與畢庶子鄭廣文，各畫一小壁，時號三絕。」「山水松石並居妙上品。」對其評價極高。張彥遠對王維「意出塵外，怪生筆端」卻似有異議，他說：「王維畫物，多不問四時，如畫花往往以桃、李、芙蓉、蓮花同畫一景」，內含批評之意。唐末荊浩《筆記法》稱頌：「王右丞筆墨宛麗，氣韻高清，巧寫象成，亦動真思。」五代後晉劉昫等所撰《舊唐書・王維傳》評其「書畫特臻其妙，筆蹤措思，參於造化，而創意徑圖，即有所缺。如山水平遠，雲峰石色，絕跡天機，非繪者之所及也。」評價漸高。

至北宋文人畫興起後，王維終於被評價到最高的位置。蘇軾在《書摩詰藍田煙雨圖》讚歎：「味摩詰之詩，詩中有畫；觀摩詰之畫，畫中有詩。」將王維詩畫作為體現他「詩畫本一律」的藝術原理的範本。蘇門弟子晁補之（无咎）認為：「右丞妙於詩，故畫意有餘。」晚明劉士鏻也認為：「余謂右丞精於畫，故詩態精工。鍾伯敬有云：『畫者有煙雲養其胸中，此是性情文章之助。』」（《王右丞集》附錄引《劉士鏻文致》）皆高度評價王維詩畫一律的特色。

蘇軾又於《題王維、吳道子畫》詩中說：「吳生雖妙絕，猶似畫工論，摩詰得之於象外，有如仙翩謝籠樊，吾觀二子皆神俊，又於維也斂衽無間言。」

沈括《夢溪筆談》也對王維之畫評價極高，其《圖畫歌》說：「畫中最妙言山水，摩詰峰巒兩面起。」更讚賞：「書畫之妙，當以神會，難可以形器求也。」「余家所藏摩詰畫《袁安臥雪圖》，有雪中芭蕉，此乃得心應手，意到便成，故造理入神，迴得天意，此難可與俗人論也。」此乃遙承朱景玄，批駁張彥遠對「王維畫物，多不問四時」的批評，認為這是繪畫的最高境界之一，給王維以極高評價。宋代大詩人梅堯臣、劉克莊和金代元好問等，都有詩述詳王維名畫；歷代見到《輞川圖》的唐李吉甫、宋秦觀、黃伯思、元虞集、柳貫等都有跋文鄭重記載，並給予極高評價。

被杜甫贊為「高人王右丞」的王維精通佛學,他的詩畫富於禪味。

至宋代,詩禪結合、以禪喻詩成為時代潮流,以至於「詩人老去都參禪」,「學詩當如初學禪」(韓駒《贈趙伯魚詩》),「學詩渾似學參禪」(吳可《學詩詩》)。嚴羽《滄浪詩話》至謂「論詩如論禪」,「禪家者流,乘有大小,宗有南北」,「禪道惟在妙悟,詩道亦在妙悟。」蘇軾「論書,以為鍾、王之跡,簫散簡遠,妙在筆劃之外」,又贊成司空圖「其美常在鹹酸之外」(蘇軾《書黃子思詩集後》)論畫則主張神似,「論神以形似,見與兒童鄰。」「詩畫本一律,天工與清新。」(蘇軾《書鄢陵王主簿折枝二首》之一)推崇「士氣」、「逸才」、「平淡」。他的論畫觀點都反映了詩禪、畫禪結合而形成的藝術理想,對董其昌的影響很大。

董其昌在北宋以禪喻詩的基礎上,在晚明首倡以禪喻畫的南北宗論。

佛教的南北宗始建於唐朝。六祖慧能在盛唐創立南宗,以簡約、含蓄、不立文字的「頓悟」思維方式為特點,贏得唐宋詩人和宋以後作家、詩人、文人畫家由衷的擁護,從而在與道家美學結合的基礎上對中國詩歌、戲曲和繪畫領域產生至大影響。董其昌的文人畫南北宗論便是這種影響中產生的一個理論碩果。

建立南北宗論的最重要的兩則言論皆出自董其昌《畫禪室隨筆》:

> 文人之畫,自王右丞始。其後董源、僧巨然、李成、范寬為嫡子。李龍眠、王晉卿、米南宮及虎兒,皆從董、巨來。直至元四大家,黃子久、王叔明、倪元鎮、吳仲圭,皆其正傳。吾朝文、沈,則又遙接衣缽。若馬、夏及李唐、劉松年,又是李大將軍之派,非吾曹易學也。

> 禪家有南北二宗,唐時始分;畫之南北二宗,亦唐時分也。但其人非南北耳。北宗則李思訓父子著色山水,流傳而為宋之趙幹、趙伯駒、伯驌,以至馬、夏輩。南宗則王摩詰始用渲淡,一變勾斫之法,其傳為張璪、荊、關、郭忠恕、董、巨、米家父子,以至元之四大家。亦如六祖之後,有馬駒、雲門、臨濟兒孫之盛,而北宗微矣。要之摩詰所謂「雲峰石跡,迴出天機,筆意縱橫,參乎造化」者。東坡贊吳道子、王維畫壁亦云:吾於維也無間然。知言哉!

董其昌的同郡好友陳繼儒也持南北宗論,他實也為此論的倡導者之一。陳繼儒也認為:

> 山水畫自唐始變古法,蓋有兩宗:李思訓、王維是也。李之傳為宋趙伯駒、伯以及於李唐、郭熙、馬遠、夏圭,皆李派。王之傳

為荊浩、關仝、董源、李成、范寬,以及於大小米、元四大家,皆王
派。李派粗硬無士人氣,王派虛和蕭散,此又慧能之禪,非神秀所
及也。至郭忠恕、馬和之,又如方外不食煙火人,另具一骨相者。

此則見於《寶顏堂秘笈・眉公雜著》之《偃曝談餘》,《清河書畫舫》所錄
基本相同,唯兩宗之姓名稍有增補。李之傳人增宋之王詵、張澤端以及劉松年;
王之傳人增李公麟、巨然、燕肅、趙令穰。李派「板細」,改為「粗硬」。另具
一骨相者,增鄭虔、盧鴻一、張志和、大小米、高克恭、倪瓚。另《白石樵真
稿》卷二十一亦錄陳繼儒之言:

> 寫畫分南北派。南派以王右丞為宗,如董源、巨然、范寬、大
> 小米,以至松雪、元鎮、叔明、大癡,皆南派,所謂士夫畫也。北派
> 以大李將軍為宗,如郭熙、李唐、閻次平(原書誤作「中」),以至馬遠、
> 夏圭,皆北派,所謂畫苑畫也。大約出入營丘。文則南,硬則北。
> 不在形似,以筆墨求之。

另有《贈仲方山水歌》詩,也說:「古來山水誰獨造?王維倡始稱墨寶。
荊、關、董、巨得真傳,畫苑諸君尚草草。勝國雲興四大家,仲方師之筆亦
老。……」(《晚香堂集・眉公詩抄》卷二)

董其昌和陳繼儒將盛唐王維以後的畫家分為南北宗兩派,所列的名單和
承繼關係大致上是正確的。

按照董其昌的觀點,董源上承王維,是繼王維之後最重要的南宗畫的宗
師,而且因為王維畫跡存世太少,董源的作品留傳頗多,故而據此學習者多。

在董其昌之前,元四家如黃公望即已強調「作山水者,必以董(源)為師
法,如吟詩之學杜也。」他們和董其昌提到的荊浩、關仝等人一樣,的確多
屬氣韻高清、平淡天真的一路,儘管其中有些畫家也畫青綠著色、剛健雄傑
的作品。

董其昌推重南宗,但他並不將南宗和北宗看作為對立的不相容的兩個極
端,他也公正評價北宗:

> 李思訓寫海外山,董源寫江南山,米元暉寫南徐山,李唐寫中
> 州山,馬遠夏圭寫錢塘山,趙吳興寫雪苔山,黃子久寫海虞山,若
> 夫方壺蓬間,必有羽人傳照〔註15〕。

認為南北宗諸家各有擅長,自具特色。

〔註15〕《畫禪室隨筆》卷二題自畫・雲海三神山圖,第1020頁。

更認為南北宗兩者各有所長，不可偏廢，而應相參無礙：

> 趙令穰、伯駒、承旨三家合併，雖妍而不甜。董源、巨然、米芾、高克恭，四家合併，雖縱而有法。兩家法門，如鳥雙翼〔註16〕。

自董其昌於《畫禪室隨筆》首先提「出文人之畫，自王右丞始」，即成為一個權威性的觀點，後人都尊奉此說。

錢鍾書說：

> 恰巧南宗畫的創始人王維也是神韻詩派的宗師，而且是南宗禪最早的一個信奉者。《王右丞集》卷二五《能禪師碑》就是頌揚南宗禪始祖惠能的，裏面說：「弟子曰神會，……謂余知道，以頌見託」；《神會和尚遺集·語錄第一殘卷》記載「侍御史王維在臨湍驛中問和上若為修道」的對話。在他身上，禪、詩、畫三者可以算是一脈相貫，「詩畫是孿生姊妹」那句話用得愜當了。蘇軾《東坡題跋》卷五《書摩詰〈藍田煙雨圖〉》說：「味摩詰之詩，詩中有畫；觀摩詰之畫，畫中有詩」；《鳳翔八觀·王維、吳道子畫》說得更清楚：「摩詰本詩老，佩芷襲芳蓀，今觀此壁畫，亦若其詩清且敦。」〔註17〕

因此南北宗論對文學界很有影響，南北宗論與詩論中的神韻說有密切的聯繫。神韻說理論適用於文學、戲曲、繪畫領域，影響廣泛而巨大。

南北宗論在晚明清初的文學界很有影響，最突出的是湯顯祖、王驥德和王士禎（後因避諱，雍正後改稱王士禎，號漁洋）分別在戲曲美學和詩歌理論領域所發表的言論。

湯顯祖不滿於《牡丹亭》被改編成崑山腔的劇本，他批評說：

> 不佞《牡丹亭記》，大受呂玉繩改竄，云便吳歌。不佞啞然笑曰：昔有人嫌摩詰之冬景芭蕉，割蕉加梅，冬則冬矣，然非王摩詰冬景也。其中駘蕩淫夷，轉在筆墨之外耳〔註18〕。

本文前已言及湯顯祖本是董其昌好友，兩人有共同的美學觀。湯顯祖在這裡鄭重宣布自己以王維的美學觀作為自己的創作指導。

與他們同時的著名戲曲理論家王驥德也在其一代曲論名著《曲律》中讚賞元雜劇「用事每不拘先後」，「俗子見之，有不訾以為傳唐人而用宋事耶？畫家

〔註16〕《畫禪室隨筆》卷二題自畫·題自畫小景，第1019頁。
〔註17〕錢鍾書《中國詩和中國畫》，《七綴集》，上海古籍出版社，1984年，第14～15頁。
〔註18〕湯顯祖《答凌初成》，《湯顯祖詩文集》（下），第1345頁。

謂王摩詰以牡丹、芙蓉、蓮花同畫一景，畫《袁安高臥圖》有雪裏芭蕉，此不可易與人道也。」與湯顯祖的觀點不約而同。

清初大詩人王士禎是神韻說詩論的倡導者和集大成的理論家。他好以禪喻詩，也喜以畫論詩。其神韻說也以王維的詩歌為最高典範，倡導平淡閒遠的山水詩，神韻說詩論與南宗畫理論有頗多共同之處，因受董其昌南北宗論的影響，他於《芝廛集序》說：

> 芝廛先生刻其詩成，自江南寓書，命給事君屬予為序。給事自攜所作雜畫八幀過余，因極論畫理。亦為畫家自董巨以來，謂之南宗，亦如禪教之南宗云。得其傳者，元人四家，而倪黃為之冠。明二百七十年擅名者，唐沈諸人稱具體，而董尚書為之冠。非是擇旁門魔外而已。又曰：凡為畫者，始貴能入，繼貴能出，要以沉著痛快為極致。予難之曰：吾子於元推雲林，於明推文敏。彼二家者，畫家所謂逸品也，所云沉著痛快者安在？給事笑曰：否否。見以為古澹閒遠，而中實沉著痛快，此非流俗所能知也。予曰：子之論畫至矣。雖然，非獨畫也，古今風騷流別之道，固不越此。唐宋以還，自右丞以逮華原、營邱、洪谷、河陽之流，其詩之陶、謝、沈、宋、射洪、李、杜乎！董巨，其開元之王、孟、高、岑乎！降而倪黃四家，以逮近世董尚書，其大曆、元和乎！非是則旁出，其詩家之有嫡子正宗乎！入之出之，其詩家之拾筏登岸乎！沉著痛快，非唯李、杜、昌黎有之，乃陶、謝、王、孟而下莫不有之。子之論，論畫也，而通於詩矣〔註19〕。

王士禎聞說「見以為古淡閒遠，而中實沉著痛快，此非流俗所能知也。」深受啟發，引申說：「子之論畫也至矣。雖然，非獨畫也，古今風騷流別之道，固不越此。」他接著以南宗畫家來比喻唐代詩家，認為「論畫也，而通於詩。」〔註20〕

近年論者多認為「南宗禪」重悟輕法與「南宗畫」不拘形似、隨意揮灑，抒發自我性靈，不為取悅於人的詩人氣質一致；畫家忘懷得失的自我覺醒，正說明了畫家從「成教化，助人倫」的皇家畫院的圈子裏跳出來的進步意義。其

〔註19〕王士禎《蠶尾文》，《帶經堂詩話》卷三，人民文學出版社，1963 年，第 86～87 頁。
〔註20〕筆者已有《論王士禎的詩論和神韻說》（《中國古典文學論叢》第 6 輯，人民文學出版社，1987 年）論述此題，茲不贅述。

中所凸現的藝術觀念，張揚了畫家的主體精神，突出了畫家的個性意識，帶有相應的超前性。因此，董其昌的藝術思想繼承發展宋代歐陽修、蘇軾、黃庭堅、米芾、鄧椿等文人理論的精髓，代表著進入明代的文人思潮，是中國畫史上首次提出的關於山水流派的理論。董其昌的「南北宗論」正是那個歷史時期思想變革、觀點更新的產物。繪畫上的「南北宗論」與哲學上李贄提出的「童心說」，戲劇上湯顯祖提出的「唯情說」，在文學上袁氏兄弟提出的「性靈說」相呼應，形成了一股心靈自由、個性解放的進步思潮〔註21〕。南北宗論把握住了繪畫內在的發展趨勢，在董其昌等的理論和作品的推動下，確實引導了中國畫史上又一壯觀的山水時代，由「勾、斫」而「渲淡」的發展趨勢實際上展示著空間的界定、凝固與空間的模糊（延伸、拓展），這種空間審美觀及其變化在東西方畫史上都具有普遍意義及深遠影響〔註22〕。

尤其是 20 世紀諸家美術史，陳衡恪、黃賓虹、葉瀚、王韻初、鄭昶、史岩、劉思訓和潘天壽、傅抱石以及日本中村不折、大村西崖等所著的中國美術史名著無不接受王維為文人畫之始的南北宗論，創作之外兼有理論成就的劉海粟、林風眠，也奉此論。姚茫父《中國文人畫之研究·序》高度評價南宗、文人畫的創始者王維說：「唐王右丞援詩入畫，然後趣由筆生，法隨意轉，言不必宮商而邱山皆韻，義不必比興而草木成吟。」

黃賓虹甚至認為：

> 自古南宗，祖述王維，畫用水墨，一變丹青之舊，肇自然之性，成造化之功，六法之中，此為最上〔註23〕。

總之，董其昌首倡的以王維為創始的南北宗理論影響了晚明清初的戲曲美學、詩歌理論，並在繪畫領域成為指導晚明至清末的三百年，至今仍有很大的影響。

〔註21〕 但有不少學者因此而認為，這股思潮使明代中葉以後的思想界從「存天理，滅人慾」的理學禁錮中解放出來。這是對宋明理學的一種歪曲性的理解，將本來具有高明理論意義和實踐意義的口號絕對化的錯誤提法。例如被譽為打破「存天理，滅人慾」而創作了《牡丹亭》情感之上的傑作的湯顯祖，他本身是理學家。

〔註22〕 參見侗慶《論董其昌的「南北分宗」說》、丁義元《「南北宗」新論》、葛路、克地《董其昌的藝術思想及其「南北宗論」》和王祺森《董其昌「南北宗論」新考及新論》，皆見《董其昌研究文集》，上海書畫出版社，1992 年。

〔註23〕 黃賓虹《論中國藝術之將來》，《美術雜誌》，上海良友圖書印刷出版公司，1934 年。

頓悟、養氣和通鬼神

南北宗論還有一個與實踐相結合的理論淵源，就是氣學理論：儒道兩家的養氣說和佛家的修煉說。南宗畫和文人畫的元明大家，都熱衷佛（禪）道，都運用頓悟思維，其基礎是養氣。

董其昌的禪悅活動很多。例如萬曆十六年戊子（1588），三十四歲那年冬季，同唐元徵（文獻）、伯修（袁宗道）、瞿洞觀、吳觀我（應賓）、吳本如、蕭玄圃上松江龍華寺（今劃入上海市徐匯區），問憨山禪師「戒慎恐懼」（《容臺集》陳眉公序）。

董其昌以禪喻畫，談自己的悟後之體會說：

> 行年五十，方知此一派（李昭道、仇英）畫殊不可習，譬之禪定，積劫方成菩薩，非如董、巨、米三家，可一超直入如來地也〔註24〕。

董其昌在知天命之年才有此悟。他談自己養氣、修煉的體會說：

> 氣之守也，靜而忽動，可以採藥。故道言曰：一霎火焰飛，真人自出現。識之行也，續而忽斷，可以見性。故竺典曰：狂心未歇，歇即菩提〔註25〕。

> 其年（乙酉）秋，自金陵下第歸，忽現一念三世境界，意識不行，凡兩日半而復，乃知《大學》所云；「心不在焉，視而不見，聽而不聞」，正是悟境。不可作迷解也〔註26〕。

陳繼儒介紹董其昌養氣：「（董其昌）端坐則神遊四海，廣坐雖鍾鼓鏗訇（hōng，形容大聲），絲肉雜湊，湛然如不見不聞，則甚奇。」（《晚香堂集》卷七《壽玄宰董太史六十壽》）

董其昌強調：

> 畫家以古人為師，已自上乘；進此當以天地為師。每朝起看雲氣變幻，絕近畫中山。……看得熟自然傳神，傳神者必以形，形與心手相湊而相忘，神之所託也〔註27〕。

> 多少伶俐漢，只被那卑瑣局曲情態擔閣一生，若要做個出頭人，直須放開此心，令之至虛，若天空，若海闊，又令之極樂，若曾點

〔註24〕《畫禪室隨筆》卷二畫源，第 1018 頁。
〔註25〕《畫禪室隨筆》卷四雜言下，第 1030 頁。
〔註26〕《畫禪室隨筆》卷四禪悅，第 1032 頁。
〔註27〕《畫禪室隨筆》卷二畫訣，第 1014 頁。

遊春，若茂叔觀蓮，灑灑落落，一切過去相、見在相、未來相，絕不掛念，到大有入處，便是擔當宇宙的人，何論雕蟲末技〔註28〕。

董其昌提出了「靜中養出個端倪」的學說，他有一首詞描寫靜養的體會說：

景物因人成勝概，滿月更無塵可礙。等閒簾幕小闌干。衣未解，心先快，明月清風如一待。　　誰信門前車馬隘，別是人間閒世界。坐中無物不清涼。山一帶，水一派，流水白雲常自在。(《大觀錄》卷九《董香光詞意圖軸》)

不僅是董其昌，古代的畫家都養氣、修煉。例如：

元四家中的黃公望常在山中獨坐，在幽靜之處打坐修煉；又曾在松江的道觀「十年淞上築仙關，猿鶴如童守大還。」勤於修行，故而貌似童子。

而倪瓚在詩中也大談練功的體會和心得，如《蕭閒館夜坐》：「隱几忽不寢，竹露下冷冷。清燈澹斜月，薄帷張寒廳。躁煩息中動，希靜無外聆。窅然玄虛際，詎知有身形。」倪瓚寄好友道士張伯雨的詩中說：「遁形修隱訣……撫弄無弦琴。」(《清閟閣全集》卷二) 至正十一年的《義興異夢篇》曰：「抱沖守一，廓如太虛。」(同上卷一) 這些都仍然是根據道教思想，宣揚由讀書和靜坐來潛心研道，心自然寂靜與自然融合，與太虛同一，可超越塵界。他篤信道教脫殼登真的觀點，詩曰：「戚欣從妄起，心寂合自然；當識太虛體，勿隨形影遷。」(卷二)「身世一逆旅，成兮分疾徐；反身內自觀，此心同太虛。」(卷一)《贈康素子》(卷四) 開首即說：「道德五千言，玄之又玄。谷神不死說玄牝。用之勿勤以綿綿。」他晚年也習禪宗，佛教和禪宗同樣講究打坐修行，其原理是一致的。

黃公望和倪瓚都參加全真教，他們都修煉道家的養氣工夫。全真教開祖王重陽在其《立教十五論》第七打坐的戒律，說：

凡打坐者，非言形體端然，瞑目合眼。此假坐也。真坐須要十二時辰住行坐臥，於一切動靜中間之心如泰山不動不搖，把斷四門之眼耳口鼻而不使外景入內。但有絲毫之動靜思念，即不能名靜坐。能如此，雖身處塵世，名已列仙位。順遠參他人，便使是身內聖賢，百年功滿，脫谷登真，一粒丹成，神遊八荒。

《南華真經在宥》說：「無視無聽，抱神以靜，形將自正。必靜必清，無勞無形，無搖汝神，乃可延生。」

〔註28〕《畫禪室隨筆》卷三評文，第 1027 頁。

這樣的打坐要求，道修與禪修的坐禪原理是一樣的：坐禪是通過調身、調心的方法進行靜坐習定，習定是佛門僧眾修身養生的方法，故此習定在佛教中稱為坐禪或禪法。習定方法要求人集中思維、排除雜念妄想、止息雜慮使身心安靜。這種習定坐禪養生法實質就是一種「靜養」，關鍵是「靜」。佛教教義推崇「七靜」：平靜、安靜、寧靜、定靜、真靜、虛靜、靈靜，要求坐禪者的形與神在多層次的靜養取得修煉效應。這種靜息境界還使坐禪者享受到脫離瑣事煩擾、精神歸於淡泊恬靜的愉悅，進一步又能在「忘我」的愉悅中陶冶性情。白居易在《在家出家》詩曰：「中宵入定跏趺坐，女喚妻呼多不應。」

倪瓚打坐的記載，又見洪武六年癸丑（1373）《雲林枯木石竹軸》，他在題識中寫道：

> 我來問訪三月初，談不一門良不起，我無言悟四句偈，為爾跏
> 趺坐久如。癸丑，又為中山首座賦。瓚。（《聽帆樓書畫記》卷一）

倪瓚《蕭間館夜坐》：

> 隱几忽不寢，竹露下泠泠。（泠泠，清涼的樣子）
> 清燈澹斜月，薄帷張寒廳。
> 躁煩息中動，希靜無外聆。
> 窅然玄虛際，詎知有身形。（窅 yǎo 然，深遠、寂靜的樣子。詎，豈。）
> 戚欣從妄期，心寂合自然；
> 當識太虛體，勿隨形骸遷。（卷二）
> 身世一逆旅，成分分疾徐；
> 反身內自觀，此心同太虛。（卷一）

這些詩，都是倪瓚詠歎打坐修行的體驗。

董其昌同時代的哲學家、作家、詩人多如此。

例如董其昌的好友、著名詩人、戲曲界湯顯祖，他非常重視養氣、煉氣。他說：「氣者人之龍蛇也。存伏藏之用，故曰制在氣。」〔註29〕他又闡發儒道兩家的養氣理論說：「通天地之化者在氣機。奪天地之化者亦在氣機。化之所至，氣必至焉。氣之所至，機必至焉。」而又有「氣勝而機不勝者」，「機勝而氣不勝者」，「天下文章有類乎是。莽莽者氣乎，旋旋者機乎。莊生曰：『萬物出乎機，入乎機。』……氣與機相輔相軋以出。天下事舉可得而議也。吾以為二者

〔註29〕湯顯祖《陰符經解》，《湯顯祖集》第二冊，上海古籍出版社，1978 年，第 1207
～1209 頁。

莫先乎養氣。」〔註30〕湯顯祖雖強調「平心定氣，返見天性」，以取回成年後失去的赤子之心，煉就通達宇宙萬物的「道氣」，創作「非偶然」之文〔註31〕。

湯顯祖認為養氣分靜養和動養兩類：

> 天下文章有類乎是。莽莽者氣乎，旋旋者機乎。莊生曰：「萬物出乎機，入乎機。」……氣與機相輔相軋以出。天下事舉可得而議也。吾以為二者莫先乎養氣。養氣有二。子曰：「知者動，仁者靜；仁者樂山，而智者樂水。」故有以靜養氣者，規規環室之中，回回寸管之內，如所云胎息踵息云者，此其人心深而思完，機寂而轉，發為文章，如山嶽之凝正，雖川流必溶淯也，故曰仁者之見；有以動養其氣者，泠泠物化之間，亹亹事業之際，所謂鼓之舞之云者，此其人心煉而思精，機照而疾，發為文章，如水波之淵沛，雖山立必陂陁也，故曰智者之見。二者皆足以吐納性情，通極天下之變。下此，百姓文章耳。蓋日用飲食而未嘗知為者也〔註32〕。

湯顯祖的動養說，是將蘇轍的觀點加以發展完善而成。蘇轍打破前人一味講究靜養的局面，他在《上樞密韓太尉書》中說：「以為文者，氣之所形，然文不可以學而能，氣可以養而致。孟子曰：『我善養吾浩然之氣』，今觀其文寬厚宏博，充乎天地之間，稱其氣之小大。太史公行天下，周覽四海名山大川，與燕趙間豪俊交遊，故其文疏蕩，頗有奇氣。」蘇轍將孟子的浩然之氣，用「充乎天地之間」來形容；又將天地之氣分解為四海名山大川和人間豪俊二者，前者得江山之氣，亦即劉勰「得江山之助」，後者為得豪俊英傑之氣。蘇轍又點出「行」和「周覽」、「交遊」，強調司馬遷不僅有靜養工夫，且賴「行」而得江山和豪俊之氣而產生「奇氣」，極有見地。惜乎蘇轍未闡明此實為「動養」之觀點。湯顯祖則發展為動養說。

湯顯祖關於文氣的論述，拙文《湯顯祖的文學理論和文氣說》〔註33〕已有詳論，茲不贅述。

又如清初石濤，他於題跋中稱：「盤礴脾睨，乃是翰墨家生平所養之氣，

〔註30〕湯顯祖《朱懋忠制義敘》，《湯顯祖集》第二冊，第 1068 頁。

〔註31〕湯顯祖《與汪雲陽》，《湯顯祖集》第二冊，第 1407 頁。

〔註32〕湯顯祖《朱懋忠制義敘》，《湯顯祖集》第二冊，第 1068 頁。

〔註33〕拙文《湯顯祖的文學理論和文氣說》，1995·南昌·第九屆中國古代文論年會暨國際研討會論文，《古代文學理論研究叢刊》第 26 輯，華東師範大學出版社，2008 年。

峥嵘奇崛，磊磊落落。」(石濤《大滌子題畫詩跋》)石濤本人也有此修煉實踐，他在題畫詩跋中多次言及。如「盤礴萬古心，塊石入危坐。青天一明月，孤唱誰能和」(石濤《大滌子題畫詩跋》)。第二句言其靜坐練功的場所。又如：「數息閒穿日，如泉似水陂。有聲通嶽處，無異挾山時。舊注癡龍養，幽歸六鶴期。」(石濤《大滌子題畫詩跋》)首句即言靜坐練功即數息，和練功的時間之長(「閒穿日」，即整天靜坐也)。因此他對宇宙的認識——「天地渾融一氣」，除讀自道家典籍外，也是自己練功後的體驗。

王士禛禪修，他本人沒有文字記載，但名畫家禹之鼎特為神韻說倡導者王士禛作坐禪圖，並有多位詩人題詩，王國維特撰文：

漁洋山人坐禪小象，禹鴻臚之鼎畫，老松藤蘿，孤鶴自舞，漁洋趺坐其間，旁置經卷、塵尾，有出塵之思。題詩者若干人，皆先生門下士也。

海寧查聲山昇云：「已為霖雨到人間，身世何因落葉幹。不向靈山解了義，繁華肯作寂寥看。」「天上神仙蘇玉局，佛家弟子白尚書。文人慧業生來分，三果口楊總不如。」「疏鐘秀塔夢生涯，穩坐蒲團即是家。直為蒼生親說法，朝衣才脫換袈裟。」

查嗣庭云：「先生於濟世，日用得五穀。出山五十載，不戀桑下宿。入火且不燃，入世何由瀆？心離十八界，手妙三千牘。初從無中有，漸看生處熟。觀化悟自然，迷途謝羈束。功成忽無著，印心忽已足。自了終小乘，照海一寸燭。兩端隨所叩，妙語口蘭菊。肯似入定禪，忘形但拘束。」

林吉人偕題五言、六言、七言各一絕云：「名高如絕斗，心清可印潭。偶然思世出，聊復學禪參。」「空山流水響激，孤雲野鶴翩躚。試擬此間坐者，果然為佛為仙。」「詩卷右丞千載後，風流玉局一人還。瓣香自供無嗟晚，只是衣傳愧後山。」

尚有梅庚、蔣仁錫、朱載震各題七言絕句，不錄。〔註34〕

此圖和題詠諸詩說明清初以前的作家、詩人、畫家和者都重視禪坐，故能在思維和創作時進入空靜境界，其上焉者便能「通鬼神」(進入靈感狀態，見本文下節)。

〔註34〕《閱古漫錄》，周錫山編校《王國維集》第一冊，中國社會科學出版社，2008、2012年。

　　打坐即有規範的、有意念引領內氣的靜坐，不僅能使人增強生命力，更能增強思維力。在打坐時，腦海中出現的種種景象（內視景象），還可以極大地增強文學藝術家的藝術想像力，故而產生頓悟。這不是現代科學能夠理解的，但成功的實踐者則深有體會。如果沒有這種修煉的實踐，無法真正理解南北宗理論和頓悟思維。

　　總之，南北宗論的產生與闡發，與中國哲學自《周易》至老、莊、孔、孟，直至明末的儒道兩家的氣學理論有關，宋以後則儒道佛三家合一；也與先秦至明末清初哲學家、文學家和藝術家靜坐修煉的親身體驗有關。如果沒有這樣的養氣、修煉工夫，是不可能得到頓悟的。文人畫的畫家的這個傳統自清中期起失落，故而雍乾之後無大師。美籍華人著名學者方聞在其畫學名著《心印》的全書結尾說：

　　　　石濤、王翬和 18 世紀前幾十年的清初其他一些傑出畫家的逝世，標誌著中國山水畫道統尾聲的降臨。18 世紀，在雍正和乾隆年間，許多有才能的畫家進入了北方的宮廷，或者來到南方的商業中心，主要是到揚州從事畫藝。但是，他們的畫風及其奉行的理論，與 17 世紀那些前輩大家的品位和成就相比，無一能夠企及。19、20 世紀的中國為了實現現代化的持久鬥爭終於打破了王翬和石濤已經成功達到的「集大成」。中國畫家們再次面對著一個混亂而轉型的世界，而這次卻不指望有一個新的綜合集成的觀。當然，這是另外一部書的題目了〔註35〕。

　　他雖然也得出與我相同的這個結論，但他不懂修煉和打坐，他僅從表面的現象分析，不知清中期以後的畫家不懂禪修養氣，所以不能產生大家，故而未能抓住問題的核心和要害。本書（按指拙著《上海美術史》）吳昌碩一章將論及，吳昌碩重視打坐和修煉產生的「氣」，這是他超越任伯年和清末民初海上畫派諸家的主要原因之一。

　　通過打坐養氣，和深厚的創作實踐，長年的不懈思索，文藝家和美學家即可達到「通鬼神」的最高境界。

通鬼神和靈感論

　　上節已屬神秘文化範疇，至於通鬼神更進入了神秘文化的核心。最近有

〔註35〕〔美〕方聞《心印》（李維琨譯），陝西人民美術出版社，2004 年，第133 頁。

學者在評論「河圖洛書」時強調:「談起中國文化,國人總少不了在這個詞組前加個『博大精深』的前綴。但究竟中國文化『精』在何處、『深』在何處,不是專門研究國學的人,只怕會說得含糊和不得要領。從中國文化的性質上看,可以說神秘性是其核心之一。」〔註36〕

神秘文化認為,通過禪修打坐養氣,或讀書旅行養氣,就能進入「通鬼神」的境界。「通鬼神」實即靈感論,但古人則喜用此語。這牽涉到神鬼問題,尤其是鬼神之有無。

古人都信鬼神,崇拜金聖歎的清代著名學者劉獻廷說:「余觀世之小人,未有不好唱歌看戲者,此性天中之《書》與《春秋》也。未有不信占卜祀鬼神者,此性天中之《易》與《禮》也。」〔註37〕「小人」指小市民、小百姓,實際上絕大多數知識分子也信鬼神。此因古人對於鬼神的認識,早在《周易》中就有表述。《周易‧繫辭上》:「知鬼神之情狀。」朱熹《周易本義‧周易繫辭上傳第五》解為:「陰精陽氣聚而成物,神之申也;魂遊魄降散而為變,鬼之歸也。」金聖歎釋《周易‧繫辭上》「知鬼神之情狀」與朱熹相同,說:「神者,申也」,「鬼者,歸也」(《語錄纂》卷一)。

實際上,在1949年之前,人們都相信鬼神。周作人曾說:

> 世上的人都相信鬼,這就證明我所說的不錯。普通鬼有兩類。一是死鬼,即有人所謂幽靈也,人死之後所化,又可投生為人,輪迴不息。二是活鬼,實在應稱僵屍,從墳墓再走到人間,《聊齋》裏有好些他的故事。此二者以前都已知道,新近又有人發見一種,即梭羅古勃(Sologub)所說的「小鬼」,俗稱當雲遺傳神君,比別的更是可怕了。易卜生在《群鬼》這本劇中,曾借了阿爾文夫人的口說道……〔註38〕

大家都相信鬼,都怕鬼。但是大作家大藝術家卻「通鬼神」。

古今修煉者認為,人與鬼神相通,有兩個途徑:一個是巫,或道行高深的修煉者,通過練氣。二是火。點香燭,就是辦法之一種,即通過香火燭火,即可與鬼神相通。

這在中國傳統文化中有著最為古老的淵源。余英時的最新著作《論天人

〔註36〕遠人《言與圖的文化探源》,《文藝報》,2014年8月25日。
〔註37〕清劉獻廷《廣陽雜記》卷二,中華書局,1957年,第106～107頁。
〔註38〕周作人《偉大的捕風》(1929),《周作人散文全集》第5卷,廣西師範大學出版社,2009年,第567頁。

之際——中國古代思想起源試探》〔註39〕做了精要的論述。余英時先生在此書中指出：

中國古代文化的來源是禮樂傳統，而禮樂來源於祭祀，祭祀則從巫覡信仰中發展而來。「禮樂是巫的表象，巫則是禮樂的內在動力。」「天人合一」和「絕地天通」是互相衝突的，但由於「巫」有特別技能，彼此隔絕的「天」與「人」之間就有了聯繫。《國語·楚語》指出，「巫」是古代社會中具有智（能上下比義）、聖（能光遠宣朗）、明（能光照之）、聰（能聰徹之）的特徵的人，只有他們可以「降神」。「巫」是一批超越尋常，有特別知識、道德和能力，可以溝通神與人、天與地之間的精英，這些天賦異稟的巫，不僅成為中國古代軸心時代文化轉型的中堅力量，也逐漸在後世轉變為負擔著精神世界的知識階層「士」。（錫山按：所以古代醫是巫醫，史是巫史，即醫生和史家都是由巫擔任的。司馬遷的祖先就是巫史。）溝通天地人鬼之間的「巫」，需要「受命於天」，得到「天命」，託庇「鬼神」。

先秦的理論大家對此多有精深研究、實踐和論述。道家總稱為虛靜、心齋等。另如——

管子兩次說到：「思之思之，又重思之。思之而不通，鬼神將通之。非鬼神之力也，精氣之極也。」〔註40〕

荀子認為高人必須掌握「治氣養心之術。」（《荀子·修身》）強調道心必須通過「治氣養心之術」才能修成。「人何以知道？曰：心。心何以知？曰：虛壹而靜。」（《荀子·解蔽》）

余英時先生引用劉殿爵「人心深處有一秘道可以上通於天」〔註41〕之後，又引用先秦諸家的言論並作闡述：「人心深處有一秘道可以上通於天」是一種形象化的語言，但恰好將內向超越的運作方式生動的地描繪了出來。這在《孟子》文本中便可以得到明確的印證。《孟子·盡心上》：「盡其心者，知其性也；知其性，則知天矣。存其心，養其性，所以事天也。」新天人合一走的是內向超越之路，因此必須引「道」入心，以建構一個「可以上通於天」的「秘道」〔註42〕。

〔註39〕中華書局，2014年。
〔註40〕《管子·內業》、《管子·心術下》。
〔註41〕胡應章譯《英譯〈孟子〉導論》，《採擷英華——劉殿爵教授論著中譯集》，香港中文大學出版社，2009年，第109頁。
〔註42〕余英時《論天人之際——中國古代思想起源試探》，中華書局，2014年，第54～55、57頁。

余英時又反覆論說：如果我們詢問孟子所言「君子」的神秘轉化力量從何而來？答案顯而易見：這是君子養其「浩然之氣」所成。為什麼能夠與天、地合為一體？答案必然也是一樣的。「浩然之氣」雖然是存於心中的至精之氣，卻可經過陶養超越個人軀體，並由此與宇宙原初之氣合而為一。有一個引領「心」通往天的神秘途徑，那就是「浩然之氣」提供的通路。

余英時又說：心對於「氣」的操縱與運用取代了以前巫與鬼神溝通的法力。於是，通過陶養心中敏感的氣，所有的個人都有可能成為自己的巫師。莊子對「聖人」、「至人」、「神人」的描繪經常帶有巫者的色彩。能耐寒耐熱、與天交通、遊於海之深處、飛昇遊樂於天、不食五穀、屏氣龜息等等。……他理想中的道家人格實在與孟子的君子理想相去不遠。兩者都被想像為氣之陶養的終極成果〔註43〕。

「可以上通於天」也即通鬼神，也即接通了宇宙的能量。

通鬼神，指作家詩人在高難度的閱讀和寫作中，靈感湧現，如有神助，從而達到極高的境界和完美的境地。

古人關於詩文創作通鬼神，早有涉及。例如：

劉知幾《史通》評論《左傳》說：「若斯才也，殆將工侔造化，思涉鬼神，著述罕聞，古今卓絕。」〔註44〕

杜甫也多有論及，最著名的一句話是：「下筆如有神。」

晚明清初王世貞、董其昌、金聖歎、李漁等提出了鮮明的「通鬼神」的觀點。

晚明王世貞說：

> 《檀弓》、《考工記》、《孟子》、左氏、《戰國策》、司馬遷，聖於文者乎？其敘事則化工之肖物。班氏，賢於文者乎？人巧極，天工錯。莊生、《列子》、《楞嚴》、《維摩詰》，鬼神於文者乎？其達見，峽決而河潰也，窈冥變幻而莫知其端倪也〔註45〕。

「鬼神於文」還是形容作品的出神入化，雖可解釋為「通鬼神」，也可看作為比喻。而董其昌、金聖歎和李漁諸家則直接說「通鬼神」。

董其昌說：

〔註43〕余英時《論天人之際──中國古代思想起源試探》，第123、125頁。
〔註44〕劉知幾《史通‧雜說上》，《史通通識》（浦起龍釋），上海古籍出版社，1978年，第451頁。
〔註45〕王世貞《藝苑卮言》卷三。

> 作文要得解悟……妙悟只在題目腔子裏，思之思之，思之不
> 已，鬼神將通之。到此將通時，才喚做解悟。了得解時，只在信手
> 拈來，頭頭是道，自是文中有神。動人心竅，理義原悅人心。我合
> 著他，自是合著人心〔註46〕。

董其昌顯然繼承了《管子》的思想和觀點，並借用了他的原話。董其昌之後，明末清初的金聖歎於此論述很多。

金聖歎和古代諸多一流詩人作家、文論家一樣，常有神秘主義文藝理論的觀點發表。其中「通鬼神」和「文有魂」是非常重要的觀點。

金聖歎指導讀者：焚香讀書，以期鬼神通之也：

> 《西廂記》，必須焚香讀之。焚香讀之者，致其恭敬，以期鬼神
> 之通之也。〔註47〕

《金批西廂》卷三資料匯輯中所引用的（宋）王銍云：「事有悖於義者，多託之鬼神夢寐，或假之他人，或云見別書，後世猶可考也。」〔註48〕這裡的「多託之鬼神夢寐」是寫作中的假託，並非真的來自鬼神夢寐。但這也說明，有的事，作家、讀者皆認為出自鬼神夢寐，所以有人藉此作假。

而金聖歎並非以此為比喻，而是虔誠地認為，「通鬼神」不僅針對讀書，尤其也針對寫作，是讀書、寫作的高級境界。他又說過：「看書人心苦何足道，即已有此書，便應看出來耳。莫心苦於作書之人，真是將三寸肚腸，直曲折到鬼神猶曲折不到之處，而後成文。」〔註49〕他甚至認為傑出的作家比鬼神還要高明。

在評論張生用激將法敦請惠明殺出重圍外送書信時，聖歎評論說：

> 右第九節。上文，皆是張生憂惠明不能過去，此節，忽寫惠明
> 憂張生書或恐無用者，此非憂張生也，正謂張生不必憂惠明。言除
> 非你書無用，我自無有不過去也。一作惠明嘲戲張生，便減通篇神
> 彩。此乃真正神助之筆，須反覆讀之。〔註50〕

〔註46〕《畫禪室隨筆》卷三評文，第 1027 頁。
〔註47〕《貫華堂第六才子書西廂記》讀法六十二，周錫山編校《金聖歎全集》第 3 冊，江蘇古籍出版社，1985 年，第 19 頁。
〔註48〕周錫山編校《金聖歎全集》第 3 冊，第 26 頁。
〔註49〕《貫華堂第六才子書西廂記·寺驚》第四節批語，周錫山編校《金聖歎全集》第 3 冊，第 81 頁。
〔註50〕周錫山編校《金聖歎全集》第 3 冊，第 89 頁。

這裡的「神助之筆」，是「通鬼神」的結果，因為「通鬼神」，故而得到「神助」。

關於「神助」，早在《金批水滸》中，金聖歎即指出《水滸傳》這樣具有最高藝術成就的偉大之作，是得到「鬼神來助」的「出妙入神」之文：

> 行文亦猶是矣。不擱筆，不捲紙，不停墨，未見其有窮奇盡變出妙入神之文也。筆欲下而仍擱，紙欲舒而仍卷，墨欲磨而仍停，而吾之才盡，而吾之臂斷，而吾之目瞳，而吾之腹痛，而鬼神來助，而風雲忽通，而後奇則真奇，變則真變，妙則真妙，神則真神也。吾以此法遍閱世間之文，未見其有合者。今讀還道村一篇，而獨賞其險妙絕倫。嗟乎！支公畜馬，愛其神駿，其言似謂自馬以外都更無有神駿也者；今吾亦雖謂自《水滸》以外都更無有文章，亦豈誣哉！〔註 51〕

在《金批西廂》一之二《借廂》中，紅娘初逢張生，即用眼睛抹倒張生，金批說：

> 右十一節。又用別樣空靈之筆，重寫阿紅一遍也。抹，抹倒也，抹殺也，不以為意也。將欲寫阿紅不是疊被鋪床人物，以明侍妾早是一位小姐矣，其小姐又當何如哉？卻先寫阿紅眼中，全然抹倒張生，並不以張生為意，作一翻跌之筆，然後自云：你自抹殺我，我定不敢抹殺你。此真非已下人物也。文之靈幻，全是一片神工鬼斧，從天心月窟雕鏤出來。儋父不知，乃謂寫阿紅眼好，夫上文之下，下文之上，有何關應須於此處寫阿紅好眼耶？蓋言你抹我，你不應抹我也。〔註 52〕

金批強調：「文之靈幻，全是一片神工鬼斧，從天心月窟雕鏤出來。」最後一句既是比喻，又是前已論及的天人合一理論的一種表達。

以上「神助之筆」、「鬼神來助」、「出妙入神」等語，在今人文中常常是作為比喻，比喻文筆的高妙傑出。在金聖歎和古人那裡，有時是真用，有時兼有比喻和真用，但這種比喻也以信其實有為基礎。

著名戲曲家、小說家和戲曲理論大家李漁在評論金聖歎時說：

〔註 51〕《貫華堂第五才子書水滸傳》第四十一回總評，周錫山編校《金聖歎全集》第 2 冊，第 108 頁。
〔註 52〕《貫華堂第六才子書西廂記・借廂》批語，《金聖歎全集》第 3 冊，第 57 頁。

聖歎之評《西廂》，……而筆使之然，若有鬼物主持期間者，此等文字，尚可謂之有意乎哉。文章一道，實實通神，非欺人語。千古奇文，非人為之，神為之，鬼為之，神所附者耳。（李漁《閒情偶寄》卷三詞曲部，格局第六《填詞餘論》）

清代史學大家章學誠認為自己思維活躍，讀古人文字，「神解精識，乃能窺及前人所未到處」，原因在於「若天授神指」。（章學誠《文史通義》外篇三《家書三》）

中國古代文論、美學家認為極少數作家、學者在化出巨大努力、從事艱巨創作和研究的基礎上，又因有了這個基礎而「通鬼神」，從而取得極大的成就。

現代學者中，吳梅曾復述前人之說：

做戲劇的人，如認定一科，細細的研究，俗話說得好：「思之，思之，鬼神通之。」果能逐事研究，處處留心，那有不登峰造極的？元人的劇本，就為這個理由，才能夠出神入化的到了個極自然，極緊湊、極真實的地步〔註53〕。

王國維更曾感歎說：

前人研精書法，精誠之至，乃與古人不謀而合。如完白山人篆書，一生學漢碑額，所得乃與新出之漢太僕殘碑同。吳讓之、趙悲庵以北朝楷法入隸，所得乃與此碑（按，甘陵相碑）同。鄧、吳，趙均未見此二碑，而千載吻合如此，所謂鬼神通之者非耶！〔註54〕

周國平先生說，「唯有在孤獨中，人的靈魂才能與上帝、與神秘、與宇宙的無限之謎相遇」〔註55〕。

前已指出，古人所謂「通鬼神」，指的就是靈感來臨。古人認為，靈感就是通鬼神的結果，朱狄先生指出：「靈感的靈，繁體字靈，從巫。《說文》：『巫以玉事神』，曰靈。照許慎的解釋，『巫，祝也。女能事無形以舞降神者也。象人兩袖舞型。』所以靈感這個詞的翻譯，可謂與柏拉圖時代的含義相近」，「一是有通神的意思」。「二是與巫有關。」〔註56〕

〔註53〕吳梅《元劇略說》，《吳梅戲曲論文集》，中國戲劇出版社，1983年，第503頁。

〔註54〕王國維《觀堂集林·甘陵相碑跋》，周錫山編校《王國維文學美學論著集》，上海三聯書店，2018年，第375頁。

〔註55〕李憲堂《傅山的孤獨》，《讀書》，2012年第6期，第70頁。

〔註56〕朱狄《靈感概念的歷史演變及其他》，《靈感之謎》（彭放編），北京師範學院出版社，1986年，第23頁。

　　當代中外眾多學者的論說，雖然都認識到董其昌「禪修」和頓悟的重要，但他們不懂中國古代神秘文化，論述此類文章就隔靴搔癢、不得要領。

　　而現代文人畫之所以沒落，畫家不懂更無法重視這個養氣、修煉工夫，是重要的原因之一。而當代繪畫理論家如果不懂這個理論和實踐，那麼他們研究文人畫和南北宗理論，就不能深入其堂奧。而書畫家不懂這個理論和實踐，無法與宇宙、山水神會，要想在藝術創作上達到元明大師的水平或取得巨大的成就，也是做不到的。

　　當今學術界尊奉西方現代科學，對於打坐、修行大多不懂，更沒有體會。因此不懂古人包括倪瓚、董其昌著作中的有關論述，故而無法注意和認識他們關於修煉、打坐的記敘和體會。國外則也僅有個別日本學者，如日本中村茂夫《倪瓚的繪畫觀》〔註57〕等文涉及此題。

　　本書作者於 1987 年學習「禪密功」，從初級班學到高級班，即從築基到打坐，瞭解全套修煉的方法，雖未能堅持練習，但略窺修行者與宇宙、自然的交流和交融的方法與情景。並於 1997 年向中國古代文學理論學會第 10 屆年會暨國際研討會（學會與廣西師範大學聯合舉辦）提交的《論石濤的繪畫美學思想》〔註58〕一文中論及此題，後發表多篇與之相關的論文，於此略有見解。

　　近也已有一些學者注意到這個問題，例如由於讀書能通鬼神，因此吳小如先生說：「有人說，青年人不要多看短命鬼的詩，免得有傷福澤」〔註59〕。又如：

　　　　道教史青年學者陳錚則提出了一個有趣的問題：很可能從來沒有去過四川的六朝畫家顧愷之是如何看到四川雲台山的全景和內部的呢？陳錚用顧愷之能夠「看到」被阻隔的城樓，來說明其具有道教中所說的「心存目想」能力。這是一種非常奇特的「觀看」方式，眼睛被認為可以在心靈的指引下看到本無法看到的世界。兩晉六朝時期，道教方術非常流行，幾乎滲透到社會生活的各個方面。像「心存目想」這種在道教影響下產生的觀察與感知世界的方式，從顧愷

〔註57〕 日本中村茂夫《倪瓚的繪畫觀》，《倪瓚研究》（《朵雲》第 62 集），上海書畫出版社，2005 年。

〔註58〕 拙文《論石濤的繪畫美學思想》，97・桂林・中國古代文論第 10 屆年會暨國際研討會（中國古代文論學會與廣西師大聯合主辦），《東方叢刊》（廣西師範大學中文系主辦），1998 年第 1 期。

〔註59〕 吳小如《我的讀詩》，《書廊信步》，遼寧教育出版社，1996 年，第 218 頁。

之的時代開始慢慢滲透到中國人的思維世界，並在宋代形成了最富民族特色的藝術創作語言，「當那些古代山水畫展示出獨特視野的時候，我們驚奇地發現時間與空間的結構在裏面被輕易壓縮了。」在最後，陳錚解釋了經過西方「科學」繪畫觀念洗禮的現代國畫藝術家，為什麼作品中往往缺少一份「天趣」，原因就在於他們過於依賴物質形態的雙眼〔註60〕。

此論的實質問題，就是「心存目想」、奇特的「觀看」，而其能力的獲得依靠打坐養氣，從而打開「天眼」，能夠遙視（遠距離觀看，或看到過去與未來時間段的事物，即穿透時空）和透視（穿透障礙）。

南宗禪講究「頓悟」，南北宗、神韻說都以頓悟為宗。需要強調指出的是，頓悟的基礎是湯顯祖所說的長年艱苦的靜養和動養和董其昌所說的「讀萬卷書，行萬里路」，而不是某些人想像的不做艱巨努力，靈機一動就創作，可以輕鬆和偷懶。頓悟指有深厚學養和堅實基礎的文學藝術家，在艱難的創作中，突發靈感，一下子抓住要害、衝破難關，有如神助，寫出「神來之筆」。

「通鬼神」指作家和藝術家接通宇宙的能量，借助宇宙的力量，從而使藝術想像力和創作力達到陸機《文賦》所說：「精騖八極，心遊萬仞。」「收百世之闕文，采千載之遺韻。」「觀古今於須臾，撫四海於一瞬。」「籠天地於形內，挫萬物於筆端。」之高妙境界，然後創作出驚世傑作。

本文為上海市社科規劃項目《上海美術史》中第十二章「文人畫與南北宗」，此處略作刪節和改動。

本文原刊《古代文學理論研究》（第三十九輯），

華東師範大學出版社，2014 年

〔註60〕記者陳詩悅、見習記者徐美超《用「看圖說話」的方式探討宗教與藝術的交融》，上海《東方早報》，2014 年 6 月 22 日。

情景交融說的中西進程簡述

　　王國維意境說美學體系中的一個重要理論是情景交融說。王國維是情景交融說的最後完成者。本文追本溯源，梳理情景交融說的形成過程，以見我國獨創的這個世界文學史和美學史上的輝煌理論的漫長而曲折的形成歷程。

　　中國詩歌早在西周的《詩經》已經取得情景交融的傑出藝術成就；情景交融說理論則萌芽於唐代，經過千餘年的發展，至晚清即近代最後成熟，成為中國在世界美學史上首創和獨創的著名美學理論。在十九世紀初起至 20 世紀初期，西方文藝以小說起始，詩歌、美術和電影繼起，在創作上也先後達到了情景交融的藝術高度，但西方美學中的情景交融說，自十九世紀 30 年代產生萌芽，其發展雖也不絕如縷，卻至今尚未成熟，還未形成完整的藝術和美學理論。所以，情景交融說為中國美學所獨創，是領先於 20 世紀世界美學的意境說美學體系的重要分支之一。同時，中國古代文論中的情景交融說也便成為研究和評論此類西方文藝名著的一種理論方法。

　　筆者在 1989·上海·中國古代文論第六屆年會的發言中，首次創議用運中國古代文藝理論分析和評論西方文藝名著，並在 1992 年出版的專著《王國維美學思想研究》中作了初步的嘗試，又於呈交北京大學、清華大學、香港大學、臺灣清華大學中文系聯合主辦「1997·北京·王國維誕辰 120 週年紀念學術研討會」的拙文《論王國維的偉大學術成就在當代世界的價值》〔註1〕中的一節再加闡發，是張豈之教授大會總結報告唯一點名表揚的論文。本文在此基礎上結合近年新的思考，結合中西有關理論和創作的發展，簡敘情景交融說的

〔註 1〕 收入大會論文集，廣東教育出版社，1999 年版；全文又刊於《廣州師院學報》，
　　　　 1998 年 8 月號。

中西歷史進程。筆者今後擬完成《中國之石和西方之玉——運用中國古代文論評論西方文藝名著的方法研究》專著，以確立中國文論研究西方文藝名著的方法。本文是此書中的一節。

上篇　情景交融說在中國的歷史進程

在文學作品中，情和景是兩個重要的組成因素。在中國古代文論中，情指人的感情，又與「志」和「意」相通。還可指文學作品的內容。景，指外界客觀存在的自然景物、或文學作品中所描繪的景象、圖景。王國維《文學小言》說：「文學中有二原質焉：曰景、曰情。前者以描寫自然及人生之事實為主，後者則吾人對此種事實之精神的態度也；故前者客觀的，後者主觀的也；前者知識的，後者感情的也。自一方面言之，則必吾人之胸中洞然無物，而後其觀物也深，而其體物也切；即客觀的知識，實與主觀的情感為反比例。自他方面言之，則激烈之情感，亦得為直觀之對象、文學之材料；而觀物與其描寫之也，亦有無限之快樂伴之。要之，文學者，不外知識與感情交代之結果而已。」〔註2〕

所謂「情景交融」，即「情景相觸而莫分」〔註3〕，是指作品中所抒發的情意與所描寫的景色物象有機地結合起來，有如水乳交融，具有渾然一體的藝術效果；或者作品雖僅描寫景色物象，但其中卻包含著作者欲擬抒發的情意，或者帶著主觀的感情色彩來描寫自然的景色和物象。情景交融，這是我國文藝創作與賞評中的傳統的一種高級的審美要求，揭示了文藝創作的一條重要的規律，唐宋以來日益受到普遍重視，從而形成了完整的學說。

情景交融之所以是一個高級的審美要求，則正如王夫之所指出的：「於景得景易，於事得景難，於情得景尤難。」「情中景，尤難曲寫。」〔註4〕之所以「難」，是因為用具體的景物來象徵、表達或包含主觀感情（有時還是難以言說或欲說還休的心理或感情）是極為不易的，常常需要千錘百鍊之功，或在作者平生於藝術上堅持慘淡經營的基礎上所獲得的神來之筆。

〔註2〕王國維《文學小言》，拙編《王國維文學美學論著集》，北嶽文藝出版社，1987年，第25頁。

〔註3〕范晞文《對床夜語》卷二，吳文治主編《宋詩話全編》第玖冊，江蘇古籍出版社，1998年，第9289頁。

〔註4〕王夫之《古詩評選》卷一，評曹植《當來日大難》；《夕堂永日緒論內編》，《薑齋詩話箋注》卷二，人民文學出版社，1981年，第721頁。

在中國美學史上,開始提出情景交融的理論,雖遲至隋唐以後,但創作實踐卻早在西周春秋時期便獲得成功,《詩經》中就有頗多的情景交融的作品。著名的如「昔我往矣,楊柳依依。今我來思,雨雪霏霏。」〔註5〕劉熙載《藝概·詩概》稱頌:「雅人深致,正在借景言情。」〔註6〕即為情景交融的千古佳例。唐代關於情景交融的言論還比較簡單,尚屬草創萌芽階段。如署名王昌齡的《詩格》認為「事須景與意相兼始好。」〔註7〕只談好處,未作論說。

至宋代的有關論說漸多。北宋蘇軾認為陶潛「採菊東籬下,悠然見南山」,「採菊之次,偶然見山,初不用意,而景與意會,故可喜也。」〔註8〕意為作者抒發的情意與所描寫的景物恰好吻合一致,故而情景融為一體,給人以高度的審美愉悅。

姜夔《白石道人詩說》:「意中有景,景中有意。」〔註9〕這是從抒發思想感情與敘寫事物的關係探討詩歌作品的構成和創作,提供一種創作的方法。

此後,范晞文則進而提出「景中之情」和「情中之景」。其《對床夜語》卷二:「老杜詩:『天高雲去盡,江迴月來遲。衰謝多扶病,招邀屢有期。』上聯景,下聯情。『身無卻少壯,跡有但羈棲。江水流城郭,春風入鼓鼙。』上聯情,下聯景。『水流心不競,雲在意去遲。』景中之情也。『捲簾唯白水,隱几亦青山。』情中之景也。『感時花濺淚,恨別鳥驚心。』情景相觸而莫分也。『白首多年疾,秋天昨夜涼。』『高風下木葉,永夜攬貂裘。』一句情,一句景也。固知景無情不發,情無景不生,或者便謂首首當如此作,則失之甚矣。如『淅淅風生砌,團團月隱牆。遙空秋雁滅,半嶺暮雲長。病葉多先墜,寒花只暫香。巴城添眼淚,今夕復清光。』前六句皆景也。『清秋望不盡。迢遞起層陰。遠水兼天淨,孤城隱霧深。葉稀風更落,山迴月初沈。獨鶴歸何晚,昏鴉已滿林。』後六句皆景也。何患乎情少?」同時他又指出「情景兼融,句意兩極,琢磨瑕垢,發揚光彩,殆玉人之攻玉,錦工之機錦也。」〔註10〕此論對

〔註 5〕《詩·小雅·采薇》。

〔註 6〕劉熙載《藝概》卷二《詩概》,徐中玉、蕭華榮校點《劉熙載論藝六種》,巴蜀書社,1990 年,第 79、51~52 頁。

〔註 7〕王昌齡的《詩格》,《詩學指南》卷三。

〔註 8〕胡仔《苕溪漁隱叢話》前集卷第三,人民文學出版社,1962 年,第 15 頁。

〔註 9〕姜夔《白石道人詩說》,吳文治主編《宋詩話全編》第柒冊,江蘇古籍出版社,1998 年版,第 7549 頁。

〔註10〕范晞文《對床夜語》卷二,吳文治主編《宋詩話全編》第玖冊,江蘇古籍出版社,1998 年,第 9289 頁。

明清論者有很大影響，如明楊慎《詞品》復述此語說：「姜堯章云：『史邦卿之詞，奇秀清逸，有李長吉之韻，蓋能融情景於一家，會句意於兩得。』」〔註11〕「情景兼融」即已有「情景交融」之意。

南宋末之張炎《詞源》：「辛稼軒《祝英臺近》云：『寶釵分，桃葉渡，煙柳暗南浦。怕上層樓，十月九風雨。斷腸片片飛紅，都無人管，憑誰勸啼鶯聲住。鬢邊覷，試把花卜歸期，才簪又重數。羅帳燈昏，嗚咽夢中語。是他春帶愁來，春歸何處，卻不解帶將愁去。』皆景中帶情，而存騷雅，故其燕酣之樂，別離之愁，迴文、題葉之思，峴首、西州之淚，一寓於詞。」又贊秦觀《八六子》「情景交鍊，得言外意。」〔註12〕「景中帶情」，指佳句中所描繪的景物應帶有感情色彩，「情景交鍊」則強調作者在情景交融中的藝術匠心。

元楊載進一步發揮了姜夔「意中有景，景中有意」的見解，他在《詩法家數》中說道：「寫意要意中帶景，議論發明。」「景中含意，事中瞰景，要細密清淡。忌庸腐雕巧。」〔註13〕

所謂「意中有景，景中有意」，就是要求在創作中，自然地做到意與景密切結合。如謝靈運《登池上樓》：「池塘生春草，園柳變鳴禽。」就是從描寫春草、園柳和鳴禽中，自然地流露了作者熱愛春天、讚美生命的情意，從而成為千古名句。

明清有關「情景交融」方面的理論，是對唐宋金元有關論述的全面繼承和發展，並從從理論與實際的結合上，多角度、多層次地闡明詩詞、戲曲和繪畫創作中情景交融的規律性和卓特的審美效果。

明謝榛對情景交融的探討頗為特出，如其《詩家直說》（一名《四溟詩話》）卷二：「子美曰：『細雨荷鋤立，江猿吟翠屏。』此語宛然入畫，情景適會，與造物同其妙，非沉思苦索而得之也。」〔註14〕謝榛此言與蘇軾的「景與意會」意思相同，但強調其審美效果達到巧奪天工的難度和高度。此前，都穆《南濠詩話》也說：「鄉先生陳太史嗣初嘗云：『作詩必情與景會，景與情合，始可與言詩矣。如「芳草伴人還易老，落花隨水亦東流」，此情與景合（一作會）也；

〔註11〕楊慎《詞品》卷之四，唐圭璋編《詞話叢編》第一冊，中華書局，1986 年，第 491 頁。

〔註12〕張炎《詞源》，唐圭璋編《詞話叢編》第一冊，中華書局，1986 年，第 264 頁。

〔註13〕楊載《詩法家數》，《歷代詩話》本。

〔註14〕謝榛《詩家直說》（《四溟詩話》）卷二，吳文治主編《明詩話全編》第三冊，江蘇古籍出版社，1997 年，第 3151 頁。

「兩中黃葉樹，燈下白頭人」，此景與情合也。』」〔註15〕與「情景適會」意思相同的，還有『景與意會』。明屠隆《與友人論詩文》也說：「唐人惟杜少陵兼雅俗文質，無所不有，比物連匯，字字皆鑿鑿有據，景與意會，情緣事起，隨地布語，不執一途。」〔註16〕

陸時雍《詩鏡總論》：「少陵七言律，蘊藉最深。有餘地，有餘情。情中有景，景外含情。一詠三諷，味之不盡」。〔註17〕「情中有景，景外含情」既說明情與景的關係，結合情景關係同時又揭示出強調含蓄的藝術意境的創作規律。

中國的戲曲理論到明代也已進入高度發展階段，更且戲曲創作和理論亦皆承詩詞發展而來，所以曲論中對情景交融也作了不少深入的探索。如祁彪佳《遠山堂劇品》論評戲曲名作（《團圓夢》北四折）只是淡淡說去，自然情與景會，意與法合。蓋情至之語，氣貫其中，神行其際。膚淺者不能，鏤刻者亦不能。」〔註18〕「情與景會，意與法合」指文學創作中情與景、意與法的密切關係。祁彪佳認為，在創作過程中，要使情與景適會，融合得渾然一體；表情達意與文章法度吻合，內容與形式高度統一，就要隨物以婉轉，順其自然地寫下去。如此才會能文氣條貫、寫出神采流動的情至和景至之語。

明末清初的著名曲論家李漁《閒情偶寄·戒浮泛》強調：「填詞義理無窮，說何人肖何人，議某事切某事，文章頭緒之最繁者，莫填詞（按，此指曲詞，下同）若矣。予謂總其大綱，則不出『情』、『景』二字。景書所睹，情發欲言。情自中生，景由外得。二者難易之分，判如霄壤。以情乃一人之情，說張三要像張三，難通融於李四；景乃眾人之景，寫春、夏盡是春、夏，止分別於秋冬。」〔註19〕「情自中生，景有外得」強調戲曲中情與景的來源：情發自作屠隆者的內心，景從客觀外界攝取。「景有外得」尤其強調外在事物的客觀

〔註15〕都穆《南濠詩話》，吳文治主編《明詩話全編》第貳冊，江蘇古籍出版社，1997年，第 1757 頁。

〔註16〕屠隆《白榆集》卷二十三《與友人論詩文》，吳文治主編《明詩話全編》第伍冊，江蘇古籍出版社，1997 年，第 4942 頁。

〔註17〕陸時雍《詩鏡總論》，吳文治主編《明詩話全編》第拾冊，江蘇古籍出版社，1997 年，第 10660 頁。

〔註18〕祁彪佳《遠山堂劇品》，《中國古典戲曲論著集成》（六），中國戲劇出版社，1959 年，第 140 頁。

〔註19〕李漁《閒情偶寄·戒浮泛》，《中國古典戲曲論著集成》（七），中國戲劇出版社，1959 年，第 26 頁。

實在性。

　　李漁在論詞時還說：「詞雖不出情景二字，然二字亦分主客。情為主，景是客」〔註20〕。吳喬繼他之後也在《圍爐詩話》卷一說：「夫詩以情為主，景為賓。景物無自生，惟情所化。」〔註21〕他們都認為單純描寫景物而不以抒情為主，為寫景而寫景，不算佳作。「情為主，景是客」說明了詩詞中情與景的主從關係。

　　吳喬《圍爐詩話》又指出：「唐詩能融景入情，寄情於景。」〔註22〕在《答萬季野詩問》中也說：「問『詩唯情景，其用處何如？』答曰：『《十九首》言情者十之八，敘景者十之二。建安之詩，敘景已多，日甚一日。至晚唐有清空如話之說，而少陵如『暫往北鄉去』等，卻又全不敘景、在今卑之無甚高論，但能融景入情，如少陵之『近淚無干土，低空有斷雲』；寄情於景，如嚴維之『柳塘春水漫，花塢夕陽遲』，哀樂之意宛然，斯盡善矣。明人於此，大不留心，所以無味。」〔註23〕吳喬之後，周濟《介存齋論詞雜著》也說：「耆卿熔情入景，故淡遠；方回熔景入情，故麗穠。」〔註24〕「熔」與「融」同。「融景入情」，這是從寫景的角度提出要求；「融情入景」則是從寫情的角度提出的要求，都是要求情景交融，但是顯現出來的藝術風格卻有不同。「寄情於景」即把感情寄託在所描繪的景物之中。詩人為了把自己的思想感情婉轉、隱蔽、曲折地表達出來，往往借助景物的描寫，即寄情其中。後來晚清的劉熙載《藝概・賦概》也說：「景以寄情，文以代質，旁通之妙用也。」〔註25〕寫景只是手段，而不是目的。優秀的藝術作品應該充分發揮景以寄情的作用，使得情景交融，似景似情，是景是情，達到出神入化的境界。

　　明末清初的王夫之對情景交融理論也做出了突出的貢獻。其《薑齋詩話》

〔註20〕李漁《窺詞管見》第九則「情景須分主客」，唐圭璋編《詞話叢編》第一冊，中華書局，1986年，第554頁。

〔註21〕吳喬《圍爐詩話》卷一，《清詩話續編》第一冊，上海古籍出版社，1983年，第478頁。

〔註22〕吳喬《圍爐詩話》卷一，《清詩話續編》第一冊，第478頁。

〔註23〕吳喬《答萬季野詩問》，《清詩話》上冊，上海古籍出版社，1978年，第31～32頁。

〔註24〕周濟《宋四家詞選目錄序論》，唐圭璋編《詞話叢編》第二冊，中華書局，1986年，第1643頁。

〔註25〕劉熙載《藝概》卷三《賦概》，徐中玉、蕭華榮校點《劉熙載論藝六種》，巴蜀書社，1990年，第86頁。

說：「情、景名為二，而實不相離。神於詩者，妙合無垠。巧者則有情中景，景中情。景中情者，如『長安一片月』，自然是孤棲憶遠之情；……情中景者，尤難曲寫，如『詩成珠玉在揮毫』，寫出才人翰墨淋漓、自心欣賞之景。」〔註26〕王夫之「情中景，景中情」這個著名觀點為我們指明了詩歌創作中處理情景關係的兩種類型。情中景是以直抒胸臆來帶動景物的描寫，情感色彩比較明顯強烈。景中情就是以描寫外在景物為主，情感比較隱蔽、含蓄。此後，清李重華也有類似論述。他在《貞一齋詩說》中說：「詩有情有景，且以律詩淺言之：四句兩聯，必須情景互換，方不複沓；更要識景中情，情中景，二者循環相生，即變化無窮」〔註27〕。

　　王夫之《薑齋詩話》又說：「景以情合，情以景生，初不相離，唯意所適。截分兩橛，則情不足興，而景非其景。」〔註28〕「景以情合，情以景生」說明詩歌作品中情與景的關係及其來源，指明抒寫間的關係以及詩歌的創作過程中，「情」與「景」的不能分割，作者的情思因客觀景物的感發而產生，景物因適合感情的抒發而獲得生動的形象，所以抒情作品中的藝術形象是「情」與「景」渾然一體而不可分割的。他又在《古詩評選》卷五說：「情景相入，涯際不分」（謝靈運《鄰里相送至方山》評語）。「情不虛情，情皆可景，景非滯景，景總含情。」（謝靈運《登上戍石鼓山詩》評語）〔註29〕黃圖珌《看山閣閒筆·文學部·詞曲·詞情》也說：「情生於景，景生於情，情景相生，自成聲律。」〔註30〕同篇《有情有景》進而說：「心靜力雄，意淺言深，景隨情至，情由景生，吐人所不能吐之情，描人所不能描之景，華而不浮，麗而不淫，誠為化工之筆也。」〔註31〕「景隨情至，情由景生」指明創作中情與景兩者之間互相作用、互相影響的關係。作者寫景抒情，各有不同，或是心中先存在某種情感，每當見到某一景物就成為寄託這種情感的景物，即此景物似乎是順應情感而出現

〔註26〕王夫之《夕堂永日緒論內編》，《薑齋詩話箋注》卷二，人民文學出版社，1981年，第72頁。

〔註27〕李重華《貞一齋詩說》，《清詩話》下冊，上海古籍出版社，1978年，第931頁。

〔註28〕王夫之《夕堂永日緒論內編》，《薑齋詩話箋注》卷二，人民文學出版社，1981年，第76頁。

〔註29〕王夫之《船山全書》第十四冊，嶽麓書社，2011年，第731、736頁。

〔註30〕黃圖珌《看山閣閒筆·文學部·詞情》同篇《有情有景》，《中國古典戲曲論著集成》（七），中國戲劇出版社，1959年，第141頁。

〔註31〕黃圖珌《看山閣閒筆·文學部·詞情》同篇《有情有景》，《中國古典戲曲論著集成》（七），第142頁。

的；或是觸景生情，偶而見到某種景物才激起內心的某種情感。

清中期的方東樹《昭昧詹言》對情景交融說做出了重大貢獻，論述甚多。他在論及杜甫《秋興》八首時說：「第一首，起句秋。次句地，亦兼秋。三四景，五六情，情景交融，興會標舉。」尤強調作詩「尤在情景交融，如在目前，使人津詠不置，乃妙。」〔註 32〕他正式提出了「情景交融」的概念，為這個美學理論賦予最為準確的命名。「情景交融」有時又稱作「情景相融」：「情文相生，情景相融，所謂興會才情，忽然湧出花來者也。」〔註 33〕

他又主張「景中見情」，主張在景物的描繪中顯現了作者的思想情懷。《昭昧詹言》：「《秋夜》，起四句敘。『北窗』四句景，而五六又於景中見情，甚妙。」所引《秋夜》，為謝朓所作：「秋夜促織鳴，南鄰搗衣急。思君隔九重，夜夜空佇立。北窗輕幔垂，西戶月光入。何知白露下，坐視階前濕。誰能長分居，秋盡冬復及。」〔註 34〕「景中見情」，又指「景中皆有情」，即指描寫的景物都滲透著作者的情思。《昭昧詹言》卷七：「《臨高臺》，此因登高臨望而思鄉也。起二句，先點題情，得勢倒點題面。以下四句，皆登望中之景。而景中皆有情，景亦活矣，非同死寫景。此古人用法用意之深妙處。」所引《臨高臺》，也為謝朓所作：『千里常思歸，登臺臨綺翼。才見孤鳥還，未辨連山極。四面動清風，朝夜起寒色。誰知倦遊者。嗟此故鄉憶。」〔註 35〕景因有情而活，否則即死，指出景因有情而獲得生命力，是一個精新的觀點。

他更認為「景中有情，萬古奇警」，指出能夠寫出最富有感情的景句，就可成為千古巧作。《昭昧詹言》：「《宿府》，章法同《登樓》。亦是起二句分點府宿，而以情景緯之。三四寫宿，景中有情，萬古奇警。五六寫情，收又顧『宿』字，此正格。」〔註 36〕所引《宿府》，為杜甫所作：「清秋幕府井梧寒，獨宿江城蠟炬殘。永夜角聲悲自語，天中月色好誰看。風塵荏苒音書絕，關塞蕭條行路難。已忍伶俜十年事，強移棲息一枝安。」他在理論上講清了杜甫名詩的審美效果和獲此審美效果的原因。

晚清劉熙載對情景交融說也多有論說，貢獻頗大。其《藝概·詩概》：「余謂詩或寓義於情而義愈至，或寓情於景而情愈深，此亦《三百五篇》之遺意

〔註 32〕 《昭昧詹言》卷十七，人民文學出版社，1961 年，第 397 頁。
〔註 33〕 《昭昧詹言》卷十四，第 377 頁。
〔註 34〕 《昭昧詹言》卷七，第 201 頁。
〔註 35〕 《昭昧詹言》卷七，第 189 頁。
〔註 36〕 《昭昧詹言》卷十七，第 403 頁。

也。」〔註37〕「寓情於景」主張把主觀情思寄託在景物的描寫之中。他也提出
「借景言情」的觀點，總結借助於景物的描繪來抒寫自己的情志，借助景物引
發感情的寫作方法。《藝概‧詩概》：「『昔我往矣，楊柳依依，今我來思，雨雪
霏霏。』雅人深致，正在借景言情。若捨景不言，不過日冬去春來耳，有何意
味。」〔註38〕所謂「借景言情」，指作者在生活中就積蓄著某種情感，為了把
它抒發出來，便借助外界某種景物的描寫，把自己的情思寄託在這種景物上面
使之自然地流露出來。寫景，實為抒情；情景相成。詩人的某種心情，不是通
過他的口直接吐露出來，而是通過對景物的描寫體現出來，讓人從景色中去體
味詩人的心境。從而受到藝術形象的強烈感染。

在他之後，沈祥龍《論詞隨筆》也說：「詩有賦、比、興，詞則比、興多
於賦。或借景以引其情，興也；或借物以寓其意，比也。蓋心中幽約怨悱，不
能直言，必低徊要眇以出之，而後可感動人。」〔註39〕

不借助景物的描寫，無形的感情是無法藝術地表現出來的，因此，他進一
步說：「景中有情，情中有景」，「情景雙繪，故稱好句，而趣味無窮」。「感時
之作，必借景以形之，如稼軒云：『算只有殷勤，畫簷蛛網，盡日惹飛絮。』同
甫云：『恨芳菲世界，遊人未賞，都付與，鶯和燕。』不言正意，而言外有無
窮感慨。」〔註40〕指出情景交融的佳句有言有盡而意無窮的出色審美效果。

王國維在情景交融理論方面的貢獻甚大，如：「昔人論詩詞，有景語、情
語之別。不知一切景語，皆情語也。」〔註41〕這裡所說的「一切景語皆情語」，
指明詩詞中所描寫的景物都寄託一定的情思，寫景實際上是寫情，是對前人
有關論述的概括。如清王夫之也曾說過：「古人絕唱句多景語，如『高臺多悲
風』，『胡蝶飛南園』，『池塘生春草』，『亭皋木葉下』，『芙蓉露下落』皆是也，
而情寓其中矣。」〔註42〕所列舉的詩句，都是千古寫景名句，其中無不融進了

〔註37〕劉熙載《藝概》卷二《詩概》，徐中玉、蕭華榮校點《劉熙載論藝六種》，巴蜀
書社，1990年，第79頁。
〔註38〕劉熙載《藝概》卷二《詩概》，第51～62頁。
〔註39〕沈祥龍《論詞隨筆》，唐圭璋編《詞話叢編》第五冊，中華書局，1986年，第
4048頁。
〔註40〕沈祥龍《論詞隨筆》，唐圭璋編《詞話叢編》第五冊，第4056、4057頁。
〔註41〕王國維《人間詞話刪稿》，拙編《王國維文學美學論著集》，北嶽文藝出版社，
1987年，第385頁。
〔註42〕王夫之《夕堂永日緒論內編》，《薑齋詩話箋注》卷二，人民文學出版社，1981
年，第91頁。

作者深厚的情思，寄託了詩人無限的感慨，不是單純地寫景。

　　情景交融說於明末清初成熟，眾多論者將此說的精義及其多種創作手法從多方面做了闡發，頗為全面。

　　總之，自宋以後，尤其在清代的高度成熟期，文論家有關「情景交融」的論說很多，以上僅舉數例；達到「情景交融」藝術高度的佳作也很多，以上所引的論說中也已舉例。本文限於篇幅，不再展開。

下篇　情景交融說在西方的歷史進程

　　西方文學藝術在十九世紀之前沒有產生情景交融的作品，首先是因為當時還沒有產生描寫自然風景的作品。既然在藝術實踐上沒有產生此類作品，當然也就很難產生這方面的理論。

　　俄國普列漢諾夫《論藝術》曾引泰納的觀點，運用對立的原理說明十七世紀的法國人不喜歡荒野景色的原因〔註43〕，並指出：「同樣地，對於十七世紀以至十八世紀的美術家，風景也沒有獨立的意義。在十九世紀，情況急劇地改變了。人們開始為風景風景而珍視風景，年輕的畫家——傅勒爾・卡巴、喬多爾・盧梭——在自然界的懷抱裏，在巴黎的近郊，在封滕布羅（按今譯楓丹白露）和美隆，尋找勒布倫和布謝時代的美術家們根本不可能想到的靈感。」〔註44〕

　　此外，傅雷先生曾經強調：「一七九六年，當大維特（David）製作巨大的歷史畫時，一個沙龍批評家在他的論文中寫道：『我絕對不提風景畫，這是不當存在的畫品。』」〔註45〕他在轉述類似觀點時又十分感歎：

> 　　十九世紀初葉，開始有幾個畫家，看見了荷蘭風景畫家與康斯
> 臺勒爾（Constable 1776～1837，今譯康斯太勃）的作品。敢大膽描繪落日，
> 拂曉，或薄暮的景色；但官方的批評家還是執著歷史風景畫的成
> 見。當時一個入時的藝術批評家，班爾德（Perthes），於一八一七
> 年時為歷史風景畫下了一個定義，說：「歷史風格是一種組合景色的
> 藝術，組合的標準是要選擇自然界中最美，最偉大的景致以安插人
> 物，而這種人物的行動或是具有歷史性質，或是代表一種思想。在
> 這個場合中，風景必須能幫助人物，使其行為更為動人更能刺激觀

〔註43〕〔俄〕普列漢諾夫《論藝術》，人民出版社，1972年，第27頁。
〔註44〕〔俄〕普列漢諾夫《論藝術》，第29頁。
〔註45〕傅雷《世界美術名作二十講》，《傅雷文集・藝術卷》，安徽文藝出版社，1998年，第183頁。

眾的想像。」這差不多是悲劇的定義了，風景無異是舞臺上的布景。〔註46〕

傅雷略帶幽默地將這種不承認風景具有獨立意義的觀點說成是帶有悲劇的定義。傅雷接著又說：

> 然而大革命之後，在帝政時代，新時代的人物在藝術上如在文學上一樣，創出了新的局面。思想轉變了，感覺也改換了。這一群畫家中出世最早的是高訶（Corot，今譯科羅、珂羅），生於一七九六年；其次是狄阿士（Diaz），生於一八〇九年；杜潑萊（Dupré）生於一八一一年；盧梭（Théodre Rousseau）生於一八一二年。

> 一八三〇年，正是這些畫家達到成熟年齡的時期，亦是浪漫主義文學基礎奠定之年；從此以後的三十年中，繪畫史上充滿著他們的作品與光榮。而造成這光榮的是一種綜合地受著歷史，文學，藝術各種影響的畫品──風景畫。〔註47〕

傅雷的以上論述補充了泰納（一譯丹納）和普列漢諾夫的觀點。

西方文學藝術自十九世紀開始產生風景描寫，同時也有作品取得了情景交融的藝術成就；此後也開始有美學家和文學家在情景交融方面開始了探索。最早涉及此題的是法國作家巴爾扎克，其次有俄國的車爾尼雪夫斯基、丹麥的勃蘭兌斯，進入 20 世紀有俄蘇的愛森斯坦和美國的魯道夫‧阿恩海姆。

勃蘭兌斯認為夏多布里安發表於 1800 年（即 19 世紀的第一年）的《阿達拉》在風景描寫方面首先達到情景交融的高度。他在其劃時代的名著《十九世紀文學主流》（1872～1890）第一分冊《流浪文學》中說：

> 一個作者化幾頁篇幅來描繪自然風景，這在當時是顯得很奇特的，因而有人以《阿！達！拉！》為題，發表了一篇諷刺性的作品，學著對密西西比河景色的長篇細膩的描繪，化了同樣的篇幅，同樣細緻地描寫了一塊土豆田。〔註48〕

> 不難看出夏多布里安第一部作品和盧梭著名小說之間的聯繫。夏多布里安首先承襲了對大自然的熱愛；他對北美景物富有濃鬱色彩的描繪，脫胎於盧梭對瑞士風光的描繪。但盧梭與夏多布里安在

〔註46〕傅雷《世界美術名作二十講》，《傅雷文集‧藝術卷》，第 183 頁。
〔註47〕傅雷《世界美術名作二十講》，《傅雷文集‧藝術卷》，第 183～184 頁。
〔註48〕〔丹麥〕勃蘭兌斯《十九世紀文學主流》第一分冊《流浪文學》（張道真譯），人民文學出版社，1980 年，第 7～8、20 頁。

寫景方面也有不同之處，夏多布里安寫景時對男女主人公情緒的考慮要多得多。在內心感情的波濤洶湧時，外界也有猛烈的風暴；人物和自然環境渾為一體，人物的感情和情緒滲透到景物中去，這在十八世紀文學中是從來沒有的。〔註49〕

勃蘭兌斯指出法國著名作家夏多布里安《阿達拉》有著西方前所未有的對密西西比河「景色的長篇細膩的描繪」，「人物和自然風景渾為一體，人物的思想感情和情緒滲透到景物中去，這在十八世紀文學中是從來沒有的」，可惜未能將這種描寫的手法和審美高度總結出「情景交融」的理論。

在勃蘭兌斯之前，巴爾扎克認為 1840 年 6 月出版法譯本的著名作家美國庫柏《安大略湖》以及稍前的名著才「展現了一系列美侖美煥的畫面」，「是無法模仿的」，並申述：

印刷文字還從來沒有侵佔過繪畫的領域。這裡卻是一座學校，文學上的風景畫家應到其中去學習，藝術的一切奧秘就在裏面。這有魔力的散文不僅給人們展示了這條河流和兩岸，森林和樹木，而且寫出了細部，又寫出全體，達到美侖美煥的地步。您身臨其境的這些廣闊孤獨的地方驟然變得饒有興味。就是這個天才，曾經把您拋進大海，如今又使浩瀚的海洋興波作浪，還讓您看到生活在樹幹裏、水裏和岩下的印第安人而興奮得戰慄。孤獨的精靈對您說話，這些永遠遮天蔽日的地方的涼爽靜謐使您心嚮往之，您翱翔在這個茂密的植物世界之上，您的心在激蕩著……

你恍若踏上了這片土地，它化成了你，或者是你化成了它，這種奇妙的變形是天才作家的功力，誰也說不清道不明。你根本無法將土地、草木、河流、寬闊的水面和流勢與你內心的情緒分開。〔註50〕

巴爾扎克已經覺察到了情景交融的「奧秘」，可惜未能講出這個道理，他感歎在西方的作家和理論家中，「誰也說不清道不明」這個奧秘，只能說出這種寫作現象。他不知在中國，詩人作家畫家和理論家皆已掌握了其中的情景交

〔註49〕〔丹麥〕勃蘭兌斯《十九世紀文學主流》第一分冊《流浪文學》（張道真譯），第 20 頁。

〔註50〕〔法〕巴爾扎克《關於文學、戲劇和藝術的通信》（鄭克魯譯），王秋榮編《巴爾扎克論文學》，中國社會科學出版社，1986 年版，第 36 頁；《關於文學、戲劇和藝術的信》（羅芃譯），《巴爾扎克論文藝》，人民文學出版社，2003 年版，第 36 頁。

融的奧秘。

此後車爾尼雪夫斯基說：

> 托爾斯泰伯爵卻注重一些感情和思想如何從另一些感情和思想演變而來，他津津有味地觀察：一種從特定境遇或印象中直接產生的感情……〔註51〕

此語前半雖說的是從情到情，但後半語之「特定境遇」，在一定意義上也可包括景物，因而此語也可包括情從景生、情景交融的成分，惜語焉不詳。在他之後，即有上面已經引及的勃蘭兌斯的精彩且又令人遺憾的言論。

進入 20 世紀，世界級的電影大師、俄蘇電影導演巨匠愛森斯坦在其著名的理論著作《並非冷漠的大自然》中提出了「並非冷漠的大自然」的經典性的觀點。他說：

> 這是無聲電影時期由影片造型結構本身負載著的那種內在的「造型音樂」。這一使命多半由風景來承擔。這類在影片中作為音樂要素的情緒性風景，便是我所謂的「並非冷漠的大自然」。
>
> 我在這裡感興趣的不僅是情緒性的風景，而首先是音樂性的風景。〔註52〕

所謂「情緒性的風景」，也即風景中滲透著人物的感情即情緒，實際上就是「情景交融」的意思，但他未能概括出這個理論成果。博大精深的愛森斯坦還引用了法國文學藝術家的創作體會：

> 喬治·桑寫得更為詳細：
>
> ……有那麼一些時刻，我彷彿離開自己的身體，我生活在一株植物中，我覺得自己是一株小草，一隻小鳥，是一個樹冠，一朵雲，是流水，是地平線，是一種色彩，一種形狀，是一些變幻不定的感覺；我奔跑，我飛翔，我在水中游動，我吮吸露珠，在陽光下舒展身軀，在綠蔭下酣睡，同燕子一起追逐嬉戲』和蜥蜴一起爬行，同星星和螢火蟲一起閃光；總之，我生活在構成萬物欣欣向榮的環境的那一切之中，而這欣欣向榮便彷彿是我自身的延展……（《印象與回憶》）。

〔註51〕〔俄〕車爾尼雪夫斯基《關於列·尼·托爾斯泰的〈童年〉、〈少年〉和戰爭小說》，《西方古今文論選》，復旦大學出版社，1984 年，第 321 頁。

〔註52〕〔蘇〕愛森斯坦《並非冷漠的大自然》，中國電影出版社，1996 年，第 285、301 頁。

　　莫泊桑也描寫過一個這樣相互融合的情境，只不過是大自然進入人身並融於其中，他借保羅·勃萊蒂尼亞（《蒙特—奧利歐爾》）的話給我們提供了一個這樣的例子：

　　……夫人，我覺得，整個的我完全敞開著，一切人都進入我的體內，使我哭泣或咬牙切齒。譬如此刻，當我看著我們對面的這片山坡，看著這一大片起伏的綠地，這一大片向山上伸展開去的樹木時，整個樹林便都進入了我的眼睛；它充溢了我的全身，在我的血液裏流動，我還覺得，我正在吞吃它，它充塞了我的體腑；我自己也變成了樹林……。（《莫泊桑作品選集》，國家出版社，1936 年）

　　庫爾貝（居斯塔夫·庫爾貝〔1819～1877〕，法國畫家，巴黎公社的活動家）從聖彼拉日監獄（庫爾貝因破壞旺多姆圓柱一案被囚禁在那裡。愛森斯坦注）出獄時對一個記者說的話裏也表達了同一主題，而且更具挑釁性的色彩。他恨不能「大把地捧起大地的泥土，深深吮吸它的氣味，親吻它，咀嚼它，發狠地拍打樹幹，向水窪裏拋擲石塊，啃吃和吞食大自然……」。〔註 53〕（《法國風景畫史》，巴黎，1908 年，第 295 頁）

他又曾舉托爾斯泰《戰爭與和平》為例：

　　最後還可舉出托爾斯泰的彼埃爾·別祖霍夫：

　　……明亮的天空中高掛著一輪滿月。營地外原先看不見的樹林和田野，這時在遠處展開。在這些樹林和田野的更遠處可以看見明亮的、搖曳不定的、誘人的無垠遠方。彼埃爾抬眼看了看天空，看了看閃爍的群星漸漸隱沒的碧空深處。「這一切都是我的，這一切都在我心中，這一切就是我！」彼埃爾想。「他們就是把這一切抓了來，關進這木板棚子裏！」他苦笑了一下，就走回到同伴們那裡準備睡覺……。（《戰爭與和平》第 4 卷，第二部）

　　關於這種極其有趣的感覺和產生這種感覺的心理前提的特性，我們就不在這裡詳細討論了。這是我在另一項研究中早已在探討的一個單獨的課題。〔註 54〕

　　更妙的是，愛森斯坦還研究過中國古代繪畫，他還以中國畫為例，論說自

〔註 53〕〔蘇〕愛森斯坦《並非冷漠的大自然》，中國電影出版社，1996 年版，第 301 頁。
〔註 54〕〔蘇〕愛森斯坦《並非冷漠的大自然》，第 472～3 頁。

已的觀點：

> 我們通過東方繪畫考察了這一過程，從造型隱喻中人與風景的無形的共存，到可見的共存——傳統風景畫中，描繪出一個深深進入對大自然的靜觀的哲人，到物質的共存——風景畫中穿在實在人物身上的花紋豔麗的和服。

> 在所有這些場合，這都是把人融合進自身的情緒化的風景。或者更確切些說：

> 在所有這些場合，情緒化的風景都是人與大自然相互進入的形象。

> 在這種特殊的意義上，情緒化風景的原則本身便帶有激情的靈感的印跡。〔註55〕

他給中國畫以極高的評價，並慧眼獨具地看出和盛讚中國畫「情景交融」的傑出成就，可惜就是沒有能總結出「情景交融」的理論，他因語言和信息的障礙也沒有讀到中國文論，不知中國美學已將這種表現手法和藝術成就總結為「情景交融」說。

愛森斯坦還注意到西方畫家也已有人達到這個審美的高度：

> 值得注意的是，在西方，最早的「純」風景畫之一，即人的繪畫形象第一次從風景中消失的那種風景畫之一，竟是在流傳下來的所有古典作品中間可以說最富於熱情的人物「心靈」的自畫像——即繪畫作者的「心靈」的自畫像。

> 這便是埃爾。格列柯的《托萊多暴風雨景色》。

> 同時應該注意到，風景畫中這種「自畫像」因素決不是比比皆是的，也決不是「必不可少」的。

> 例如，年代稍早的丟勒的水彩風景就是這樣。〔註56〕

愛森斯坦更注意到恩格斯對西方沒有達到情景交融高度的藝術作品的深深遺憾：

> ……在大自然展開它全部壯麗景色的地方，在沉睡於大自然中的思想雖然沒有蘇醒過來，但也彷彿做著金色美夢的地方，如果有人無動於衷，如果有人只會發出這樣的感歎：「你是多麼美麗呀，大

〔註55〕〔蘇〕愛森斯坦《並非冷漠的大自然》，第475、510頁。
〔註56〕〔蘇〕愛森斯坦《並非冷漠的大自然》，中國電影出版社，1996年，第475頁。

自然！」──那麼，他就無權認為自己比那些平庸無知之輩更高明……。(恩格斯：《漫遊倫巴第》，《馬克思恩格斯全集》第 2 卷，第 92 頁)

顯然，「並非冷漠的大自然」的概念，正是在這裡獲得了最崇高的祝福和喜悅。〔註 57〕

總之，愛森斯坦非常精彩地論述了「並非冷漠的大自然」和「情緒化的風景」，可惜他功差一簣，未能上升到「情景交融」的理論高度，而失之交臂。

到了 20 世紀中期，美國著名美學家魯道夫・阿恩海姆在《藝術與視知覺》(視覺藝術心理學，1951 年，部分成果完成於 1941～1943 年)中說：

一個藝術品的實體就是它的視覺外觀形式。按照這樣一個標準去衡量，不僅我們心目中那些有意識的有機體具有表現性，就是那些不具意識的事物──一塊陡峭的岩石、一棵垂柳、落日的餘暉、牆上的裂縫、飄零的落葉、一汪清泉、甚至一條抽象的線條、一片孤立的色彩或是在銀幕上起舞的抽象形狀──都和人體具有同樣的表現性，在藝術家眼睛裏也都具有和人體一樣的表現價值，有時候甚至比人體還更有用。

事實上，人體之外的所有事物都具有真正的表現性，這一事實在過去是一直被遮蓋著的。按照那些流行一時的假說，無生命的事物所具有的人類的感情，似乎都是由「感情的誤置」、「移情作用」、「擬人作用」或原始的「泛靈感」產生出來的。事實上，表現性乃是知覺式樣本身的一種固有性質。……一棵垂柳之所以看上去是悲哀的，並不是因為它看上去像是一個悲哀的人，而是因為垂柳枝條的形狀、方向和柔軟性本身就傳遞了一種被動下垂的表現性；那種將垂柳的結構與一個悲哀的人或悲哀心理結構所進行的比較，卻是在知覺到垂柳的表現性之後才進行的事情。〔註 58〕

他還認為：「這種把視覺形象的表現性歸納為人類感情的反映的理論，看起來是犯了如下兩方面的錯誤：第一，它忽視了這樣一個事實：表現性實際上取決於知覺式樣本身以及大

腦視覺區域對這些式樣的反應。第二，它過分地限制了具有表現性的事

〔註 57〕 〔蘇〕愛森斯坦《並非冷漠的大自然》，第 510 頁。
〔註 58〕 〔美〕魯道夫・阿恩海姆《藝術與視知覺》(滕守堯、朱疆源譯)，中國社會科學出版社，1984 年，第 623 頁。

物的範圍。」他進而認為：

　　我們發現，造成表現性的基礎是一種力的結構，這種結構之所
　　以會引起我們的興趣，不僅在於它對那個擁有這種結構的客觀事物
　　本身具有意義，而且在於它對於一般的物理世界和精神世界均有意
　　義。像上升和下降、統治和服從、軟弱和堅強、和諧與混亂、前進
　　和退讓等等基調，實際上乃是一切存在物的基本形式。不論是在我
　　們自己的心靈中，還是在人與人之間的關係中；不論是在人類社會
　　中，還是在自然現象中；都存在這這樣一些基調。那訴諸於人的知
　　覺的表現性，要想完成它自己的使命，就不能僅僅是我們自己的感
　　情的共鳴。我們必須認識到，那推動我們自己的情感活動起來的力，
　　與那些作用於整個宇宙的普遍性的力，實際上是同一種力。只有這
　　樣去看問題，我們才能意識到自身在整個宇宙中所處的地位，以及
　　這個整體的內在統一。〔註59〕

　　這位現代西方著名的美學家也未能從中總結出「情景交融」的美學理論。

　　日本的情況與西方相似，但文學中的風景描寫的出現則更晚。對此，作為
日本現代三大文藝批評家之一的柄谷行人在其蜚聲世界文壇的名著《日本現
代文學起源》中指出：「『風景』在日本被發現是在明治20年代。」「在此前不
曾有過。」〔註60〕他認為，歐洲自19世紀產生的「現代文學中的寫實主義很
明顯是在風景中確立起來的」。〔註61〕日本和西方一樣，「古典文本中根本不曾
有過全新風景的發現。」〔註62〕

　　柄谷行人又論及：「風景一旦確立之後，其起源則被忘卻了。這個風景從
一開始便彷彿像是存在於外部客觀之物似的。其實，這個客觀之物毋寧說是
在風景中確立起來的。主觀或者自我亦然。主觀（主體），客觀（客體）這一論
識論的場也是確立在風景之上的。就是說，並不是一開始就存在著的，而是
在風景中派生出來的。〔註63〕此論的後半斷，已經牽涉到「情景交融」的美

〔註59〕〔美〕魯道夫・阿恩海姆《藝術與視知覺》（滕守堯、朱疆源譯），中國社會科
　　　　學出版社，1984年，第624、625頁。
〔註60〕〔日〕柄谷行人《日本現代文學起源》（趙京華譯），三聯書店，2003年，第
　　　　9頁。
〔註61〕〔日〕柄谷行人《日本現代文學起源》（趙京華譯），第19頁。
〔註62〕〔日〕柄谷行人《日本現代文學起源》（趙京華譯），第30～31頁。
〔註63〕〔日〕柄谷行人《日本現代文學起源》（趙京華譯），第24頁。

學原理，可惜他也失之交臂，他的認識也為到達「情景交融」的理論高度。但柄谷行人申明他的這個認識實際上應該來源於康德，他說：「風景的發現，不是『美』而是一種『崇高』的發現。」〔註64〕他在《中文版作者序》中特作說明：

> 我試圖從風景的視角來觀察「現代文學」。這裡所謂的風景與以往被視為名勝古蹟的風景不同，毋寧說這指的是從前人們沒有看到的，或者更確切地說是沒有勇氣去看的風景。當然，在寫作的當時，我還沒有注意到這其實正是康德所論及的美與崇高的區別的問題。根據康德的區分，被視為名勝的風景是一種美，而如原始森林、沙漠、冰河那樣的風景則為崇高。美是通過想像力在對象中發現合目的性而獲得的一種快感，崇高則相反，是在怎麼看都不愉快且超出了想像力之界限的對象中，通過主觀能動性來發現其合目的性所獲得的一種快感。康德認為，崇高不在對象之中而存在於超越感性有限性的理智之無限性中。「對於自然之美，我們必須在我們自身之外去尋求其存在的根據，對於崇高則要在我們自身的內部，即我們心靈中去尋找，是我們的心靈把崇高性帶進了自然之表象中的」（《判斷力批判》）。這裡康德闡釋了這樣一個問題：崇高來自不能引起快感的對象之中，而將此轉化為一種快感的是主觀能動性，然而，人們卻認為無限性彷彿慘遭於對象而非主觀性之中。〔註65〕

西方論及情景交融的言論不多，篇幅所限，也不再列舉。

總之，西方和受西方影響的近代日本美學家文論家，雖多有涉及，卻終於未能確立情景交融說的美學理論。

西方自19世紀初起，小說、詩歌和繪畫等，達到「情景交融」藝術高度的佳作不勝枚舉，如上所例舉的文學美術電影名著外，另如羅曼·羅蘭《約翰·克里斯朵夫》中克里斯朵夫途徑德法邊境時的景色描寫，俄國屠格涅夫《貴族之家》及其他小說中的景色描寫，都是此類佳例。尤其是前蘇聯蕭洛霍夫《靜靜的頓河》敘述阿克西妮亞隨葛里高利最後一次私奔時，她被當場擊斃，痛苦得猶如萬箭鑽心的葛里高利抱起她，抬頭看見的是一片「黑色的天空」和一顆「黑色的太陽」。此為神來之筆，為俄蘇和西方評論界所激賞。但

〔註64〕〔日〕柄谷行人《日本現代文學起源》（趙京華譯），第31頁。
〔註65〕〔日〕柄谷行人《日本現代文學起源·中文版作者序》，第1～2頁。

是西方評論界未能講清妙在何處，按照中國的情景交融理論就可明晰分析：
「黑色」是情，是葛里高利極其沉痛的內心感情造成的視覺錯覺和心理折射，
「天空」和「太陽」是景；「黑色的天空」和「黑色的太陽」是他沉痛到極點
的感情滲透到眼中所見的太陽即景中的結果。所以，「黑色的天空」和「黑色
的太陽」無疑是作家在有意或無意中用情景交融的高妙手段描寫此情此景的
巧奪天工的神來之筆。

原刊《文藝理論研究》，2004 年第 6 期

論藝術的高雅和通俗

由於專家和藝術家的呼籲，中央和全國不少省市的領導有遠見地提出扶持高雅藝術的口號和政策。近年，一些企業界的有識之士向高雅藝術伸出援手，為社會主義的精神文明建設作出應有的貢獻。但文藝界因此而產生文藝之高雅和通俗如何劃分、兩者之前途如何諸問題。高雅文化藝術和精英文化藝術代表著一個國家的文化形象、水準和民族的素質，其中有不少理論問題值得探討。筆者不揣淺陋，特拈出下面三題，略述淺見，以拋磚引玉。

一、一個時代的藝術有一個時代的高雅與通俗

自從人類進入文化發達的社會，社會文化和藝術便有高雅與通俗之分。縱觀至今為止約三千年的中、西文化史、藝術史，我們可看到一以貫之的高雅與通俗之爭。但對高雅與通俗的劃定，卻從無統一標準，而是一個時代的藝術（按一般標準的劃分，文學也屬藝術之一種）有一個時代的高雅與通俗之分，這主要是關於通俗文藝，人們往往有不同的看法，前一時代的有的通俗文藝體裁或作品在後一時代往往被學術界和社會大眾公認為精英文化和高雅藝術的重要組成部分。這是中、西文化史、藝術史所共有的重要現象。以中國來說，小說體裁很早就已出現，成熟的戲曲形式，至今也已有八百多年，但在本世紀之前，在整個封建時代中，小說、戲曲為正統文壇所排斥，被認為是不登大雅之堂的通俗文學。先秦、兩漢的正統文論家和史學家將古小說看成是街談巷議的小道。直到明清時代，小說家仍受鄙視。至清代前、中期有些思想較為開通的高層文人如王漁洋、紀曉嵐也染指短篇文言小說的創作，但他們將這類作品劃入「筆記」體裁，以示與小說還是不同。王漁洋的短篇小說散見於他的幾本筆記

中，如著名的《池北偶談》《香祖筆記》等，紀昀的短篇小說集乾脆取名為《閱微草堂筆記》。大小說家蒲松齡參加科舉考試屢屢不第，他在課館謀生之餘，醉心於《聊齋誌異》的創作，被親友們批評為不務正業。這種好意的批評，使蒲翁蒙受很大的精神壓力。由於不受重視，在印刷業不發達的古代，小說作品大量散佚、失傳。《漢書·藝文志》記錄我國最早的古小說（自先秦至漢初）凡 15 家（種）、1390 篇，至隋代已全佚。魏晉南北朝和唐以後的小說，佚失者也甚多。戲曲作品的命運與小說相同。戲曲形成時期的北宋雜劇和金、元院本已全佚。戲曲正式形成以後最早產生的宋代南戲，今僅存《張協狀元》一劇。其他如最早的劇目《趙貞女蔡二郎》（《琵琶記》題材的最早祖本）、《王魁》（《王魁負桂英》題材的最早祖本）等，在明初已佚。今知目錄的宋元南戲一百三十八種，存者寥寥無幾，今知存目的元雜劇約五百六十個左右，僅存四分之一。明清戲曲失佚者也很多。王國維於 1912 年撰寫的中國戲曲史開山之作《宋元戲曲考》序中感慨：「獨元人之曲，為時既近，托體稍卑，故兩朝史志與《四庫》集部，均不著錄，後世儒碩，皆鄙棄不復道。而為此學者，大率不學之徒，即有一二學子，以餘力及此，亦未有能觀其會通，窺其奧茇者，遂使一代文獻，鬱堙沈晦者且數百年，愚甚惑焉！」王國維指出我國學術界和正統文壇的這個弊端，實際上不僅是面對成就卓著的元雜劇而已，整個通俗文藝，包括戲曲、曲藝、民間歌舞，都是如此。所以古代大量的優秀文藝作品，如《宋元戲曲考》根據宋代筆記著作署錄的大量歌舞，宋金元的許多話本、講史等曲藝作品，早已隨著時過境遷而湮沒失傳。其關鍵是官方機構、正統文壇和學術界鄙棄通俗文學和藝術，通俗文藝處於自生自滅的境況而大量消亡。看來，古代的情況與今相反，高雅藝術如詩、詞、曲和古文等集子，人們往往肯出資刻印留傳，尤其是名家之作，代代頌讀，不斷研究。

但是隨著時代的流變，原先被看作通俗文藝的作品，在後世往往進入高雅藝術的行列而備受尊敬。小說中流傳至今的六朝志怪、唐宋傳奇直至《聊齋誌異》的文言小說如此，白話小說如短篇的「三言二拍」，長篇的如《三國演義》《水滸傳》《西遊記》《金瓶梅》，尤其是《紅樓夢》，都已成為本世紀大學者如王國維、魯迅、胡適的重點研究對象，成為大學和研究院的重點課目和學習範本，甚至成為中外文藝史上的經典著作。戲曲方面，不僅古色古香的宋元南戲、元明雜劇和明清傳奇的劇本和尚可演出的崑劇（明清傳奇的主體）被視為高雅藝術和國寶，即如後起的、被清代中期的愛好崑曲者貶之為「雅部（崑

曲）」之對立面「花部」的地方戲，現在也被列入必須扶植、搶救的高雅藝術之中。

　　不僅小說、戲曲如此，古代詩歌也是這樣。《詩經》中的《國風》本是民歌，在黃河流域流傳了幾百年，無疑屬於通俗文藝的範圍。後經采風者收集、整理，又被編入《詩經》之中，於是從春秋時代起，便成為高雅藝術的典範。《詩經》是四言詩，五言詩是漢代民歌所創立，後世稱為《漢樂府》，本是通俗文藝之一體，後來被列入高雅藝術之中。長短句即詞，原是民間詞，在唐代初興。現存的敦煌曲子詞即是當時通俗藝術的新興形式，到中晚唐以後成為文人手中的高雅藝術，到五代和宋代，甚至成為代表本時期最高成就的文學體裁和歌唱藝術之一了。

　　環顧西方，藝術在不同時代也有通俗與高雅的變遷，情況與中國也十分相似。古希臘的文學藝術是西方文學藝術的共同源頭。希臘神話在當時是勞動人民口頭相傳的通俗文學，在文藝復興以後，被文藝家和學術界看作為經典文獻，頂禮膜拜。荷馬史詩本是民間藝人傳唱的眾多小詩之連綴或故事詩之改編，到古希臘晚期已成為全民欽敬的高雅藝術。古希臘悲喜劇原產生於雅典慶節活動中的民間歌舞，當然是通俗文藝形式，故而悲劇又稱為「山羊之歌」，後來逐漸發展成熟，成為後世不可逾越的藝術高峰，當然又高雅之極。被馬克思與古希臘悲喜劇一起讚頌為後世不可逾越的高峰的莎士比亞戲劇，由於打破了古典主義的清規戒律，而遭到當時英國「新古典主義」藝術家、評論家的譏諷、鄙棄甚至惡毒攻擊，在當時也被劃入通俗而且低俗文藝的一類，現今的英國人如不懂莎士比亞，要被斥之為數典忘祖，如再有誰人敢說莎翁戲劇低俗，必將全國共討之了，可見藝術在西方也是一個時代有一個時代之高雅與通俗，觀念是隨時代的遷移而有所變化的。

二、藝術由通俗向高雅轉化，關鍵是學者文人的大量介入

　　藝術的發展必然由民間走向文壇，由通俗走向高雅，這是一個總的趨勢。其中的關鍵是學者文人的大量介入，尤其是學者文人中的天才藝術家的參與，便可形成藝術創造的高峰。

　　以中國古代最早的兩個文學藝術的高峰——《詩經》和《楚辭》來說，《詩經》中的多數篇章原是勞動人民口頭傳唱的民歌，《楚辭》也從楚湘民歌發展而來，尤其是《九歌》，本是祭祀、祭神的民間歌曲和巫歌，世代口頭相傳。

宋代胡仔《苕溪漁隱叢話》引張耒之言:「《詩三百篇》,雖云婦人女子、小夫賤隸所為,要之,非深於文章者不能作。」此乃封建時代學者文人之共識。此言一則意為民歌雖出自普通百姓之手,但也有很高的文學技巧和藝術技巧,二則意為民歌雖出於民間,必經「深於文章者」之加工。歷史事實也是如此。《詩經》中的民歌先經歷代采風者的收集、整理,這些采風者是當時官方派出的知識分子,故而能將普通百姓口傳的民歌用文字記錄下來並加以整理和修訂,最後又經孔子的刪定。刪指篇目的篩選(刪至三百另五首,約稱為「三百篇」)和文字的刪改,定指最後定稿,成為定本。經此過程,《詩經》便成為中國最早的文學藝術經典著作,成為古代學者「不學《詩》,無以言」的範本。清人梁章鉅總結《詩經》在中國詩歌史上的地位說:「古人言詩,必推本於《三百篇》。」而《楚辭》中的民歌、巫歌經屈原高超的藝術加工,成為與《詩經》並列的藝術高峰、中國文藝史上又一個偉大的典範。《漢樂府》的五言民歌經《古詩十九首》的無名作者和晉代陶淵明,大小謝等人的發展,成為詩壇的奇葩,在唐代經燦若群星般的眾多天才詩人之手又發展成古,近體五、七言詩,唐詩的成就不僅是唐代的輝煌,更彪炳千古,永傳後世。宋詞的情況也與之相似。宋代俚俗的南戲,在元末因詩人、大戲曲家高明的介入,而改變面目。他將《蔡二郎》改編、提高為《琵琶記》這部結構嚴謹、文辭優美的千古名著,明清戲曲理論家和創作家共同尊之為「傳奇之祖」。想當初,南戲初創之時,全是民歌、小調,徐渭《南詞敘錄》說:「『永嘉雜劇』(南戲最早產生於溫州即當時的永嘉一帶,故稱)興,則又即村坊小曲而為之,本無宮調,亦罕節奏,徒取其畸農、市女順口可歌而已,諺所謂『隨心令』者,即其技歟?」至元末明初高明等人的介入,南戲的藝術水準大有提高,徐渭又說:「南戲固是末技,然作者未易臻其妙。《琵琶》尚矣,其次則《玩江樓》、《江流兒》、《鶯燕爭春》、《荊釵》,《拜月》數種,稍有可觀,其餘皆俚俗語也,然有一高處:句句是本色語,無今人時文氣。」當時除還有「荊(《荊釵記》)劉(《劉知遠白兔記》)拜(《拜月亭記》,又名《幽閨記》)殺(《殺狗記》)」外,名著並不多。至明中葉以後,自梁辰魚《浣紗記》起,大批文人中的作劇高手加入戲曲創作的隊伍,在一個半世紀中出現湯顯祖、沈璟、吳炳、阮大鋮、李漁、李玉、洪昇、孔尚任一大批名家和諸如《臨川四夢》(《牡丹亭》等)、《屬玉堂傳奇》(《義俠記》、《博笑記》等)、《石巢四種曲》(《燕子箋》等)、《粲花五種曲》(《綠牡丹》、《西園記》等)、《笠翁十種曲》(《風箏誤》等)、「一人永占」和《千鍾祿》等,以及《長生殿》和《桃花

扇》，蔚為大觀；明清傳奇成為中國和世界戲劇史上的四大高潮（古希臘悲喜劇、元雜劇、英國伊南莎白即莎士比亞時期和明清傳奇）或四大戲劇時代之一。至於元雜劇也如此，明代胡應麟說：「而元人雜劇之類戲文者，又金人詞說之變也。雜劇自唐、宋、金、元迄明皆有之。獨戲文《西廂》作祖。《西廂》出金董解元，然實弦唱小戲之類。至元王（實甫）、關（漢卿）所撰，乃可登場搬演。」（《少寶山房曲考》）元以前的唐代參軍戲、宋金雜劇和院本，都是類似於相聲、說唱之類的曲藝，尚未產生成熟韻戲曲形式，北方的劇作家王實甫、關漢卿等，繼南戲之後創造出北雜劇的優美、嚴謹的戲劇形式，創作出《西廂記》《竇娥冤》等一大批名作，形成中國戲曲史上第一輝煌的高潮。這些劇作家多處下層，卻是洞達世情、文筆高超的知識分子。同樣，地方戲原本是民間戲曲，到本世紀大批有才華的文人加入戲曲創作隊伍，使劇本質量和舞臺形式大為改觀，終於使戲曲達到新的繁榮。如京劇，由於齊如山、翁偶虹、羅膺翁等人為四大名旦整理、改編或創作劇本，齊如山更鼓勵和輔導梅蘭芳學、演崑劇劇目，這對京劇成為當代地方戲中的第一大劇種和取得「國劇」之地位，有密切關係。另如在建國後走向全國，成為全國第二大劇種的越劇，也因四十年代有一批有才華的文人成為越劇編劇、導演隊伍的主力，從而使越劇在劇目建設的豐富性、完美牲方面打下堅實的基礎，為劇種藝術水準的提高和騰飛，創造了基本條件。

　　古代白話小說也是如此。從唐代的·變文到宋代的話本、金元的講史，這些講唱文學都是民間文藝。經過元末和明代的文人之手，將「或笑張飛胡，和謔鄧艾吃」的三國故事整理、改編為長篇巨著《三國演義》；將《大宋宣和遺事》以來的梁山故事總結、寫定為長篇巨著《水滸傳》；將宋代話本發展成「三言兩拍「式的短篇小說，無不體現了知識分子的無窮智慧和巨大創造力，使粗糙、簡陋、原始的民間文藝，發展、定型為精美、成熟、高雅的精英文藝。

　　西方的情況也與中國相似。僅以代表古希臘」古典期「藝術最高水準的《荷馬史詩》來說，它原本是形成於公元前十世紀至公元前九、八世紀的民間口頭文學創作。這是由民間樂手伴奏、民間歌手傳唱的許多短小詩歌彙集而成的民間文藝作品；或者是以一篇故事為核心，在長期流傳中不斷補充其他故事，在世代憑記憶傳唱的過程中，無數民間歌手和樂師又不斷對之加工、整理和歸併，使其成為一個較完整的長篇作品。最後可能是民間盲詩人荷馬，在此

詩定型的過程中起了關鍵的作用,故而以他的名字命名。而《荷馬史詩》之所以成為古代希臘文化的最高成就之一併成為西方後代史詩作品的典範,是與古希臘學者的兩次加工是分不開的。第一次是在公元前三世紀中葉,雅典執政者庇士特拉妥組織學者第一次用文字形式編定了《伊利亞特》(又譯《伊利昂記》)、《奧德賽》(又譯《奧德修記》),這兩部史詩。第二次在公元前三、二世紀,亞歷山大城的幾代學者,對這兩部史詩又作了細緻和嚴密的整理和校訂,完成了最後的定本。經過兩次、幾代學者文人的整理加工,使《荷馬史詩》在藝術上有進一步的提高,有了文紫精細、規範,結構嚴謹、完整的定本。

縱觀迄今為止的中外文藝史,藝術的發展道路一般都是由民間藝術和通俗藝術向高雅藝術的方向前進。在民間藝術和通俗藝術的發展階段,勞動人民是藝術創造的主體。其中有些民眾中湧現的藝術天才,對藝術的發展與提高起了重大作用。一些有識見、思想開通而又才華傑出的知識分子,能發現重視生氣勃勃的民間、通俗藝術,吸收民間、通俗文藝的豐富養料,將民間、通俗藝術的基本形式加以整理、提高,充實新的內容後使之規範化,達到比較完美的程度,從而上升為高雅藝術。知識分子又因學識淵博,善於吸收傳統的、外國的優秀文藝遺產的歷史經驗,橫向借鑒其他藝術門類的經驗和教訓,為發展和創造自己的藝術門類服務。誠如毛澤東同志《在延安文藝座談會上的講話》中論及文藝的源泉時所指出的,是否學習和借鑒傳統與外國的優秀文化、文藝遺產,其結果有很大的不同,毛澤東同志歸結為:文野之分、粗細之分、高低之分和快慢之分。文、細、高、快顯然可指高雅文藝,而野、粗、低、慢顯然是處於原始和低級狀態的民間文藝、通俗文藝的弊病。以高雅藝術崑劇來說,在明代對傳奇的發展起了最大作用的是兩個人,一個是湯顯祖,另一個是沈璟。湯顯祖以其《臨川四夢》為傳奇文學創作的最高典範,「言南曲者,奉為圭臬。」(劉世珩《紫釵記跋》)他精通古代文史,學問淵博,他深於詩學,其詩作亦屬明代一流,他熟研儒道佛三家哲學,並極有會心,前人稱他「博極群言,微獨經史子集,奧衍宏深。即至梵筴丹經,稗官小說,無不貫穿洞徹。」(《重刻清暉閣批點〈牡丹亭〉凡例》)為創作傳奇,他又精研元雜劇的優秀作品,充分汲取元曲養料,得其神髓,故能別開生面,而其戲曲之題材則都採自小說,《紫釵記》《邯鄲夢》《南柯夢》尚取唐代傳奇小說名著而再出新意,《牡丹亭》更將無名小說別出心裁,點鐵成金。凡建一代偉業之文學藝術家乃至稍有成就之創作家,都是學者型的作家、藝術家。故而王蒙提出當代「作家

要學者化」的倡議,極為有見。

明代另一位對傳奇貢獻最大的作家、理論家沈璟,他在民間藝人魏良輔、張野塘整理加工崑山腔的基礎上,再作精心研究和總結,使崑山腔趨於完整、完美和定型,並撰《南九宮詞譜》,使傳奇的音樂唱腔規範化,從而為傳奇創作和演出的繁榮奠定了基礎。沒有明代眾多學者文人介入傳奇的創作隊伍,粗俚的南戲不可能演變為精美的傳奇,更不可能寫出《桃花扇》《長生殿》等一批以歷史為鑒戒,反思民族興亡、國家命運的史詩性作品。

因此,回顧中外文化、文藝的發展歷史,可以發現兩種曾一度流行的偏見並不可取:一種是歷史上有些固步自封的知識分子看不起民間文藝和通俗文藝,以高雅自居,不肯汲取民間文藝的活水而逐漸喪失藝術創作的活力;另一種是左傾思潮統治文壇,知識分子地位一落千丈時的有些學者認為民間、通俗文藝落入知識分子手中,藝術的形式雖日益精緻,但內容卻因脫離生活而日漸蒼白,最後藝術形式亦漸趨僵化,最終將藝術引向衰亡。將有些藝術的衰亡的責任推到知識分子的頭上。實際上,藝術衰亡的原因極其複雜,因非本文論題,故不贅述,但其中關鍵性的重要原因往往是統治者發動的戰爭和他們對進步文藝的殘酷迫害。明清傳奇(主要指崑劇)的衰落即主要因南洪北孔寫戲獲禍,是文字獄將傳奇逼向死路。至於藝術形式的興衰與更遞,王國維的分析很有道理:「蓋文體通行既久,染指遂多,自成習套(一作「陳套」)。豪傑之士,亦難於其中自出新意,故遁而作他體,以自解脫。一切文體所以始盛中衰者,皆由於此,故謂文學後不如前,余未敢信,但就一體論,則此說固無以易也。」(《人間詞話》)

三、高雅藝術必須出精品

本文認為高雅藝術應符合三個條件:(1)拿得出相當數量經得起反覆推敲、反覆欣賞,並可以提供給其他高層次藝術以有力借鑒的經典之作;(2)名家和名作已化為一體,名家不僅有看家作品,而且在一定程度上已成為藝術的化身;(3)除有一般觀眾之外,還能吸引高文化層次的觀眾。不管目前和將來,不管高雅藝術還是通俗藝術,能大量產生精品是關鍵,否則就無法吸引觀眾。

由於專家和藝術家的呼籲,上持高雅藝術的號召。近幾年來,上海文化發展基金會一貫給高雅藝術以有力支持,最近,以寶鋼集團為代表的企業界

有識之士又率先向高雅藝術伸出援手，建立扶植高雅藝術的基金。在社會主義商品經濟初建之當今，受到金錢大潮衝擊的文藝界倍受鼓舞。但也有人頗為困惑，提出諸如「是否以劇種作為是否高雅的標準？」「滑稽戲能劃進高雅藝術嗎？」之類的問題。代表一個國家的文化形象、水準和素質的，當然是精英文化和高雅文化，但劃定高雅與通俗的界線，確是一個複雜的問題，值得作一番探討。

藝術之高雅與通俗在當代的基本分界，從表面看，相當複雜難辨。譬如古代的文言作品，古代詩詞，古代戲曲，人們一致認為是高雅藝術，無人有疑義。京劇和其他一些程式化強、接受崑劇遺產較多以演古裝戲為主的地方戲劇種如秦腔、豫劇、川劇、粵劇乃至越劇等等，人們一般也多認為它們是高雅藝術。西方的歌劇、話劇、芭蕾舞、交響樂及其傳入我國後國人創、演的這些體裁的藝術作品，大家當然都認為是高雅藝術。那麼，藝術之高雅與通俗是否都以種類區分，在戲劇領域是否都以劇種來區分呢？有時也並不盡然。譬如古代白話小說，長篇的僅《三國演義》、《水滸傳》到《紅樓夢》、《老殘遊記》等一、二十部名著可劃入高雅藝術之中，其他大量的作品包括明末清初大量的才子佳人小說（被曹雪芹批評為「千部一腔，千人一面」的藝術平庸之作）至今只能算是通俗文學。短篇的也僅「三言二拍」等藝術成就傑出的可歸入高雅藝術之中。同樣是電影故事片，有的稱為「藝術片」，顯屬高雅藝術，有的稱為「通俗片」，以明歸宿。大量喜劇電影，引入哈哈一笑，被公認為通俗片；而同樣引入發笑，表現形式看上去十分通俗易懂的卓別林喜劇電影，其最傑出的作品如《大獨裁者》《城市之光》《凡爾杜先生》等等，卻都是電影史上的精典著作。

從以上例證，我們可以看出，歸納起來，確認高雅藝術的標準主要有以下三條。

其一，古代（包括中國和外國的）流傳至今的掌握技藝和欣賞難度頗大的古典藝術（按理論界的一般認識，文學也屬藝術範疇），當屬高雅藝術。中國的如古典詩詞、崑劇、國畫、民族音樂等等。西洋的除前已言及的話劇、歌劇、芭蕾舞、交響樂、油畫、雕塑、詩歌、長短篇小說，藝術電影和電視等等。順便需指出的是，中國現當代高雅藝術的諸種門類，除古代流傳至今的外，很多都學自西方。其中情況比較特殊的是，中國古代長短篇小說雖大量流傳至今，但本世紀自「五四」文學革命以後，現當代長、中、短篇小說的藝術形式都學自西方，

極少有作家再用章回體寫長篇小說,用文言體或擬話本寫中、短篇小說。本世紀出現的「新詩」也用西方傳來的形式;但古典詩詞包括少數散曲,則尚有不少國學根柢深厚的學者或學者型詩人樂此不疲。

其二,原本屬於通俗藝術,在本世紀初前後的不同時期,由於歷史和時代的機遇以及各種原因在藝術水準和審美層次諸方面得到質的飛躍,從而成為高雅藝術的一些戲曲和曲藝劇種,如京劇和一批地方戲,蘇州評彈等。一些地方戲曲從草臺班進入現代化的劇場,從簡陋的幕表戲發展到編、導、舞、美齊全,表演和音樂規範化;作為綜合藝術,以上各部分的藝術水準相對平衡;其中傑出的作品能代表一個時代的藝術水準甚至藝術成就。譬如越劇即有一批作品如《梁山伯與祝英臺》《紅樓夢》等,即如此。《梁山伯與祝英臺》還得到電影藝術大師卓別林的極高評價。京劇和眾多地方戲、蘇州評彈,都直接、間接學習和繼承崑劇和古典文學的菁華,故而才有可能進入高雅藝術的行列。

古典藝術毋庸置辯,以上劇種和蘇州評彈原本屬於通俗文藝範疇,在近百年中又晉入高雅藝術圈內,其間有何客觀標準?且以蘇州評彈為例試言之。

蘇州評彈是一門高層次的藝術,其根據主要有以下三個方面:

首先,蘇州評彈有幾十部經典性的作品,即書目,如《珍珠塔》《玉蜻蜓》《描金鳳》《白蛇傳》《西廂記》《武松》《顧鼎臣》《三笑》《楊乃武》(以上為彈詞),《三國》《水滸》《英烈》《大紅袍》(以上為評話)等等。經典性的、優秀的傳統作品中必須具備這些條件,即無論在主題、結構、人物性格、藝術語言和藝術手段有時還包括哲理性等方面,都有很高的成就,最後在整體上達到完美。此類作品經得起反覆推敲、反覆欣賞,並可以提供給其他高層次藝術以有力的借鑒;這類作品在給觀眾以審美享受之同時,往往也有教育作用,甚至可稱為「人生的教科書」。評彈的傳統本子,明清以來共約有四百種,今尚存二百種(據譚正璧《彈詞敘錄》),幾十部優秀作品是在很廣厚的基礎上產生出來的。

第二,除有大量的一般觀眾外,還能吸引專家、學者、教授、藝術家高層次的觀眾並形成一個群體。其衡量標誌是:一、他們欣賞評彈後自感得到極大的藝術享受;二、對評彈已成為自覺、穩定的愛好,而非一時的興致、獵奇和淺嘗輒止的偶而興趣;三、其中在本專業中有創造成就的佼佼者能超越以上兩個層次,在評彈的藝術鑒賞中得到啟發、營養、提高、借鑒甚至靈感,從而推

動了其他藝術門類的發展。當代小說家，戲曲家、電影電視編劇、導演、演員和文藝教育家都有潛移默化地受惠於評彈或自覺借鑒評彈的佳例。例如電影導演大師謝晉即如此，老一輩的著名電影導演徐昌霖甚至撰寫過長篇論文《向傳統藝術取經求寶》（連載於 1962 年《電影藝術》各期），舉過許多生動有力的例證，說明評彈和京劇、地方戲對電影創作的重要借鑒作用。

蘇州評彈屬曲藝之一種，她卻在眾多曲藝種類之中，脫穎而出，成為高雅藝術之一種，再聯繫同為通俗喜劇電影，卓別林的名著進入精典行列，同為通俗喜劇，莫里哀強調面向「池座觀眾」的通俗作品，由於寫作技巧高超（而且用古典主義的創作原則進行寫作），深刻地反映了當時的時代和社會生活，塑造出眾多典型人物，他的名著《偽君子》《司嘉本的詭計》《慳吝人》《太太學堂》等等，皆屬世界戲劇史上的典範之作，可見學術界和鑒賞者並不以劇種和藝術門類作為劃分高雅的標準，任何劇種和藝術門類只要能出經得起歷史考驗，給觀眾以很大藝術享受，進入較高審美層次的作品，都可以成為高雅藝術，而不在於其表現形式的通俗與否。這就又與下面第三條標準有密切關係。

其三，無論是古典的高雅藝術還是剛脫離通俗文藝陣營而上升為高雅藝術的「新秀」，關鍵是要出藝術精品。藝術精品才是高雅藝術的真正代表。歷史和現實只承認真品和精品。高雅藝術中的粗製濫造、藝術平庸、模仿抄襲之作，學術界、鑒賞者絕不會承認其高雅，而只能批評其粗俗淺陋。內容不豐富深刻，而技巧用得再花梢，也不能動人，還是被人看作粗、淺、華而不實，經不起歷史的大浪淘沙。而形式通俗的藝術精品，俗中見雅，自然地吸引著高層次的鑒賞者，隨著時間的推移，必將進入高雅的殿堂，得到公正的評價。

我們必須承認這個事實，藝術確有高雅與通俗之分，藝術中也有低俗、庸俗的東西——儘管低俗、庸俗的東西沒有資格稱作為藝術，但它們打著「藝術」的旗號，需要我們認真、細緻地剔除。而通俗文藝也大可不必自慚形穢，要求劃進高雅的範疇，如果長期出不了精品，無論是誰，都享受不到「扶植」的待遇。

高雅藝術目前跌入困境，觀眾寥寥，難以維持生計。有一種觀點認為高雅藝術太高深，一般觀眾無力欣賞，所以活該門可羅雀，無人問津。這並不符合歷史事實。我們看到蘇聯電影《列寧在一九一八》中，那些沒有文化的紅軍戰士津津有味地觀賞芭蕾《天鵝舞》，他們看得如癡如醉。過去眾多勞動人民不僅喜看京劇，會唱的也不少。現在造成昆、京劇少有人看，交響樂少有人聽，

主要是兩個原因。第一個原因,當前中、青、少年文化素質差,對高雅藝術缺乏嚮往、熱愛的激情,缺乏鑒賞、享受的能力。這又應分兩層原因:第一層,由於「文革」的禍害,造成觀眾層的斷裂。「文革」的禍害極大,當時教育、文藝界受害最烈,其深遠的惡劣影響,至今猶存。過去的青少年在家長的帶領和誘導下,去劇場看戲、聽書、聽音樂、看電影,從小在良好的家庭觀賞氛圍中耳濡目染,潛移默化地與高雅藝術產生了感情,無意有意中就愛上了戲劇、評彈、音樂、藝術電影。文革十年中,這一切全被打倒,一切正常的藝術享受活動全被剝奪;年青學生大批被趕往文化落後的農村,待他們好不容易回城,又在為生活而奔波、掙扎或抓住青春尾巴趕拿文憑,不僅他們,他們的子女在這樣的家庭環境中更失去了中國人民千百年以來愛好戲劇、曲藝的傳統,只能欣賞像平時講話那樣水平的通俗歌曲和通俗影視了。第二層原因,是文革以後新時期十餘年中教育失誤造成的。近年又因經濟大潮的衝擊,讀書無用論再次泛濫。知識分子待遇偏低,造成知識貶值,也殃及高雅藝術的生存與發展,因為欣賞高雅藝術的觀眾畢竟要有一定的知識準備和積累。第二個原因是高雅藝術的創作、表演水平,難與前輩大師匹敵。熱愛高雅藝術的欣賞者不滿意一般的創、演水平,人們需要的是精品。這也因文革的摧殘,使中年演、創人員失去提高藝術水準的黃金時期,使許多中、青年演員未能繼承刻苦學習、鑽研技藝的優秀傳統;而大批藝術家在文革中飽受蹂躪甚至被迫害致死,又錯失十年時光而無法及時傳授技藝,使我國傳統高雅藝術的創、演水準無可奈何地大大降低了。又因文藝界與知識界同樣待遇太低,不可遏止的人材外流使本已困難的景況雪上加霜,高雅藝術跌入低谷,是必然的。

　　針對以上情況,上海文化發展基金會和經濟實力雄厚的有識之士,拿出資金扶植高雅文藝,在創作劇目時給予資助以補票房收入之不足,獎勵主創人員以略為改善熱愛藝術事業者的經濟待遇,極有遠見。黨和政府倡導高雅藝術,報刊和電臺、電視臺等大眾傳播在欣賞導向上給青少年以輿論影響,也都是極有遠見的。上海市人民政府、上海文化發展基金會和上海市文化局曾於1989 年領導、組織上海藝術研究所完成《上海振興戲曲對策研究》的課題報告。筆者參與其事,並執筆撰寫「戲曲教育」部分。筆者在報告中提出上海的大、中、小學要設立「戲曲欣賞」課程,有條件的要開展學生的業餘唱演活動。這個課題報告在全國引起很大反響,上海市教育局已將京、昆欣賞列為重點學校的課程。隨著全民教育水準的不斷提高,高雅藝術本身又不斷推進綜合

治理工程，那麼高雅藝術的觀眾、知音和業餘愛好者必將越來越多，這是必然的前景。但在相當長的歷史時期內，在足以養活高雅藝術的觀眾群形成之前，高雅藝術需要社會力量和政府的扶植的局面，還不會改變。

有些人士認為古典藝術如崑曲、京劇之類，節奏太慢，與現代社會生活的快節奏不合拍，勢必無人欣賞，難逃衰亡的命運；更有人認為藝術形式從產生到消亡是個必然過程，昆、京劇現在也應壽終正寢了；甚至有人在上海某大報發表文章，斷言研究古代文史、藝術的學者、教授，由於這類知識屬於「老化」一類，必被時代淘汰云云。實際上，崑曲、京劇並非永遠用慢節奏演、唱，也有快節奏的，何況同樣有快、慢節奏的歌劇、芭蕾、交響樂在中國同樣缺乏觀眾，為何在經濟和文化發達的國家知音甚多？而在舊時代，藝術的消亡往往是反動統治者摧殘的惡果或是戰爭禍害結果。在文明昌盛的二十世紀，各先進國家對自己的古典藝術、高雅藝術都愛護備至，即使作為博物館藝術來保存，也極為珍惜。我們是目前代表人類最先進制度的社會主義國家，更應熱愛、珍惜祖先創造、留下的文化、藝術遺產，使之發揚光大。因此，黨和政府提出了弘揚民族文化的政策極得人心。至於古代的文史、藝術及其研究，永遠不會過時，永遠需要不斷發展，因為一個民族的文化積累極為需要，優異的文化積累甚至是一個民族的立身之本。

有些高雅藝術為擴大觀眾面，就製作一些通俗劇目。像京劇的《盤絲洞》之類，就頗為成功。這是因為京劇本是通俗藝術，近百年來雖已進入高雅行列，畢竟歷史不長，在通俗方面本有不少殘留因素。二則因為此類劇目雖用通俗的形式，在藝術構思等方面頗有新意，劇本頗有質量，演出也令人滿意。而崑劇就不同了，她是古典劇種，純以高雅為特色（儘管傳統劇目的有些折子戲也有通俗內容，但演技高超，立意深遠），不宜追求通俗，否則不僅不能有效地增加新觀眾，而且還會迅速失去老觀眾。崑劇與西洋歌劇、芭蕾舞、交響樂一樣，如果沒有高質量的新劇目，情願多演和演好、演全傳統精品，作為民族文化精粹的展覽，給一代代新老觀眾以傳統的審美教育，並作為國粹精心保存下去。

通俗文藝只要不斷出精品，也能永遠有較大量的觀眾。通俗文藝固然面對文化層次和欣賞層次較低的觀眾，但其精品也能吸引高層次的鑒賞者，他們作為一種勤苦工作後的休息和消遣（儘管也有一定程度的教育、審美作用）。但是隨著國民教育程度的提高，有較高文化素質的觀眾必然隨著年齡的增長和欣賞趣

味的成熟，不再滿足於僅僅觀賞通俗藝術，而漸漸向高雅藝術傾斜。

　　不管目前和將來，不管高雅藝術還是通俗藝術，能大量產生精品是關鍵，否則總不能吸引觀眾。作為一個具體的藝術種類，只有出精品才能有前途。

（1993 年春）

　　　　本文第一、二節原刊《上海文化》（雙月刊），1994 年第 3 期，
　　　　　第三節原刊《阜陽師範學院學報》（季刊），1994 年第 2 期

文學理論話語體系建設的設想和嘗試

　　在 70 年已經取得豐碩成果的基礎上，中國文學理論話語體系構建的進一步完善和發展，已是擺在我們面前的重要任務。本文認為文學理論話語體系的建設必須充分繼承前人的成果，努力學習外國的著作，吸收當代同行的經驗，結合文學評論的實踐，以點到面，逐步建設和發展。關於這個論題，本人在繼承和借鑒前人與當今已有成果的基礎上，在近 30 年中（屬於 70 年以來的後 30 年），有所設想和嘗試，今總結為以下觀點，參與討論。

一、梳理和總結古、今、中、外的已有成果，作為我們中國文學理論話語體系構建的堅實基礎

　　古今中外的文學理論話語已有成果，豐富而精彩，必須認真總結和繼承。

　　中國古代至近代，文學理論最重要的五大家，儒家、道家、劉勰（《文心雕龍》）、金聖歎（周錫山編校《金聖歎全集》〔註1〕和周錫山編著《貫華堂第五才子書水滸傳釋評》《金批西廂記彙編釋評》等）和王國維（周錫山編校《王國維集》〔註2〕、周錫山編著《王國維文學美學論著集（釋評本）》《人間詞話彙編匯校匯評》《宋元戲曲史彙編釋評》）等，是我們最重要的繼承對象。

〔註 1〕　周錫山編校《金聖歎全集》4 冊 220 萬字，江蘇古籍出版社，1985 年，獲全
　　　　　國 1978～1987 優秀古籍著作二等獎；《金聖歎全集》16 開法式精裝增訂解讀
　　　　　本，7 卷 320 萬字，萬卷出版公司，2009 年版。
〔註 2〕　周錫山編校《王國維集》4 冊 198 萬字，中國社會科學出版社，2008、2012 年
　　　　　版。獲中國社會科學出版社優秀著作選題獎、編校質量獎。近期將出版精裝增
　　　　　訂本。

　　中國處於世界一流水平的古代美學和文學理論著作還有陸機《文賦》、鍾嶸《詩品》、司空圖《二十四詩品》、嚴羽《滄浪詩話》、王世貞《藝苑卮言》、董其昌《畫禪室隨筆》、李漁《閒情偶寄》、葉燮《原詩》、王士禎《帶經堂詩話》、劉熙載《藝概》等多種，另有大量詩話詞話曲話、古文評論，詩文、戲曲、小說的評點著作等，都是當代文學理論家必須認真研讀、忠實繼承的美學名著和學習教材。

　　五大家中，《論語》中的興觀群怨、文質彬彬等，《孟子》中的知人論世、浩然之氣，還有「過猶不及」、「發乎情，止乎禮儀」等；《老子》中的大音希聲、大象無形等，《莊子》中的庖丁解牛、解衣盤礡等；《文心雕龍》中的風骨、知音、江山之助等；金聖歎的性格、曲折（的寫作方法）、靈眼、搖曳等，王國維的意境、境界、壯美與優美、獨鑄偉詞（獨創性的極高語言成就）等，大量精彩話語，可以直接繼承，直接使用，作為當代中國文學理論的重要話語。有的話語可繼承其概念和理念，在語言上可以轉化或補正。

　　現代文學理論的話語，著名的有魯迅《中國小說史略》中提出的人情小說、才學小說、狹邪小說等〔註3〕。

　　當代文藝理論家和作家藝術家學習中外古典文藝理論著作，學習和繼承古代文學理論話語，必須作一番艱巨的努力，因為中國古代文學理論的話語，大量是難懂的，西方也如此。例如康德、黑格爾著作是晦澀難懂的。康德的難懂因為晦澀並有「窒礙」，連天才理論家王國維也看不懂，他於 1901 年時研讀《純粹理性批判》，因實在讀不懂而改讀叔本華作為讀懂康德之橋樑；至 1907 年「從事第四次之研究」再讀康德之書已，完全讀懂康德特別艱深之名著。馮友蘭對王國維學習康德作了三點結論：一、「王國維研究哲學始於康德，終於康德，中間他放棄康德而研究叔本華，又從叔本華『上窺』康德。經過這幾次反覆，他研究康德的『窒礙之處』，越來越少，最後他才於康德哲學全通了。」二、「王國維是懂得康德的，他抓住了康德哲學的要點，他用了極高的讚譽，但不是亂贊，他贊得中肯。」三、他對於康德哲學「雖然還有一些『窒礙之處』，但是這些很少的『窒礙之處』並不是由於他不懂康德，而是由於康德哲學本身的錯誤」。「說明王國維對於康德研究得比較透，理解得比較深。凡研究一家哲學，總要到能看出這一家哲學的不到之處，才算是真懂得這一家。王

〔註3〕周錫山編著《中國小說史略彙編釋評》上海書店出版社，2015 年版、臺灣五南出版公司，2018 年版。

國維對於康德自以為做到這一步了。」〔註4〕像王國維這樣的天才學問家，要讀懂康德，因其語言的高難度，而學得如此艱苦、曲折，一般學子的困難，可想而知。

像康德一樣，黑格爾也是西方古典美學不可逾越的高峰之一，但黑格爾著作晦澀難懂，崇洋迷外者甚至認為這是黑格爾著作的偉大的體現，讀者如果看不懂，是自己水平差。王元化則給予清醒的批評，並分析其造成這個弊端的原因，「恩格斯曾說，黑格爾在體系上所花費的精力比他在其他方面進行的思考要多得多。但是他的體系有很大的缺點，除了客觀唯心主義所形成的頭腳倒立的情況且不說外，就是刻板地甚至迂腐地要求整齊劃一，常帶有明顯的人工強制性的痕跡。特別是他從一個概念向另一個概念過渡的時候，往往用了人工的強制手段，這就造成了黑格爾體系的晦澀難懂。」〔註5〕

而中國古代文學理論著作也非常難懂，以《文心雕龍》為例，王元化指出：「《文心雕龍》是用六朝駢文寫成的，在自由抒發方面更受限制，但我讀了好幾種今譯本，發覺沒有一種今譯可以將原著形神兼備地表達出來。比如《物色篇》贊中的這幾句話『目既往還，心亦吐納，情往似贈，興來如答』，幾乎所有的今譯都喪失了原有的情趣。前人所謂尺有所短，寸有所長萬物並育而不相害的話，確實是有道理的。」〔註6〕《文心雕龍》雖也難懂，卻是因為文言文文字的艱深。而《文心雕龍》的文字高雅雋美，取得高度的藝術成就，使這部文藝理論著作本身就成為一部高雅的文藝作品。僅這一點，就要比康德和黑格爾的成就高得多。

王元化指出中國文學理論話語講究精練含蓄：「中國的藝術都講究含蓄，所謂『言有盡而意無窮』、『此處無聲勝有聲』、『意到筆不到』等等，這種格言在文論詩話中太多了。我不同意胡適所講的藝術的特點，他認為藝術首先在於『明白易曉』，這是錯誤的。一件藝術作品，一點蘊藉也沒有，一點含蓄也沒

〔註4〕 參閱拙文《馮友蘭的王國維研究述評》，刊《徐州師範大學學報》，2000 年第 1 期，收入《舊邦新命——馮友蘭研究》第二輯（'97·河南·馮友蘭和中國傳統文化國際學術研討會論文專輯，大象出版社，1999 年）和拙著《王國維美學思想研究》，中國社會科學出版社，2017 年版。

馮友蘭《中國哲學史新編》第六冊第六十九章《中國近代美學的奠基人——王國維》，馮友蘭《三松堂全集》第 10 卷，第 456 頁。

〔註5〕 王元化《文藝理論體系問題》，《王元化集》第 2 卷，湖北教育出版社，2007 年版，第 164 頁。

〔註6〕 王元化《讀莎劇時期的回顧》，《王元化集》第 3 卷，第 13～14 頁。

有，讓人一看就知，一覽就曉，還有什麼回味呢？」〔註7〕

像王元化上述引用的名言，都是意味雋永、形象鮮明的話語，顯然都必須直接繼承。

因此中國古代文藝理論和美學的術語、話語雖然與西方美學一樣，都難懂，但不是晦澀的，而是精練的、含蓄的；不是灰色的，而是優美的，甚至不少是清麗的。

古代文學理論著作運用的許多評論藝術風格和特色的話語，如清新、淡遠、嫻雅、寫意、程序、文無定法和至法無法等等，都可直接繼承。

我們也應該努力學習和繼承西方文學理論，作為中國文學理論的補充。

西方文學理論或曰美學五大家，柏拉圖、亞里士多德、康德、黑格爾、叔本華，其許多話語也可以直接運用。如柏拉圖的靜穆、歡喜、理式，亞里士多德的摩仿、淨化、恐懼等，康德的崇高與優美、黑格爾的自然美和藝術美、叔本華的意志、三種悲劇等等。

中國古近代文學理論的成果巨大、輝煌，取得了領先性的偉大成就，在總體上超過了同期西方。茲事體大，需要另作詳盡論文，本文不做展開。本文要指出的是，中國古近代文學理論的話語在數量和學術成就上是超過西方的，可以繼承的遺產是非常豐富的。

筆者編校、編著金聖歎、王國維的著作及其釋評本提供青年學者和當代作家學習和繼承，撰寫專著《金聖歎文藝美學研究》〔註8〕和《王國維美學思想研究》〔註9〕，撰寫研究湯顯祖、王世貞、王士禎的專著或論文等，與學術界交流，並作為自己話語創新的基礎。

二、將古今中外的文學理論話語做比較研究，梳理其共同性和不同特點，作為我們中國文學理論話語體系構建的第二個堅實基礎

古今中外的文學理論話語已經取得的成果豐碩，我們在學習的基礎上做比較研究，有利於創建我們新的話語。

前人的經驗值得借鑒，我們可將王國維引進康德的崇高和優美，與桐城古

〔註7〕 王元化《關於京劇與文化傳統答問》，《王元化集》第2卷，第243頁；王元化《關於京劇的即興表演》，《王元化集》第2卷，第288頁。
〔註8〕 周錫山著《金聖歎文藝美學研究》，上海高校高峰高原學科建設計劃資助項目，上海人民出版社，2017年版。
〔註9〕 周錫山著《王國維美學思想研究》，中國社會科學院「當代學者代表作文庫」資助項目，中國社會科學出版社，2017年版。

文名家提出的陽剛和陰柔作比較研究等等。筆者曾比較研究過《莊子》和叔本華、尼采關於「人生如夢」的敘述和論說〔註10〕。

通過比較研究，我們可以確知中國文藝理論和美學話語的獨創性和對世界文學理論史的獨特貢獻。以「情景交融」為例，這是中國文學理論獨家的文學理論話語，是中國特有的美學理論。這是可以直接繼承和運用的重要成果。我在學習和閱讀西方美學名著時，也收集了西方名家的相似論述，為了說明這是中國對世界美學史、文藝理論史的獨特的重大貢獻，特撰《情景交融說的中西進程簡敘》一文予以論證。〔註11〕

所謂「情景交融」，即「情景相觸而莫分」〔註12〕，是指作品中所抒發的情意與所描寫的景色物象有機地結合起來，有如水乳交融，具有渾然一體的藝術效果；或者作品雖僅描寫景色物象，但其中卻包含著作者欲擬抒發的情意，或者帶著主觀的感情色彩來描寫自然的景色和物象。情景交融，這是我國文藝創作與賞評中的傳統的一種高級的審美要求，揭示了文藝創作的一條重要的規律，唐宋以來日益受到普遍重視，從而形成了完整的學說。

歷代論述此題者很多，此文上篇「情景交融說在中國的歷史進程」，選擇唐王昌齡《詩格》、宋范晞文《對床夜語》、姜夔《白石道人詩說》、張炎《詞源》、胡仔《苕溪漁隱叢話》、元楊載《詩法家數》、明都穆《南濠詩話》、楊慎《詞品》、謝榛《詩家直說》（又名《四溟詩話》）、屠隆《白榆集》、陸時雍《詩鏡總論》、祁彪佳《遠山堂劇品》、明末清初王夫之《薑齋詩話》《古詩評選》、清李漁《閒情偶寄》、吳喬《圍爐詩話》）、周濟《介存齋論詞雜著》、李重華《貞一齋詩說》、黃圖珌《看山閣閒筆》、方東樹《昭昧詹言》、沈祥龍《論詞隨筆》、劉熙載《藝概》、王國維《文學小言》和《人間詞話》，共22家24種著作，梳理和描述中國建立情景交融說的全過程。

下篇「情景交融說在西方兼及日本的歷史進程」記敘西方美學家所做的艱巨努力和精彩成果，共彙集19世紀法國巴爾扎克《關於文學、戲劇和藝術的通信》（《巴爾扎克論文學》）、俄國車爾尼雪夫斯基《關於列・尼・托爾斯泰的

〔註10〕 周錫山《〈莊子〉對中國文藝的巨大指導作用及其現代意義》（06・河南商丘・「莊子文化國際高層論壇」論文），香港道教學院《弘道》，2016年第4期。

〔註11〕 周錫山《情景交融說的中西進程簡敘》，《文藝理論研究》，2004年第6期；又收入拙著《王國維美學思想研究》，中國社會科學出版社，2017年版。

〔註12〕 〔宋〕范晞文《對床夜語》卷二，吳文治主編《宋詩話全編》第玖冊，江蘇古籍出版社，1998年，第9289頁。

〈童年〉、〈少年〉和戰爭小說》(《車爾尼雪夫斯基論文學》《西方古今文論選》)、丹麥勃蘭兌斯《十九世紀文學主流》，德國恩格斯《漫遊倫巴第》(《馬克思恩格斯全集》第2卷)、20世紀俄國普列漢諾夫《論藝術》、蘇聯愛森斯坦《並非冷漠的大自然》、美國魯道夫·阿恩海姆《藝術與視知覺》和日本柄谷行人《日本現代文學起源》，共8家的觀點，彙集西方名家的有關觀點。

西方文學藝術在十九世紀之前沒有產生情景交融的作品，首先是因為當時還沒有產生描寫自然風景的作品。既然在藝術實踐上沒有產生此類作品，當然也就很難產生這方面的理論。在十九世紀初起至20世紀初期，西方文藝以小說起始，詩歌、美術和電影繼起，在創作上也先後達到了情景交融的藝術高度，但西方美學中的情景交融說，自十九世紀30年代產生萌芽，其發展雖也不絕如縷，卻至今尚未成熟，還未形成完整的藝術和美學理論。其侷限首先是沒有建立「情景交融」這個理論話語和美學概念。

所以，情景交融說為中國美學所獨創，是領先於20世紀世界美學的意境說美學體系的重要分支之一。同時，中國古代文論中的情景交融說也便可成為研究和評論此類西方文藝名著的一種理論方法。

三、建立新的話語體系中的概念，理論語言的方法探討

筆者認為，我們建立新的話語體系，作為學者個人可以從一磚一瓦做起，可以結合作家作品評論，創造新的理論話語。有了一定的條件，也可首創新的理論。而其方法，不外乎以下四種。

1. 繼承古代文學理論的概念，或做轉化與補充

當代文學理論研究家應該有傳承和弘揚古代文學理論偉大成果的自覺意識和時代責任感。繼承和運用古代文學理論的概念和話語，作為評論名家名作的高明工具，是我們的責任。筆者已做一些嘗試。例如2016年是聯合國命名的湯顯祖、莎士比亞、塞萬提斯年，他們3人都於1616年逝世，2016是他們逝世的四百週年。這一年筆者參加了4個全國或國際研討會，提交了4篇論文，並完成《湯顯祖與明代文學》〔註13〕和《牡丹亭注釋匯評》〔註14〕兩書。

〔註13〕周錫山著《湯顯祖與明代文學》，上海高校高峰高原學科建設計劃資助項目，上海人民出版社，2017年版。

〔註14〕周錫山編著《牡丹亭注釋匯評》(16開精裝3冊198萬字)，全國古籍整理出版專項資金資助，上海人民出版社，2017年版，獲全國優秀古籍著作二等獎，華東地區優秀古籍著作一等獎。

其中《湯顯祖與莎士比亞偉大藝術成就的總體比較和評論》是筆者提交中英高級別人文交流機制第四次會議的論文。我認為在這麼一個最高層次的影響巨大而深遠的國際研討會上〔註15〕應該提交一篇充分弘揚中國文學理論和美學偉大成就的有分量的論文，故以此為題，以中國文學理論和美學給文藝作品確定的最高標準來論述。此文開首即提出：「湯顯祖與莎士比亞都是世界文化史上的經典文學藝術大家。由於文藝創作的基本規律有普遍性適用的共同性，因此湯顯祖與莎士比亞的偉大藝術成就從總體上看，頗有共同性。反過來，我們也可從他們的偉大藝術成就提煉、論證和總結文藝創作的共同規律。今僅以中國文藝理論對文藝作品評判的四個最高要求和一個重大特色，即用中國的理論話語，嘗試觀照和評論湯顯祖與莎士比亞的偉大藝術成就，總結創作經驗，給當代文學藝術家以重大啟發。」〔註16〕

此文中歸納的與湯顯祖和莎士比亞作品相適應的中國文藝理論對文藝作品評判的四個最高要求是筆補造化、藝進乎道、悲天憫人和大器晚成，一個重大特色是神秘現實主義和神秘浪漫主義。四個最高要求用的是中國古代文學理論的術語，用的是原義；重大特色用是我本人首創的理論話語。

對待古代文學理論的話語，除了原汁原味地運用之外，還可以轉化和發展。清代卓越的詩論家葉燮在《原詩》中有一個重要觀點：「後人無前人，何

〔註15〕 本文為中英高級別人文交流機制第四次會議——由中國文化部與英國文化、傳媒和體育部合作的「跨越時空的對話——中英紀念湯顯祖、莎士比亞逝世400週年研討會」論文。
　　　 按此會於2016年12月6日在上海東郊賓館舉辦。中國國務院副總理劉延東、文化部部長雒樹剛、教育部部長陳寶生、國務院副秘書長江小涓與英國文化、傳媒和體育大臣布拉德利出席開幕式。出席開幕式的還有教育部副部長郝平、文化部副部長丁偉、外交部部長助理劉海星，中英湯顯祖、莎士比亞研究專家、藝術家、上海文化研究機構領導等。開幕活動由丁偉副部長主持會議，文化部部長雒樹剛致歡迎辭。中英雙方專家代表發言後，英國文化、媒體和體育大臣布拉德雷致辭。國務院副總理劉延東講話後，中英各四位專家作嘉賓主旨發言。研討會的中方代表共有來自上海和全國的專家7人、崑曲藝術家3人、湯顯祖研究機構負責人2人、演出湯莎戲劇的院團（上昆、蘇昆、上海京劇院）院團長3人、傳媒和電影藝術家3人，共18人發言。其中7位專家提供論文作學術發言，本文是其中之一。
〔註16〕 周錫山《湯顯祖與莎士比亞偉大藝術成就的總體比較和評論》，刊《藝術百家》，2017年第1期，又收入上海美學學會代表作集《美學與遠方》（朱立元、祁志祥主編，上海人民出版社，2017年版）、上海戲曲藝術中心編著《紀念湯顯祖莎士比亞逝世400週年活動文集——東方之韻：跨越時空的對話》，東方出版中心，2018年版。

以有其端緒？前人無後人，何以竟其引申乎？」創造新話語的一個方法是繼承和運用古人的觀點，或作轉化、補正和引申。這也是一個重要的理論創造的方法。徐中玉師《重視「端緒」，著意「引申」——當前研究古代文論者的責任》一文據此闡發說；「我覺得這段話極具識見。先是說了文學的發展先後相循，歷史不容隔斷，期間聯繫是一天也沒有中斷過的。前有所啟，後有所承，不但有所承，而且在繼承之中得以增益、發展，加以發揚廣大，推陳出新。」接著又據此發展出一個重大結論：「這說明對一個民族來講，有沒有先人積累大不一樣，先人積累豐富不豐富、精深不精深也大不一樣。」〔註17〕

中華民族有如此豐厚而精深的文化積累，包括古代文論的豐厚而精深的積累，我們必須在繼承之予以增益，發展，加以發揚廣大，推陳出新。

西方美學家也有將中國文學理論話語轉化為西文的文學理論話語的成功實踐。例如法國著名漢學家弗朗索瓦・于連（François Jullien，1951 年～）的名著《迂迴與進入》（LE DÉTOUR ET L'ACCÈS）〔註18〕將金聖歎金批《西廂記》的「曲折」寫作手法，翻譯成「迂迴與進入」，並做了詳細的介紹、解釋和闡發。

2. 外國文學理論概念的學習和繼承，或轉化與補充

中國自兩漢之交前後傳入佛教，用一千年的漫長歲月鍥而不捨地學習佛教文化，至宋代，中國文化終於形成了儒道佛三家鼎立和融合的宏偉格局。在唐宋，中國文學理論家將佛經中的「境界」轉化為文學理論話語，將佛教語言「鏡花水月」轉化為評論唐詩經典的「其妙處，透徹玲瓏，不可湊泊，如空中之音，相中之色，水中之月，鏡中之象，言有盡而意無窮」（嚴羽《滄浪詩話》）的杳渺靈幻的藝術境界的文學理論話語。

進入 20 世紀，王國維首先引進的西方文學理論，他在《紅樓夢評論》一文中學習和繼承康德的崇高與優美說，翻譯成壯美和優美說並做闡發；引進叔本華的三種悲劇說，評論《紅樓夢》的偉大藝術成就；將這些話語所代表的文藝理論作為評價《紅樓夢》最高成就的標準，取得了前所未有的重大成就。以此為起步，王國維經過多年的努力，逐步建立了 20 世紀中國唯一領先於世界的以中為主、三美（中國、印度和西方美學）兼具、融合的意境說理論體系，是繼承中國傳統，學習、改進和補充外國文藝理論取得超越中外的偉大成就的

〔註17〕徐中玉《重視「端緒」，著意「引申」》，《激流中探索的——徐中玉論文自選集》，華東師範大學出版社，1994 年版，第 295 頁。

〔註18〕〔法國〕弗朗索瓦・於連《迂迴與進入》（杜小真譯），三聯書店，1998 年版。

典範。這是迄今為止的世界文學批評史和美學史上絕無僅有的三美結合的典
範，是世界比較文學史和比較美學史上的一個偉大創造！〔註19〕

在王國維之後，由於 20 世紀翻譯和引進了大量的西方文學理論的著作，
中國學術界近百年中，基本上已成為西方文學理論的一統天下。中國學者獲益
極多。中國學術界近百年中，幾乎用的全是西方文學理論的話語。西方文學理
論的話語，值得繼承的很多，著名的如悲劇和喜劇、現實主義和浪漫主義等
等。中國學者近百年來在西方文學理論指導下，取得了很大的學術成就。這是
眾所周知的現象。但處於新時代的中國學術界應該盡快建立自己的文學理論
話語體系，指導和評論當今的文學藝術創作。

3. 中西結合的創造

上已言及，中西傳統的直接繼承和轉化、補充都是文學理論話語建設的良
法，而中西結合也是一個極好的方法。

筆者首創的「意志悲劇說和意志喜劇說」和「神秘現實主義和神秘浪漫主
義」理論，即運用了中西結合的方法。

意志和神秘，是漢語和西文都有的話語；而悲劇和喜劇、現實主義和浪漫
主義則是西方話語。

王國維的劃時代巨著《宋元戲曲考》曾說：「其（指元雜劇）最有悲劇之性
質者，則如關漢卿之《竇娥冤》，紀君祥之《趙氏孤兒》，劇中雖有惡人交構其
間，而其蹈湯赴火者，仍出於其主人翁之意志，即列之於世界大悲劇中，亦無
愧色也。」受此啟發，筆者特撰《論王國維的「意志」悲劇說》〔註20〕，後又
在此文基礎上撰寫《意志悲劇說和意志喜劇說》〔註21〕。

〔註19〕 周錫山《意境說的世界性意義》、《論王國維的偉大學術成就對當代世界的價
值》（清華大學、北京大學、香港大學、臺灣清華大學聯合主辦「1997·紀念
王國維誕辰 120 週年學術研討會」論文），周錫山《王國維美學思想研究》，
中國社會科學出版社，2017 年版，第 284、312～313 頁。

〔註20〕 周錫山《論王國維的「意志」悲劇說》，刊中國藝術研究院戲曲研究所《戲曲
研究》第 56 輯（首屆中國戲曲論文獎專輯），後又收入《2001～2002 上海作
家作品雙年選》（上海文藝出版社，2003 年版）、周錫山《王國維美學思想研
究》，中國社會科學出版社，2017 年版。《上海文化年鑒》，2004 年卷記錄主要
觀點並給以高度評價。

〔註21〕 周錫山《意志悲劇說和意志喜劇說》，提交中國古代文學理論學會和雲南大學
聯合主辦 2008·中國古代文學理論第 15 屆年會暨國際研討會論文，於中國古
代文學理論學會會刊《古代文學理論研究叢刊》第 27 輯（胡曉明主編，華東
師範大學出版社，2009 年版），又收入上海美學學會代表作文集《新世紀美學

中國古代文學理論學會會刊《古代文學理論研究叢刊》在發表此文時，將此文突出地列為此期新開設的「重在推薦一些富於新開拓的重要主題，以引起學界注意」的「主題論文」首篇，並做編者按說：「『悲劇』是一個重要的西方美學理論，同時也是二十世紀成功移植的一個外來理論。每一種理論旅行的學術傳統，都值得再認。周錫山二十年前發表《王國維曲論三義之探討》，八年前發表《論王國維的「意志」悲劇說》，現在，他又在長期深入研究王國維悲劇理論和著名論述的基礎上，建立意志悲劇說和意志喜劇說。作者通過比較戲劇的研究，認為元雜劇和明清傳奇的眾多意志悲劇，可以自成一種美學格局，足以將西方公認的悲劇三階段說，補正為世界悲劇的四階段說：即古希臘命運悲劇、中國意志悲劇、莎士比亞性格悲劇和以易卜生為首創的社會悲劇。同時，參與世界比較戲劇史，還可以發展出一種王氏沒有說到的『意志喜劇』。作者不滿足於僅僅復述王國維的思想，這是一種典型的『接著講』式的研究。」

意志悲劇的定義是：悲劇主人公本與悲劇處境和結局無關，他（她）為了真理、正義和道義、俠義，利用自己處境和意志的自由，出於疾惡如仇、善意救人（或救國救民）的意志，犧牲自己的生存意志，以自己的生命為代價，主動幫助和拯救身陷或深陷悲劇處境的弱者，救出了對方，自己卻因此而陷入悲劇的境地，造成悲劇的結局，而且主人公對此無怨無悔，視死如歸，這樣的悲劇，可稱之為「意志悲劇」。

西方悲劇的主人公都是被動地陷入悲劇的境地的。西方的命運悲劇、性格悲劇、社會悲劇都是如此。

本文又配套確立「意志喜劇」，這個名稱和「意志悲劇」一樣，也是一個新的概念，具有特定的定義。意志喜劇與一般的喜劇不同，一般的喜劇的主人公一般都是被動地處於被嘲笑的地位，喜劇衝突多靠誤會巧合來組成，而意志喜劇中的主人公像意志悲劇一樣，也因出於正義和道義，主動幫助他人，都是主動地進入喜劇境遇中，成為可笑腳色或造笑角色；正面的喜劇形象全靠自己的聰明、機智和靈慧，有時還用幽默的言行，愚弄了醜惡的反面的喜劇形象，造成笑料，並取得鬥爭的勝利。意志喜劇歌頌富於正義感的主人公

熱點探索》（朱立元主編，商務印書館，2013年版）和周錫山著《中國戲曲縱橫新論》（復旦大學中文系的「十三五」國家重點規劃圖書、國家出版基金資助項目「新世紀戲曲研究文庫」），復旦大學出版社，2019年版。

的幽默、機智、狡黠，尤其是伸張正義的主動精神和為正義而甘願冒險的犧牲精神。

筆者首創的神秘現實主義和神秘浪漫主義理論也有一個漫長的過程。筆者對此，在心中醞釀了 10 年，於 1999 年在拙著《神秘與浪漫》〔註22〕一書首次公開提出了神秘現實主義這個理論概念。2004 年在上海比較文學研究會第 10 次年會作「神秘現實主義和神秘浪漫主義主義」理論介紹的大會發言，受到與會者的廣泛認同，上海社聯網、《中國比較文學》2005 年第 1 期、中國比較文學文貝網都做了報導。

2008 年 1 月在香港中文大學主辦「重讀經典：中國傳統小說與戲曲國際學術研討會」上，筆者提交《戲曲中的神祕現實主義和神祕浪漫主義描寫略論——中國戲曲的首創性貢獻研究之一》〔註23〕，該研討會學術委員會接受作者在論文中說明的，本文是筆者根據自己首創的「神秘現實主義和神秘浪漫主義」理論所做的研究成果，邀請作者出席會議並將拙文收入大會論文集。

2010 年中國水滸學會會刊《水滸爭鳴》發表拙文《水滸傳中的神秘主義描寫述評》。此文開首即說明：「本文是周錫山首創的『神秘現實主義和神秘浪漫主義的創作方法』的系列論文之一」，中國社會科學院文學研究所「中國文學網」和中國古典小說網都轉載全文。

2011 年中國比較文學學會與復旦大學、上海師範大學等上海各高校聯合舉辦的中國比較文學年會暨國際研討會上，筆者提交《神秘現實主義和神秘浪漫主義導論》〔註24〕。

此文指出自 1993 年以來諾貝爾文學獎和茅盾獎的多數作品都是「神秘主義文學藝術」之作，「神秘主義文學藝術」的基礎是神秘文化，神秘文化開拓了作家的藝術想像力。學術界過去都將其歸結到浪漫主義之中，少數則定名為超現實主義、幻想文學或其他名稱，後來則定名為魔幻現實主義。這些都不正確，梳理古今中外的此類文學藝術作品，應該定名為神秘主義文學藝術，並將

〔註22〕周錫山著《神秘與浪漫》，百花洲文藝出版社，1999 年版。

〔註23〕周錫山《戲曲中的神祕現實主義和神祕浪漫主義描寫略論——中國戲曲的首創性貢獻研究之一》，香港中文大學中文系主編《「重讀經典：中國傳統小說與戲曲國際學術研討會」論文集》，香港：牛津大學出版社，2009 年版。又收入周錫山著《中國戲曲縱橫新論》，復旦大學出版社，2019 年版。

〔註24〕周錫山《神秘現實主義和神秘浪漫主義導論》，法國中法文學藝術研究學會和中國比較文學旅法分會會刊《對流》，2014 年總第 9 期。

其分為神秘現實主義和神秘浪漫主義。前者指作者和部分讀者相信作品中的神奇人物和故事是真實的，後者指作者和讀者都認為作品中的神奇人物和故事是虛構的，是生活中不可能發生的。

2012 年 10 月莫言獲諾貝爾文學獎宣布後，筆者迅即完成《莫言獲諾貝爾獎授獎詞商榷——神秘現實主義和神秘浪漫主義，還是魔幻現實主義？》〔註25〕，2013 年 6 月，同濟大學、中國對外友協主辦、北京大學、復旦大學和瑞典皇家科學院等多家協辦的上海「從泰戈爾到莫言——百年東方文化的世界意義國際研討會」召開，筆者提交此文，並收入大會論文集。

此文指出莫言獲諾貝爾文學獎的授獎詞有 3 個理論錯誤：一、授獎詞「魔幻現實主義」的命名用了瑞典文「誕妄現實主義」，歪曲了莫言小說有關描寫的性質。而且「魔幻現實主義」這個概念和名詞本身有嚴重錯誤——魔幻現實主義是西方學術界強加給拉美作家的判斷性名稱，拉美作家拒絕接受，更且這個名稱既不符合拉美文學的事實，這個名稱還前後互相否定，根本不能成立。二、莫言小說的神奇故事與拉美魔幻現實主義毫無關係，並找出莫言有關描寫所繼承的中國傳統史書、詩歌、戲曲、小說的全部資料；這些資料都是遠早於拉美魔幻現實主義的中國傳統文化的產物，莫言的有關描寫不是魔幻現實主義影響的產物而是中國傳統文學的影響，三、莫言的神奇故事描寫運用的是神秘現實主義和神秘浪漫主義創作方法。

莫言授獎詞的錯誤的實質是西方文化中心主義，因此作為這次國際研討會的協辦單位之一的瑞典皇家科學院及其下屬的諾貝爾文學獎評審委員會對拙文的商榷和批評，無法反駁，至今未予置理。

2015 年筆者在「中國比較文學學會會刊《中國比較文學》創刊 30 週年和出版 100 期暨上海比較文學研究會成立 30 週年慶祝研討會」上做《諾貝爾文學獎與比較文學和中國文化——兼談諾貝爾文學獎莫言授獎詞的三個理論錯誤》的發言，受到與會者的熱烈歡迎〔註26〕。

〔註25〕周錫山《莫言獲諾貝爾獎授獎詞商榷——神秘現實主義和神秘浪漫主義，還是魔幻現實主義？》，孫宜學主編《從泰戈爾到莫言：百年東方與西方》（「從泰戈爾到莫言——百年東方文化的世界意義國際研討會」論文集），上海三聯書店，2016 年版。

〔註26〕周錫山《諾貝爾文學獎與比較文學——兼談莫言諾貝爾文學獎授獎詞的三個理論錯誤》，中國中外文藝理論學會會刊《中外文化與文論》第 29 輯，四川大學出版社，2015 年版。

4. 自己的新創造

我們在評論文學藝術作品時，有時會碰到沒有傳統和外來的可借鑒的語言來表達的現象，這就需要我們自鑄新詞新語。

筆者在研究和評論中國戲曲的最傑出之作《西廂記》時，認為《西廂記》在世界文化史上，首創了一個新的愛情模式，即「知音互賞式」愛情。《西廂記》描寫張生與鶯鶯的愛情超越了一見鍾情，結合愛情受到嚴竣考驗的心理描寫，作者讓張、鶯舒展才華，在高智商的心靈碰撞中，不斷冒出新的愛情火花，從而增進瞭解，在文化觀、生活觀和愛情觀各方面產生共鳴，雙方上升為知音互賞的親密伴侶，極大地推動了愛情的發展；又超越生理性的性愛，達到靈肉的結合，展示知識的力量、藝術的力量，達到更高層次的愛。《西廂記》中的知音互賞式愛情使用的是藝術的表達手段，即用詩歌和琴聲來傳達自己真摯的心聲。後來高濂《玉簪記・琴挑》、孟稱舜《嬌紅記》和《紅樓夢》等眾多戲曲小說作品中的有關描寫都繼承了這個創作方法。其中《牡丹亭》用繪畫和詩歌（杜麗娘用自畫像和畫上的詩歌），在超時空的環境中表達愛意；而《長生殿》楊貴妃和唐明皇則通過一起創作和演出《霓裳羽衣曲》，將普通的帝王后妃關係轉化為兩位藝術家之間的知音互賞式愛情，兩劇都作出了新的藝術創造。

筆者自創「知音互賞」這個話語來命名這個愛情模式，並以此評論和論述〔註27〕，歸納這個愛情模式的描寫是中國敘事文學的一個鮮明特色。

筆者在研究戲曲經典《長生殿》時又評論唐明皇晚年「上窮碧落下黃泉」地尋找楊貴妃的思緒，也創造了一個新的愛情模式，即「背叛者的後悔和痛苦」的模式〔註28〕。此類情節發生的幾率不高，而且很難寫，因此《長生殿》之後佳作不多。著名的此類作品僅有魯迅的短篇小說《傷逝》、曹禺的話劇劇

〔註27〕周錫山《西廂記新論》，《戲劇藝術》，2005 年第 4 期。又可參見周錫山編著《西廂記評注》（1995 年交稿，吉林人民出版社，2001 年版，2002 年中國圖書獎項目）、周錫山編著《西廂《記注釋匯評》（3 卷 147 萬字，上海人民出版社，平裝本 2013 年版、精裝本 2014 年版；全國古籍整理出版專項出版經費資助，或全國優秀古籍圖書二等獎）。（《上海文化年鑒》和《上海年鑒》，2004卷記載）。

〔註28〕周錫山《兩〈唐書〉和〈長生殿〉的李楊愛情新評》（2007 上海《長生殿》國際研討會論文集《長生殿——演出與研究》，上海文藝出版社，2009 年版；又收入周錫山《中國戲曲縱橫新論》，復旦大學出版社，2019 年版）和周錫山著《摯誠情緣，千古遺恨〈長生殿〉》，濟南出版社（文化中國叢書），2013 年版。

本《雷雨》和路遙的長篇小說《人生》等。還有蘇聯（現吉爾吉斯斯坦）艾特馬托夫的《我的包著紅頭巾的小白楊》等。

　　筆者在研究《水滸傳》和《紅樓夢》中，非常欣賞兩書的對話描寫藝術。而魯迅對此抱否定態度。他在引用高爾基對巴爾扎克對話描寫的「驚服」時，認為中國小說包括《水滸傳》和《紅樓夢》的作者在內的「中國還沒有那樣好手段的小說家」，竟然予以整體的徹底否定。〔註29〕筆者分析和評論《水滸傳》和《紅樓夢》時提煉了兩書的「理智型推壁撞車式對話」和「非理智型推壁撞車式對話」，作為其高超的對話藝術成就的兩個類型。

　　理智型推車撞壁（不留退路的兇狠斥責）式的對話可以李紈在創建大觀園詩社時，為了向鳳姐募捐詩社運轉的資金時，嚴厲斥責鳳姐順帶責備她欺負平兒的罵語為例。鴛鴦拒婚時痛斥賈赦的宣言，義無反顧，更是不留絲毫餘地。而非理智型推壁撞車式對話最為難寫，其佳例更為難得，如《水滸傳》中雷橫與白秀英的生死爭執，和《紅樓夢》中王熙鳳在看戲時以林黛玉比擬楊貴妃，引發史湘雲和林黛玉的隔空對責、兩女嘲諷和痛斥賈寶玉的對話，都是取得極高藝術成就的華采篇章〔註30〕。這個首創性的觀點，筆者用自己新創造的話語表達。

　　又如筆者在《論文化自覺與文藝人才的培養》〔註31〕一文中，評論儒道佛三家優秀傳統文化培育下的「中國知識分子和民眾歷來有著愛國愛鄉、熱心公益、忠心報國為民的傳統，心理和性格是健康向上的，憂鬱症患者和非理性的自殺幾近於零」。「非理性自殺」，也是筆者新創的話語。

　　總之，漢語的表達力無比豐富和優美，只要用心和留心，就有可能創造新的話語，為文學理論的話語建設作出自己的貢獻。

四、用傳統和新的文學理論話語建立新的研究和評論方法

　　自 1989・上海・中國古代文論第六屆年會上筆者提出以中國古代文論評

〔註29〕魯迅《花邊文學・看書瑣記》，《魯迅全集》第 5 卷，人民文學出版社，2005 年版，第 559 頁。

〔註30〕周錫山《古代小說非理智型「推車撞壁」式激烈爭執的精彩描寫》，《九江學院學報》，2012 年第 3 期；另參閱拙著《金聖歎文藝美學研究》和《紅樓夢的人生智慧》（海潮出版社，2006 年版、上海錦繡文章出版社，2012 年版）、《曹雪芹：從憶念到永恆》（濟南出版社，2014 年版）等。

〔註31〕周錫山《論文化自覺與文藝人才的培養》，中國文聯「第六屆當代文藝論壇文集」《文化自覺與當代文藝發展趨勢》，中央文獻出版社，2012 年版。

論和研究西方文藝名著的方法，至 1997・桂林・中國古代文論第十屆年會作大會發言：「情景交融說的中西進程」證明西方和日本沒有這個理論，並舉例（岡察洛夫《平凡的故事》、羅曼羅蘭《約翰・克里斯多夫》、肖洛霍夫《靜靜的頓河》等）說明中國獨創的情景交融說可以評論西方名著（論文刊《文藝理論研究》，2004 年第 6 期）。2009・成都・中國古代文論第十六屆年會上提交論文《中國之石和西方之玉——中國文論評論和研究西方文藝名著方法論綱》〔註32〕並作大會發言，指出古代文論可給西方學界以重大啟發和指導。此論得到與會者的贊同，四川大學官網的大會報導列出專節，以醒目標題作突出介紹。大會綜述贊成此文提出的重要觀點：這既體現了中國古代文論的現代轉換，也是中國文論發展的一個重要新方向。

此文認為我們可以運用中國古代文論中的獨有的理論，如文氣說、妙悟說、神韻說、情景交融和江山之助說，分析和評論西方文藝名著。此舉具有三個重要意義：

其一，中國美學和文藝理論在分析和評論西方名著的實踐中，可以得到很大的提高和發展，對發展中國當代美學和文藝理論起著重要的推動作用。

其二，西方名著通過中國美學和文藝理論的觀照和剖析，可使西方美學和文藝理論無法分析和總結的藝術特點和成就，得到鮮明揭示和解釋，並給中國和世界創作界以重大的啟發，從而對中國和世界的文藝創作起推動作用。本方法有效推廣和發展，能夠引導中西當代創作界自覺以中國傳統文論和美學為指導，提高創作水平。使中國和西方文藝創作者瞭解中國美學和文藝理論獨特的成就，尤其是西方和其他國家沒有而中國獨有的美學和文藝理論，對以學習西方美學、文藝理論為主而對中國美學、文藝理論不熟悉的中國和西方創作者，提供理論指導，從而形成新的追求，並對中國和世界的文藝創作形成新的重大的推動作用。

其三，向西方美學和文藝理論界提供中國獨特的美學和文藝理論貢獻，促進其思考和探索的廣度和深度，提供其吸收中國美學和文藝理論的重要理論參照的內容，從而對西方和世界美學與文藝理論的發展作出我們應有的貢獻。

習近平總書記指出，提高國家文化軟實力，要努力提高國際話語權。我們要加強國際傳播能力建設，精心構建對外話語體系，增強對外話語的創造力、

〔註32〕周錫山《中國之石和西方之玉——中國文論評論和研究西方文藝名著方法論綱》，刊《古代文學理論叢刊》第 30 輯，華東師範大學出版社。

感召力、公信力。我們用中國古代文論評論西方文藝名著的方法，可以進一步加強理論研究和文藝評論，增強做中國人的骨氣和底氣，增強國家軟實力方面起重要作用。

五、本人已有成果與當今關於本論題的研究和探討取得共識的原則和方法

筆者致力於文學理論的話語創立，已有三十年的時間。近年學術界關於話語建設作了頗多有益的理論探討，提供了很好的意見。例如：

偉大的時代呼喚構建更加科學有力的話語體系。在推動當代中國話語體系的構建中，要重視突出民族特色、中國特色社會主義實踐和世界歷史三個基本維度。

必須重視中華優秀傳統文化的內涵創新、形式轉化及語境重構，有效開展創造性轉化和創新性發展。必須重視以愛國主義為核心的民族精神和以改革創新為核心的時代精神的凝練和弘揚，使其成為當代中國話語體系的價值底色。

增強中國特色社會主義道路自信、理論自信、制度自信、文化自信，通過講好中國故事、傳播好中國聲音、闡釋好中國特色，增強國際社會對我國發展道路的理性認識和對中國特色社會主義的認同，是當代中國話語體系建構的現實旨歸，也是當代中國話語體系充滿生機活力的內在依據〔註33〕。

有的論者提出：話語體系建設必須「堅持立足中國實踐，堅持植根中國文化，堅持『三個面向』：堅持面向現代化、面向世界、面向未來。」〔註34〕《構建中國特色社會主義話語體系的原則與路徑》歸納：「構建中國特色社會主義話語體系遵循的四項基本原則：實踐性原則、開放性原則、統一性原則和普及性原則。」普及性原則指創立的話語要明白易懂。

筆者感到自己在話語創立的實踐中，心目中的原則與方法與這些觀點相同。

筆者的有關論著，得到中國社會科學院和上海社會科學院的支持和幫助，得到中國社會科學出版社、上海人民出版社等國家級出版機構的支持和幫助。《上海文化年鑒》連續15年、《上海年鑒》4次記載和評論拙著拙文。

〔註33〕王莉《中國話語體系構建的基本維度》，《光明日報》，2017年09月25日。
〔註34〕曾維倫《中國特色哲學社會科學話語體系建設的五大原則》，《重慶日報》，2017年05月30日。

在論文發表過程中，也遇到過挫折，如《中國社會科學》拒絕發表拙文《意志悲劇說和意志喜劇說》，楊乃喬和宋炳輝主編的 2011 年中國比較文學學會年會暨國際研討會論文集拒絕收錄拙文《神秘現實主義和神秘浪漫主義導論》，拙文《莫言獲諾貝爾獎授獎詞商榷——神秘現實主義和神秘浪漫主義，還是魔幻現實主義？》先後向《文學報》和《上海作家》投稿，皆遭拒絕。

筆者將以上發表的論題多次申報國家社科基金，全部落選。以上眾多成果曾多次申請上海社科優秀著作獎，全遭否決。尤其是「中國文論研究和評論西方文藝名著」課題項目，曾得到上海外國語大學黨委書記、著名學者吳友富教授的支持與參與，擬依靠該校眾多專家的支持，一起申報國家社科基金項目，遭到該校科研處長聯合一名海歸副校長，一起否決；筆者又聯合上海各高校多位名家一起通過上海藝術研究所申報，並得到中國古代文學理論學會和上海比較文學研究會表示支持和參與這個項目的公函，附在申請表一起呈交。儘管筆者因審閱國家基金項目的最終成果受到全國哲學社會科學基金辦公室的通報表揚，被列入誠信專家庫，本人申請課題項目可以加分，這個課題項目依舊被評審專家否決。筆者將申請表中關於本課題的主要內容和現實意義等，以論文形式發表於《古代文學理論研究叢刊》第 30 輯，至今無人響應。

筆者受到國家資助出版的項目全部是出版社申請成功的，或者由有關高校得到的「上海高校高峰高原學科建設計劃」資助出版。筆者得到的文化部首屆（1979～1999）文化藝術優秀成果獎、江蘇省出版特別獎（首屆），全國優秀古籍著作二等獎 3 次（1978～1987 年度和 2013、2017 年度）、華東地區優秀古籍著作一等獎等，都是出版社申請的。筆者感到當今的研究環境還需改進。

「全國哲學社會科學話語體系建設協調辦公室」與上海市委宣傳部指導，中國浦東幹部學院、中國社會科學院——上海市人民政府上海研究院、上海市社會科學界聯合會共同主辦，中國社會科學院大學人文學院、上海大學文學院協辦的「中國哲學社會科學話語體系建設·浦東論壇」——「文學理論話語體系建設·2019」（2019 年 7 月 20 日舉辦）論文。邀請單位：中國古代文學理論學會、上海市美學研究會。本文為「上海高校高峰高原學科建設計劃」資助項目。

這個會議和國內的學術會議的狀況一樣，官本位的錯誤表現嚴重。開幕式邀請有官銜的在臺上侃侃而談，言不及義，空洞無物。我等在話語建設有成績、有經驗的卻只能洗耳恭聽，只能在小組發言。